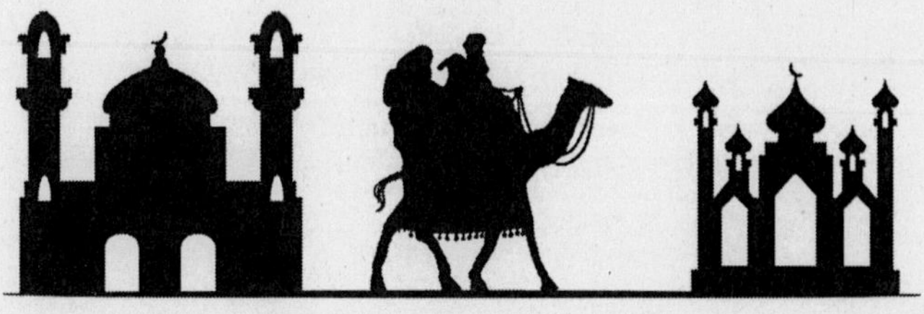

Título original: الوحل والنجوم
Copyright © Ahmed Lutfi, 2022

Published by agreement with Aser Al-kotob

A publicação desta tradução foi possível através do apoio financeiro do Sheikh Zayed Book Award no Abu Dhabi Arabic Language Centre, parte do Departamento de Cultura e Turismo — Abu Dhabi.

EDIÇÃO Leonardo Garzaro
ASSISTENTE EDITORIAL André Esteves
TRADUÇÃO Mohamed Elshenawy
ARTE Vinicius Oliveira e Silvia Andrade
REVISÃO Elaise Lima
PREPARAÇÃO André Esteves

CONSELHO EDITORIAL
Leonardo Garzaro
Vinicius Oliveira

Dados Internacionais de Catalogação na Publicação (CIP)

L973L
    Lutfi, Ahmed
       O lodo e as estrelas / Ahmed Lutfi; Tradução de Mohamed Elshenawy. – Santo André-SP: Rua do Sabão, 2025.
    Título original: الوحل والنجوم
    284 p.; 16 × 23 cm
    ISBN 978-65-81462-82-6
    1. Literatura egípcia. 2. Conto.
    I. Lutfi, Ahmed. II. Elshenawy, Mohamed (Tradução). III. Título.

CDD 893.1

Índice para catálogo sistemático:
I. Literatura egípcia
Elaborada por Bibliotecária Janaina Ramos – CRB-8/9166

[2025] Todos os direitos desta edição reservados à:
Editora Rua do Sabão
Rua da Fonte, 275, sala 62B - 09040-270 - Santo André, SP.

www.editoraruadosabao.com.br
facebook.com/editoraruadosabao
instagram.com/editoraruadosabao
x.com/edit_ruadosabao
youtube.com/editoraruadosabao
pinterest.com/editorarua
tiktok.com/@editoraruadosabao

O LODO E AS ESTRELAS

AHMED LUTFI

Traduzido do árabe por Mohamed Elshenawy

Dedicatória para Abdul Malik ibn Hisham, que ele possa me conhecer na vida após a morte e contar para mim as histórias não registradas dos árabes.

Para o professor Ahmed El-Deeb, dedico desde o riacho onde inicia o mundo árabe até o oceano onde termina.

E dedico também para a Sally, onde todas as minhas histórias começaram.

Introdução

Eu costumava frequentar as sessões particulares do meu professor Abdul Malik todas as quintas-feiras. Estudantes vinham de todos os lugares do mundo, não apenas do Egito, para a casa dele, que era conhecida nos arredores de nossa cidade. Lá, eu ouvia do professor histórias que ele tinha visto com seus próprios olhos, coração e alma.

Pedi a ele permissão para compilar algumas delas em um livro. Ele concordou após insistência prolongada e só depois de ver algumas páginas que eu já havia escrito. No entanto, sua permissão foi concedida com uma condição estranha: eu só poderia publicar esse livro depois que ele morresse — que ele descanse em paz e que Deus tenha misericórdia dele.

Como uma árvore pode desejar a maturação de seus frutos após a sua morte?! Como pôde adiar tudo isso?! Talvez o sentido seja que a permissão vinha acompanhada da ciência de que seu fim estava próximo. O crescente lunar não passou, exceto enquanto ele estava descansando em sua sepultura, e agora chegou a hora de divulgar algumas de suas histórias.

No início, escolhi, das histórias do professor, a de Ajj' e Salma, seguida pelo colapso da represa de Ma'rib, que foi sucedido pela migração das tribos do Iêmen, e a história que ele ouviu sobre o camelo selvagem em frente ao túnel de Harith Al-Jarhami, que leva aos tesouros da Caaba. E a história que ele ouviu de Naila Al--Jurhamiya, que emigrou com sua família iemenita após o colapso da represa. Depois, organizei as histórias dele da melhor maneira possível, tentando ajustar e narrar os fatos de forma cronológica tanto quanto eu pude.

O professor costumava contar essas histórias como um comentário sobre os acontecimentos de nossas vidas contemporâneas. Ele começava cada uma com suas palavras habituais: "Em nome de Deus, o Altíssimo, meu mentor me disse e eu digo..." "O companheiro Fulano disse e o companheiro Beltrano disse..." "Eu desejo que siga o caminho e que a felicidade seja alcançada..." "Ó Deus, guia-nos pelo caminho certo, não o caminho daqueles que incorreram em Tua ira nem dos desviados...".

Depois disso, ele começava a narrar a história.

Preso nas duas montanhas

Mufadda ibn Amliq Al-Tasmi disse:
Eu sou a única testemunha restante, aquele que viu todas as fases da história, talvez por isso a morte não tenha me atingido. Estou agora no topo da montanha a oeste, ao lado de Ajj', observando todo o passado diante de mim. Vejo montanhas negras, atrás das quais se encontra a morte, a morte que está se aproximando, mas não tenho mais medo dela. Todos os dias eu morro, vi deste lugar três montanhas desmoronarem. Todo dia sinto saudade, nem a morte vem nem a saudade morre, e ainda não sei por que as montanhas desmoronam de repente.

De onde devo começar a história exatamente? Os dias são muitos e o tempo passa, muda as pessoas e não volta mais. Por que o tempo me deixou aqui? Começarei pelo dia em que fomos alertados com um aviso de desgraça pelo som dos adivinhos nas ruas de Iamama,[1] que é considerada por nós como o paraíso das nossas vidas e nosso grande reino.

---

[1] Iamama ou Jamama é uma região histórica da Arábia, situada no Négede, com capital em Hajer, atual Riade.

Estávamos naquele dia sobre os muros do sul, o rei, meu pai e eu. Eu era jovem, não havia completado minha contagem de anos nas mãos, mas lembro-me das chamas ao longe, ao redor dos soldados, eles eram assustadores, pareciam tênues estrelas mortas. Soube que eram os soldados de Al-Tubba' Hassan,[2] que se preparavam para nos atacar. Eu não senti a ameaça, nem mesmo depois de terem incendiado todos os pomares do sul, nem mesmo depois que a fumaça negra cobriu o sol de nossa cidade.

O rei suspirou resignado e olhou para meu pai, ordenando-lhe que preparasse todo o exército de Iamama, de Tasam a Jidees.[3] Fiquei com o rei naquela noite. Sua mão estava fria, senti-a tremer. Tive medo naquele momento, apesar de não entender o que estava acontecendo. Após o preparo do exército no meio da noite, meu pai me levou para nossa casa e, no dia seguinte, os anunciadores gritaram nas ruas: "Nosso rei morreu, nosso rei morreu".

Meu pai riu e saiu vestindo sua indumentária de guerra, dizendo à minha mãe: "Ou nos tornaremos os reis de Iamama ou os cavalos de Hassan nos esmagarão".

Minha mãe não sorriu nem ficou triste; seus olhos contemplavam um mundo diferente do nosso, como se estivessem afogados em preocupações, cercada por todos os lados. Meu irmão mais velho era um dos soldados que saíram para enfrentar o exército de Al-Tubba' Hassan. Meu pai enviou os filhos menores do meu irmão para aprenderem na cidade de Petra,[4] no norte. Enquanto isso, a

---

[2] Hassan Al-Tebaa ou Al-Tubba' Hassan foi um rei hamírida que governou em Karb Al-Hamyar, no Iêmen, por volta de 400 d.C. Inicialmente, compartilhou o governo com seu pai e com seu tio. Conhecido por sua coragem, liderou campanhas militares em Négede. Após a morte do tio, governou com seu irmão. Destacou-se em guerras, mas enfrentou acusações de conspiração e fratricídio. Sua história é marcada por um reinado ambicioso e tumultuado. Deixou um legado significativo na história regional.

[3] Tasam e Jidees são duas tribos dos árabes antigos, sendo atribuídas a Lawd, filho de Iram, filho de Sam, filho de Noé, de acordo com a genealogia árabe. Eles viveram na Península Arábica e desfrutaram de uma civilização grandiosa, semelhante às civilizações dos Amalecitas, Aditas e Tamuditas, por volta do primeiro milênio antes de Cristo. Eles se estabeleceram na região de Iamama, localizada no centro da Península Arábica, onde Tasam era a tribo dominante.

[4] A cidade de Petra, também conhecida como Al-Batraa ou Al-Batra, é um local arqueológico e histórico localizado na província de Ma'an, no sul do Reino Hachemita da Jordânia. Ela é famosa por suas construções esculpidas nas rochas e por seu antigo sistema de canais de água. Antigamente, era chamada de "Sela" e também recebeu o apelido de "Cidade Rosa" devido às cores das suas rochas retorcidas.

esposa do meu irmão gritava desde o dia anterior em trabalho de parto e minha mãe estava sozinha no meio de tudo isso.

O primeiro dia passou e o exército não voltou. A esposa do meu irmão continuava com seu difícil parto e ouvimos o choro muitas horas depois: o choro do bebê e o choro da minha mãe pela esposa do meu irmão. Perguntei à minha mãe:

— O que significa a morte?

— Uma pessoa cujo tempo acaba e você não a vê mais depois disso — ela disse enquanto chorava.

O tempo levou todos, e eu fiquei aqui, sozinho sobre estas duas montanhas. Por que a morte esqueceu de mim?

Naquele momento, eu não compreendi a morte. Eu não amava a esposa do meu irmão a ponto de sentir sua falta, mas eu aprendi o significado da morte após três dias, quando soubemos que o exército voltou vitorioso e fez um acordo de segurança com Al-Tubba' Hassan.

Naquele dia, vimos os soldados percorrendo as ruas carregando bandeiras ensanguentadas, eles pareciam montanhas, eram intimidadores em suas vestes de guerra manchadas de sangue e lama. No entanto, meu pai veio atrás deles, carregando meu irmão nos ombros. O sol estava por trás dos ombros do meu pai, e o corpo do meu irmão parecia se esconder. Meu pai colocou o corpo no chão e minha mãe correu em direção a ele como se fosse um pássaro abatido. Segurava a recém-nascida e gritava: "Esta é sua filha, tão bonita quanto você, beije-a".

O dia passou pesadamente, entre o choro da minha mãe e a firmeza do meu pai. Pela primeira vez, o vi parecido com uma espada, seus olhos brilhavam com algo além de lágrimas, roubando um sorriso de vez em quando. Eu não compreendi o motivo e não entendi o mensageiro que veio e disse: "Estamos nos preparando para ir ao palácio, meu senhor". Perguntei: "Para qual palácio estamos indo, o palácio do rei?". Então, vi as multidões gritando em frente à nossa casa ao pôr do sol: "Viva nosso novo rei Amliq, o vencedor sobre Al-Tubba' Hassan!".

Mufadda ibn Amliq Al-Tasmi questionou:
Por que o ser humano se torna autoritário diante das oportunidades oferecidas? Qual é a razão para o desejo de dominação entre as pessoas, o anseio pelo poder e pela capacidade de subjugar? Por que os reis acabam se elevando a uma posição quase divina?

Após a congregação em torno de meu pai e sua ascensão ao trono, deixamos nossa residência envoltos em aplausos. Alguns se curvaram reverentemente, enquanto outros lançavam flores, e, ao abrirmos as portas do palácio, as risadas vigorosas de meu pai ecoavam. Contudo, ao observá-lo naquele momento, algo parecia diferente: sua pele ficou mais escura e seu corpo parecia mais imponente.

Uma sensação de receio se apoderou de mim, e até a filha do meu irmão chorou diante da presença imponente dele.

Tudo era novo, o palácio, as pessoas, as vestimentas e meu pai. Meu pai, com seu braço vigoroso, apontou para a recém-nascida, declarando: "Vou chamá-la de Salma".

Em seguida, dirigindo-se a um dos servos, ordenou: "Vá ao Iêmen e traga-me a ama mais competente de lá".

O servo partiu e cada um de nós se instalou em seus novos aposentos: eu fiquei no menor, junto ao jardim; minha mãe e meu pai, no coração do palácio, que levava ao majestoso portão.

À nossa frente, estendia-se um amplo pátio, culminando em uma única sala no topo, onde Salma e sua ama corcunda, que chegara dois meses depois, encontravam-se instaladas.

Jamais poderia imaginar que alguém pudesse nutrir um amor tão profundo por Salma quanto o que minha mãe sentia por ela.

No entanto, a ama conseguiu superar essa afeição. Salma a amava com uma intensidade que ultrapassava qualquer sentimento em nossa família. Seu afeto era maior do que o temor que meu pai inspirava, maior do que a quantidade de lágrimas que minha mãe derramava pelo meu irmão falecido e até mesmo maior do que a influência do reino sobre meu pai.

Determinado a solidificar sua posição, meu pai ordenou a construção de um trono de puro ouro e uma coroa ornamentada com rubis, diante da perplexidade dos artesãos, que questionaram: "De onde tiraremos todo esse ouro, meu senhor?".

Eu não recordo a resposta que ele deu naquele dia e, sinceramente, isso pouco me importa; tudo já se foi.

A luz do sol acima de mim tornou-se mais preciosa do que ouro e rubis. Ao meu lado, a alma de Ajj' chora incessantemente e eu, por todo esse tempo que se esvaiu, choro também. Por que, pai, o ouro te transformou? Por quê?

Agora, eu seguro um punhado de areia e relembro do ouro reluzente do palácio entre meus dedos.

Qual a diferença agora? O que mudou? Pergunto ao deserto, mas só escuto o pranto da alma de Ajj' ecoando diante de mim.

O choro me sufoca, então me encaminho para a montanha a leste, traçando meu caminho pelas fontes de Tayy,[5] amaldiçoando as persistentes marcas de sangue que teimam em me assombrar.

---

5 A tribo árabe Tayy, originária de Hail, migrou para o norte e se estabeleceu entre Tihama e o Iêmen. Durante o período islâmico inicial, a tribo se dividiu devido às conquistas. No século III d.C., Tayy destacou-se na Península Arábica, atingindo o auge de sua força nos séculos V e VI, realizando incursões na Síria e no Iraque durante períodos de seca. O nome Tayy continuou a ter influência na região, espalhando-se por diversas áreas no norte da Península Arábica, Iraque e Levante.

Al-Aswad ibn Afar[6] foi assassinado diante dos meus olhos aqui; desvio o olhar de suas marcas de sangue, e os beduínos me presenteiam com água e tâmaras suficientes para dois meses.

Passo dois meses ao lado da alma de Salma, silencioso, ouvindo apenas o lamento abafado, como seu pranto ao longo de toda sua vida. Ah, Salma, que saudade! Por que não me conta em voz alta? Lembro-me do dia em que pronunciou meu nome pela primeira vez, dois anos antes de meu pai ordenar a confecção do trono de ouro.

Meu pai ficou contrariado contigo porque não conseguia pronunciar seu nome, e sua tentativa arrancou risos de toda a casa.

Ele franzia as sobrancelhas para fazer-te rir, mas só conseguia aumentar seu medo. Ah, você. Contudo, nunca a vi tão temerosa como no dia em que a sua ama deixou o palácio após dois anos. Continuou chorando até que meu pai ordenou a volta dela, integrando-a definitivamente ao palácio.

Salma, você cresceu confinada após a morte de minha mãe. Nós crescemos com a expansão do palácio e o domínio de meu pai, que se estendia por toda Iamama. Até mesmo nossos primos de Jidees, que jamais se submeteram a um governante, vieram até nós.

Recordo-me do dia em que uma delegação de Jidees chegou, liderada por Al-Aswad ibn Affar, jurando lealdade. Meu pai postou-se diante deles como um líder de Al-Tubba' Hassan e todos pareceram encolher diante de sua imponência. E meu pai disse: "Ó Al-Aswad ibn Affar, nós somos primos e vossa justiça é nossa justiça".

As pessoas de Jidees acolheram as palavras com alegria, até que se prostraram e se casaram com as nossas mulheres. O Poço das Noivas tornou-se compartilhado para ambas as partes.

Meu pai selecionou muitos deles como soldados e permitiu que líderes entre eles fossem treinados, mas a liderança permaneceu com os Tasmiis. Até os dias atuais, os Tasmiis e Jidees, todos eles, sem exceção, aclamam: "Viva nosso rei Amliq, o vencedor sobre Al-Tubba' Hassan". Por que os reis se tornam deuses?

---

[6] Al-Aswad ibn Afar ibn Jidees, o líder do povo de Jidees, era conhecido por sua bravura e nobreza. Ele destacava-se como comandante e cavaleiro notável em sua comunidade.

Mufadda ibn Amliq Al-Tasmi expressou suas indagações: Cada vez que testemunhava as ações de meu pai e os rumos que ele tomava, eu me indagava: quem tem um lugar mais proeminente em seu coração? Eu, Salma, ou qualquer outro indivíduo? Uma sensação de que ele nutria um desagrado por minha presença crescia em mim, como se ele evitasse se aproximar ou estabelecer um diálogo.

Essa dinâmica não era perceptível antes de sua ascensão ao trono. O que terá acontecido? Será que ele me detesta ou será que oculta seu afeto por mim?

Certo dia, ele me questionou:

— Quem é considerado o homem mais poderoso do mundo?

— O profeta Salomão, que esculpiu o majestoso palácio de pedra.

Sua reação foi imediata, demonstrando irritação ao bater em meu ombro, e por uma semana ele se manteve em silêncio em relação a mim.

Sete dias depois, ele reuniu todos os jovens desfavorecidos de Tasm e organizou um torneio de esgrima e uma corrida de cavalos entre eles.

Ele escolheu dez para compartilharem uma refeição especial com ele. A escolha dos participantes permanecia um mistério para mim, mas, assim que se acomodaram ao seu redor no pátio do palácio, ele lhes fez uma pergunta intrigante:

— Quem é, em vossas sinceras opiniões, o homem mais poderoso do mundo?

— Nosso magnífico rei Amliq.

Todos se ergueram, proferindo em uníssono essas palavras, exceto um indivíduo. Ele permaneceu sentado, mas pronunciou com firmeza:

— Os homens mais poderosos pertencem ao passado. Recordamo-nos deles e afirmamos que já foram. Creio que nossos filhos dirão: "Nosso senhor Amliq foi o homem mais forte".

Esse orador singular destacava-se dos demais. Seus olhos apresentavam cores variadas, seu rosto era tão raro quanto a neve e sua testa ostentava marcas profundas.

Se não tivesse presenciado com meus próprios olhos sua habilidade ao derrotar todas as pessoas poderosas de Tasm, não teria acreditado que ele estava ali, sentado entre eles.

Meu pai sorriu e todos os olhares convergiram para ele. O homem, desafiador, encarou meu pai nos olhos, mas este apontou para ele, afirmando: "Nomeie Rabaah como comandante das tropas".

Rabaah rapidamente compreendeu a política de meu pai. Eu me lembro de vê-lo diante das pessoas no pátio anunciando o casamento de suas irmãs, Hind e Hudham, com dois homens de Jidees.

Ele escolheu cuidadosamente Al-Aswad ibn Affar para proferir o discurso do casamento.

Esse casamento solidificou a posição de meu pai sobre as terras de Jidees e todas as regiões férteis do Wadi Al-Ardh.[7]

Meu pai se pôs de pé quando as colheitas do Wadi Al-Ardh chegaram pela primeira vez após o casamento, dirigindo um olhar a Rabaah com um sorriso e dizendo: "Abençoada seja sua mente e seus braços, Rabaah". Esses foram os primeiros passos confiantes

---

[7] Wadi Al-Ardh, ou Wadi Al-Arid, é um vale situado no leste da península do Sinai, abrangendo Egito, Jordânia e Palestina. Reconhecido por sua paisagem desértica com montanhas e planícies rochosas, é mencionado na Bíblia. Além de sua importância histórica, o local é famoso por sua geologia única e é utilizado para turismo e exploração mineral.

de Rabaah em direção ao palácio, e as noites não se passavam sem que ele compartilhasse momentos com meu pai.

Eu não conseguia decifrar meu pai: era ele justo entre as tribos, buscando amizade, ou estava explorando terras?

Ele se mostrava forte diante de Al-Tubba' Hassan, mas frágil diante de Rabaah? Ainda não sabia se era gentil com Salma ou se a negligenciava.

Salma, ó Salma, que saudade! Eu vi você crescer diante dos meus olhos. Seu rosto assumiu uma forma mais redonda e seus olhos pareciam afundar-se, como se buscassem se esconder das pessoas.

Até suas orelhas eram encantadoras, antes ocultas por um manto cor-de-rosa que mal distinguíamos por serem da mesma cor que suas bochechas.

Você se ocultava de todos, aparecendo apenas no cenáculo, raramente visível da janela que dava para o saguão. Até a chegada de Ajj' ao palácio. Meu Deus, que saudades desses dias!

Ajj'! Erga-se, por favor, e compartilhe comigo. Não me deixe nesta incerteza ou invoque a morte para me conduzir até você, mas não permaneça em silêncio como naquele dia em que entrou no palácio.

O dia de sua entrada no palácio estava imerso em tensão. Não havia se passado um mês desde a discórdia entre meu pai e Al-Aswad ibn Affar, uma disputa que deixou todos no palácio em alerta.

Até mesmo Salma espreitava pela janela do andar de cima, enquanto seu pavão emitia gritos entediados. Al-Aswad ibn Affar fixava meu pai com seus penetrantes olhos, questionando a estabilidade do reinado.

Naquele momento, a figura de Al-Aswad ibn Affar parecia tão enigmática quanto meu pai naquele dia; eu o observava com atenção, mas nenhum traço de arrogância se revelava nele. Contudo, suas palavras eram incisivas: "Todos os jardins do vale de Al-Arid convergem para seus celeiros no Sul, enquanto nós nos contentamos com areia e folhas de árvores".

Meu pai, por sua vez, sorria como se encontrasse humor na situação.

Sem replicar diretamente as palavras de Al-Aswad ibn Affar, meu pai levantou-se, segurou-o pela mão e anunciou:

— Ó Al-Aswad ibn Affar, escolhi você para testemunhar as injustiças do povo comigo. Antes do anoitecer, você se sentará ao lado do meu trono e as pessoas passarão diante de você, que estará com uma coroa de prata sobre a cabeça.

Al-Aswad ibn Affar ficou subitamente em silêncio, observando em torno como se temesse algo invisível, e então declarou antes de deixar o palácio, mantendo um olhar cauteloso ao seu redor:

— Aceito o julgamento do meu senhor.

Nesse momento, os servos se dispersaram e minha surpresa foi grande ao ver Rabaah adentrando o pátio, aplaudindo antes de se curvar para o meu pai e afirmar:

— Aprendemos a boa administração das situações com nosso senhor.

Meu pai sorriu e retirou-se.

O pátio parecia imenso para nós. Observei Rabaah contemplando o trono de ouro como se o visse pela primeira vez. Indaguei-lhe: "O que meu pai fez para merecer aplausos dessa magnitude?".

Ele sorriu e respondeu: "Você já não é mais uma criança, meu querido, e eu te amo, mas ainda não compreende a política". Deixou-me para seguir meu pai. Olhei para o trono com admiração pela primeira vez e aguardei até que ele saísse do pátio para me sentar nele.

Naquele instante, vislumbrei o pátio estendendo-se diante de mim como se estivesse se curvando. Naquele dia, firmei um juramento a mim mesmo: que não deixaria Rabaah até que compreendesse a complexidade da política. Afinal, quem são os homens mais fortes?

Mufadda ibn Amliq Al-Tasmi disse:
Acompanhei Rabaah em todas as suas viagens; traçando rotas que nos levaram de Jidees, onde residiam suas irmãs Hudham e Hind, até o majestoso palácio do profeta Salomão, cujas areias erguiam-se imponentes sobre nós.

Em uma missão representativa de meu pai, dirigimo-nos ao Iêmen, encontrando-nos com o subordinado Al-Tuban' Hassan para renovar o antigo tratado. Nessas viagens particulares, mergulhei em encontros com uma variada gama de mulheres e experiências com bebidas.

A jornada ao lado de Rabaah era uma extensa tapeçaria de vida, uma existência que ansiávamos que jamais chegasse ao seu epílogo, repleta de desafios solucionáveis.

O dinheiro, verdadeira moeda de troca, desbloqueava portas que pareciam intransponíveis; suas palavras amáveis conquistavam os anciãos das tribos, e éramos recebidos em festins opulentos.

Até mesmo Juzaima Al-Abrasch,[8] o respeitado rei dos Lakhmides,[9] ficou intrigado, profetizando à Rabaah:

— Se você não se tornar rei, sua mente será sua própria ruína.

As palavras do rei reverberavam na mente de Rabaah e sua intranquilidade cresceu ao cruzarmos com uma vidente vestida de negro, solitária nas montanhas de Tayy, apenas um dente de ouro visível em seu rosto.

Ela dirigiu-se a Rabaah, profetizando: "Em sua mão, mil espadas; em sua mão, mil pescoços". Em seguida, seu olhar voltou-se para mim e ouvi seu choro, mas ela se virou abruptamente para olhar para cima nas montanhas, desaparecendo subitamente.

Em nossa busca, a vidente se perdeu nas dobras do tempo e espaço e retornamos ao palácio, sem acreditar no que aconteceu.

Adentramos o pátio, tomando nosso lugar em frente ao meu pai, ao lado de Al-Aswad ibn Affar, cuja coroa de prata fora retirada enquanto ele investigava as injustiças do povo.

Os casos passavam por eles sem que meu pai sorrisse ou Al--Aswad ibn Affar recolocasse a coroa.

O tempo passou frio e seco e parecia que todas as palavras haviam fugido de nossas bocas, até que uma mulher se aproximou. Suas palavras eram ininteligíveis devido ao seu intenso choro. Rabaah se alarmou ao vê-la, mas não interferiu; e não disse que era sua irmã, Hind.

Hind permaneceu imóvel. Ao seu lado, um garoto da idade de Salma, robusto, com os cabelos cobrindo as orelhas. Ao lado deles, estava o seu pai, inclinado para a frente, porém vestindo um traje de seda que o impedia de se curvar ao meu pai quando ficou diante dele. Hind não parava de chorar.

---

8 Juzaima Al-Abrasch, figura notável entre os reis árabes pré-islâmicos, governou o Iraque por seis décadas e ficou marcado por sua elegância e conquistas militares. Seu enfrentamento com Zenóbia de Palmira, que propôs casamento antes de tramar sua morte em vingança pelo assassinato de seu pai, é parte da rica tapeçaria histórica. A figura de Juzaima, respaldada por inscrições antigas, é também permeada por lendas e mitos.

9 Lakhmides foi uma dinastia árabe cristã que governou em Al-Hira, atual Iraque, de cerca de 300 a 602 d.C., atuando como Estado vassalo do Império Sassânida. Eles são conhecidos por sua contribuição às artes e à cultura pré-islâmica, especialmente a poesia. Como um estado fronteiriço, os Lakhmides desempenharam um papel crucial nas relações comerciais e políticas entre os árabes e o Império Sassânida, enquanto enfrentavam os Ghassanides, seus rivais e aliados do Império Bizantino. A dinastia caiu após a expansão islâmica e a anexação pelo Império Sassânida em 602 d.C.

Meu pai lançou dois olhares para Al-Aswad ibn Affar e então gritou asperamente: "Acalme-se, mulher!".

Ela se acalmou um pouco, apertando ainda mais a mão do garoto, e o garoto, por sua vez, apertando a mão dela. A mãe e o filho assemelhavam-se a duas flores, tentando resistir à influência do vento norte. Rabaah permanecia em silêncio; eu o imaginava levantando-se para confortar sua irmã.

No entanto, ele lançou o olhar para meu pai duas vezes, levantou-se, dirigiu outra vez o olhar para meu pai e sentou-se novamente ao lado dela. Pensei que meu pai a conhecia, mas ele questionou:

— De qual tribo você é?

— Da tribo de Tasm, casada com Jidees.

— E qual é a sua reclamação?

Nunca esquecerei o que ela disse naquele dia. As palavras dela, permeadas por lágrimas e voltadas para o filho, ecoaram na sala:

— Ó rei, carreguei-o por nove meses, dei à luz a ele de joelhos, amamentei-o com dedicação, até que seus ossos se uniram e ele se aproximou de sua independência. Meu marido quis tirá-lo de mim à força e me deixar depois disso.

A sala mergulhou em silêncio, assim como o horizonte ao meu redor agora. Até Rabaah e meu pai, este último ajustando sua coroa de ouro, ordenaram que Hind e seu marido fossem colocados na prisão e lançaram um olhar compadecido para o jovem, com a compaixão forçada que eu conhecia desde a morte de meu irmão. Meu pai perguntou pelo nome dele.

— Meu nome é Ajj'.

Meu pai ficou impressionado com sua força; ele era verdadeiramente digno de admiração. Eu, contudo, ainda não compreendia o que estava acontecendo nem a justificativa por trás disso.

Meu pai inclinou-se para Al-Aswad ibn Affar e disse:

— Você o toma sob sua tutela ou devo cuidar dele?

Não esquecerei os gritos de Hind naquele dia, gritando e rasgando suas próprias roupas até perder a consciência, e também não esquecerei suas acusações a Rabaah, que permaneceu em silêncio.

As pessoas se dispersaram e Rabaah ficou em frente a meu pai e a Al-Aswad ibn Affar em silêncio.

Senti que Rabaah desejava gritar, mas ele se aproximou de meu pai com o rosto corado e finalmente disse que Hind era sua irmã. Meu pai não se virou para ele.

Eu percebi os olhares furiosos de Rabaah em direção ao meu pai pela primeira vez, como se seus olhos fossem adagas. Talvez meu pai realmente estivesse o ignorando, talvez as palavras de Al-Aswad ibn Affar fossem mais contundentes quando disse a meu pai:

— Você não está satisfeito com o tributo de Al-Arid, então você pega o rapaz e dilacera o coração da mulher com sua injustiça?

As palavras de Al-Aswad ibn Affar ecoaram na sala, cortando o silêncio tenso como uma faca afiada, deixando-me em suspense sobre como meu pai responderia à acusação.

Eu nunca esquecerei a resposta de meu pai naquele dia, como se não tivesse ouvido falar sobre a mulher e seu filho e não tivesse prestado atenção em nada além dos impostos.

Seu rosto se assemelhava ao rosto do rei dos Lakhmiyin naquele dia, como se fosse uma criatura que a areia do deserto mudava ao sabor do vento.

Meu pai defendeu a si mesmo como um touro perdido entre as montanhas, dizendo que só desejava o bem para as pessoas.

Al-Aswad ibn Affar riu alto, a ponto de eu ver até mesmo Salma olhando. Ele disse: "Que pessoas?! As pessoas que pagam nossos impostos para espalhar a terra para seus cavalos e depois você as culpa. Constrói um palácio e as culpa. Em seguida, compra escravos e as culpa! Juro por Deus, se eu não tivesse medo de sua tirania contra o meu povo, teria abandonado seu conselho por injustiça".

Al-Aswad ibn Affar partiu e Salma e eu permanecemos em silêncio. Todos os eventos eram estranhos, o julgamento do meu pai, a raiva do Al-Aswad ibn Affar e o silêncio de Rabaah. O palácio estava desolado. Disse a mim mesmo naquele dia que, se essa era a política, eu seria o primeiro a amaldiçoá-la, e saímos de perto do meu pai depois de ele nos ordenar que ensinássemos para Ajj' as artes da luta.

Rabaah me disse: "Agora você entendeu realmente o significado da política?".

Mufadda ibn Amliq Al-Tasmi expressou seu anseio profundo:
Como eu desejaria jamais ter me envolvido nos intrincados caminhos da política, ter abandonado os brilhos do palácio, as riquezas, Ajj' e Salma, e ter optado por uma terra modesta, suficiente apenas para garantir meu sustento.

Meu Deus! Como eu gostaria de ter falecido naquele dia do ocorrido com Al-Tuba' Hassan e jamais ter experimentado a vida até o momento presente. Até agora, as reviravoltas desta narrativa me mantêm afastado de ti, Salma, assim como o trono o fez.

Um trono que, com sua imponente presença, cega os homens íntegros para os perigos, afastando-os das pessoas mais próximas. Fui desviado de ti, mesmo depois de te visitar diariamente, tanto pela manhã quanto à noite. Acompanhei-te em celebrações de casamentos de seus parentes e conduzi-te pela mão até a o Poço das Noivas, indo até mesmo ao distante Iêmen em busca da hena que tanto aprecias. Senti sua presença ao longo desse tempo, permanecendo solitária desde a partida de seu pai e de sua ama, mesmo após seus quatro irmãos te abandonarem.

Não compreendi por que meu pai os enviou novamente para Petra. Partiram quando ainda engatinhava, encontraram pretendentes à sua porta e, mais uma vez, te abandonaram.

Não consigo prosseguir com a narrativa agora; este é apenas o prólogo de sua história, ou melhor, a abertura de sua tragédia, Ajj' e Salma.

Eu me recordo vividamente do dia em que seus olhares se entrelaçaram pela primeira vez.

Ajj', com uma espada firme, ostentava uma faixa vermelha na testa após o falecimento de sua mãe.

E você, me observando pela janela de sua sala, escutava minha voz enquanto eu o treinava.

Eu não consigo esquecer seus olhos naquele dia, cintilando como pérolas aprisionadas. Você sorriu quando o pavão em sua sala bradou; quase pude ouvir as batidas do seu coração.

Sabe, Salma, já vivenciei quase todos os matizes de relacionamentos com mulheres, ouvi inúmeras histórias de amor, mas nunca encontrei uma mulher como você. Eu não consegui acreditar em nenhuma narrativa além da sua.

Como poderia não te considerar a mulher mais exuberante do mundo, florescendo diante dos meus olhos? Eu me lembro das suas lágrimas no dia do meu casamento, quando sussurrava: "Não me esqueça, tio".

Eu habitava o mesmo palácio, nutrindo o constante receio de te perder na vastidão do tempo. Seu medo, compreensível, encontrou alívio quando o destino lhe trouxe Ajj' como uma espécie de compensação.

Eu o amei porque já era o seu amor antes de eu assumir o papel de seu mentor.

A alegria inundou meu ser quando me deparei com seu nome poeticamente entrelaçado nas paredes do quarto que ele adornara, cuidadosamente ocultando essas palavras com um tecido vermelho que eu havia trazido de Al-Hira.[10] Tornei-me, assim, o fiel mensageiro desse amor sutil e profundo.

---

10 Al-Hira, uma cidade árabe pré-islâmica, que floresceu sob os Lakhmides no século IV d.C., teve sua grandiosidade ensombrada após a conquista muçulmana em 633 d.C. Manteve sua importância durante a era islâmica, mas seu declínio começou após a queda de Bagdá em 1.258 d.C.

Na verdade, foram meus versos iniciais que ele habilmente empregou para conquistar seu coração.

Eu me recordo vividamente do dia em que você compartilhou comigo: "Vi meu pai chorando em um sonho, com a espada de meu avô cravada em seu peito, enquanto ouvia sua risada por trás de mim. Contudo, Ajj' chegou e o ceifou. Ajj' matou meu avô, tio".

Naquela ocasião, indaguei-te:

— E eu?

— Você ficou ao nosso lado e depois desapareceu.

Foram vocês que partiram, Salma...

Viramos três à direita de meu pai, abandonado por Al-Aswad ibn Affar: eu, Rabaah e Ajj'. Essa união inquebrantável persistia.

Nós rumávamos com presentes para o líder dos monges Jadhima Al'Abrash em Al-Hira e retornávamos com camelos suficientes não só para meu pai e Al-Aswad ibn Affar, mas também para os presentes de Al-Tubba' Hassan e, subsequentemente, para o povo.

Os anos desenrolavam-se assim e Salma continuava a rejeitar todos os pretendentes: o filho do Al-Tubba' Hassan, Amr ibn Odai, o herdeiro de Al-Hira, e até mesmo o rei de Petra.

Diante de meu pai, ela proclamava com firmeza: "Não abandonarei Iamama". Meu pai quase enlouquecia, contrapondo-lhe:

— As Plêiades[11] estão mais próximas de Aldebarã do que de ti.

Ela então lançava um olhar para Ajj', chorava e retirava-se para o recanto íntimo de seu quarto.

Nunca vi Ajj' demonstrar preocupação, a não ser por ela. Ajj' ascendeu à vice-comandante ao lado de Rabaah nas tropas, destemido na guerra, mas temeroso da possibilidade de entristecê-la...

Em certa noite, ouvi soluços ecoando pelo corredor. Acendi minha lâmpada e deparei-me com Ajj' ajoelhado diante da cadeira, seus olhos perdidos na contemplação de seu quarto. Em outra ocasião, quando vi você voltar do Poço das Noivas, chorando, questionei a ama sobre a razão de suas lágrimas e ela revelou: "Quando a noiva emergiu das águas, Salma chorou e correu de volta".

Eu insisti incansavelmente na busca por uma solução, adentrando o quarto de meu pai pela primeira vez após uma jornada exaustiva dedicada a corrigir as injustiças do mundo.

---

11 As Plêiades, são conhecidas popularmente como sete-estrelo e sete-cabrinhas, são um grupo de estrelas na constelação do Touro.

Minha paciência esgotada, não consegui conter a frustração ao indagar: "Não seria possível ter um pouco de misericórdia para com o coração de sua neta?". Um sorriso irônico adornou o rosto de meu pai, que respondeu de forma áspera: "Saia e feche a porta! Quem nos garante que Al-Tubba' Hassan não voltará a nos atacar, seu idiota? Quem nos protegerá da traição do rei de Al-Hira?".

Eu abandonei o recinto, direcionando-me à Rabaah, cujo consumo de álcool agora ultrapassava os limites comuns entre os soldados, suas quedas tornando-se cada vez mais frequentes. Cheguei ao ponto de me cansar de suas falhas e das de Ajj'.

Entretanto, Salma, quem se importa contigo?

Como se os anseios de meu coração tivessem ecoado no universo, a situação sofreu uma reviravolta no dia seguinte. Um mensageiro de Al-Aswad ibn Affar adentrou a sala de meu pai sem se ajoelhar e meu pai, com uma voz imperativa, ordenou-lhe que corrigisse sua postura. Em seguida, o mensageiro disse:

— Jidees está faminta, o dinheiro e os mantimentos são escassos e seus soldados não deixam nada além de impostos em seu rastro. Se nos pusermos, seremos alvos de seus ataques e não dispomos do suficiente para sustentar a todos. Se você toma os impostos para os pobres, somos nós quem sofreremos, e se os toma para ti mesmo, tenha cuidado, a vida não é eterna, seja ela longa ou breve.

O mensageiro partiu sem proferir saudação...

Meu pai levantou-se, com uma voz que reverberou por todo o palácio, exigindo a presença imediata dos líderes dos soldados.

Naquele dia, eu testemunhei meu pai transformar-se numa espécie de estátua de pedra; a política foi relegada a segundo plano. Tudo ao meu redor parecia ganhar vida, desde meu pai e os líderes até as espadas e as carruagens dos nobres, os cavalos e o inconfundível aroma do deserto.

Eu permaneci ao seu lado enquanto ele declarava guerra a Jidees, expulsando todos os soldados da região. Além disso, meu pai emitiu uma ordem proibindo presentes e interrompendo a análise constante das queixas.

A situação metamorfoseou-se abruptamente e Iamama, que outrora se mantivera diante do Al-Tubba' Hassan, agora estava dividida, lamento pelo tempo perdido.

Mufadda ibn Amliq Al-Tasmi disse:
Eu não compartilhava da convicção expressa por meu pai na declaração de guerra, e Rabaah, embora não externasse abertamente, também discordava. Foi nesse momento que Ajj', com uma única pergunta, lançou uma sombra densa sobre nós: "Vocês sabem onde encontrar minha tia, irmã da minha mãe, na terra de Jidees?".

Um silêncio opressivo se instalou, incapaz de suportar o peso da pergunta. Se meu pai o ouvisse, certamente ordenaria sua execução diante dos olhares dos soldados já preparados para a iminente batalha. Nos olhos de Ajj', eu vislumbrei confusão, a incerteza sobre se a presença de sua tia seria suficiente para alterar o curso dos eventos em favor de Amliq.

Rabaah, firme em sua postura, segurou-o pelo ombro e afirmou: "Você é meu vice, caso tenha esquecido. A guerra não é um jogo; vamos atacá-los e destruí-los, e suas mulheres se tornarão nossas prisioneiras...".

Rabaah partiu para organizar as tropas, enquanto Ajj' e eu passamos a noite meticulosamente planejando como enfrentar essa iminente tempestade.

Almejávamos conhecer a opinião de Salma; ouvimos seu choro antes mesmo de bater à porta de seu quarto. Não inquirimos sobre suas lágrimas ou sobre o motivo de ela evitar o olhar de Ajj'. Nossa preocupação recaía sobre a guerra.

Nunca poderia antecipar que Salma teria uma visão tão profunda sobre conflitos armados, como perguntássemos a uma pérola sobre seu entendimento a respeito da colheita de uma rosa.

Salma proferiu com serenidade: "Você tem uma tia lá, Ajj', e uma família além dela. Se você a abandonar, deixará todos para trás".

Ajj' foi tomado por um impulso, aquele momento de insanidade que afeta a todos, em que as perdas mais mínimas se transmutam em conquistas monumentais.

A insanidade é o diabo, e o diabo é a insanidade.

Ajj' partiu sem ponderar, e eu o segui, segurando uma tocha, enquanto montávamos nossos cavalos em direção à Jidees...

O firmamento sobre a terra, estendendo-se entre nós e Jidees, persistia em um silêncio assombroso, uma quietude que ecoava em meu íntimo agora, interrompida apenas pelos sussurros de Ajj' e Salma.

Ao atravessarmos o Poço das Noivas, o vento se tornou tão intenso que apagou a tocha que guiava nosso caminho. Buscamos abrigo até conseguirmos reacendê-la e, avançando mais cem passos, deparamo-nos com cinco cavaleiros que brandiam suas espadas ao nosso redor.

Impedidos de proferir uma palavra, seguimos com eles até alcançarmos uma casa em ruínas, iluminada por lanternas amarelas. Adentramos e deparamo-nos com Al-Aswad ibn Affar, ao lado de uma mulher cujos olhos azuis eram visíveis sob o manto preto. Al-Aswad ibn Affar nos encarou antes de proferir suas palavras... Aquela noite se estendeu indefinidamente. Tentamos tranquilizar Al-Aswad ibn Affar, que suspeitava de que éramos espiões.

O medo estava estampado em seus rostos; as chamas pareciam ter marcado suas peles e, sob seus olhos, era possível notar a falta de sono que os afligia há dias. Dissemos: "Ao amanhecer, deverão abandonar o vale. Protejam-se do iminente ataque de Amliq ou, se possível, enfrentem-no".

Ajj' jurou com convicção que meu pai estava a caminho para auxiliá-los, e eu, prontamente, juntei-me a ele nesse juramento de confiança.

Contudo, Al-Aswad ibn Affar permaneceu imperturbável em sua serenidade. Ele ordenou aos cavaleiros que convocassem todos os anciãos de Jidees e estes se sentaram ao redor de uma fogueira que se assemelhava a eles e à moradia em ruínas, como se quisesse extinguir-se ou expressar: "O que temos a ver com o vento? Vamos acalmar-nos para não perecermos".

Ao observar seus rostos, fui surpreendido pela condição em que se encontravam.

Esses eram os anciãos deles! Como estariam os mais desfavorecidos? Diante de meus olhos, passaram todas as partes do palácio: o trono dourado, as joias de Salma, a coroa de meu pai adornada com leões, os cavalos sírios, os grãos armazenados.

Eu vi tudo entre o barro e a areia, a fome e a insônia. Fiquei horrorizado com o estado deles ao redor do fogo, como se estivessem retirando faíscas dele para incendiar Tasm ou queimar a si mesmos.

Sua fragilidade tornava-se evidente, como se a chama não persistisse em seus corações. Essa visão despertou um sentimento de surpresa em mim, questionando por que não os apoiava mais ativamente. Afinal, Amliq é meu pai e eles são nossos primos e tios de Ajj' pelo lado da mãe dele...

Al-Aswad ibn Affar chamou Ajj' para se sentar ao seu lado, dirigindo-se aos anciãos com assertividade: "As notícias foram confirmadas. Ao amanhecer, Amliq nos atacará. O que vocês veem é o que faremos".

Um homem expressou com firmeza: "Vamos confrontá-lo e resistir!", enquanto outro sugeriu com prudência: "Busquemos um refúgio em outro vale", e um terceiro ponderou: "Enviamos uma delegação em prol da paz, pois nossa força é limitada para enfrentar ou partir". Entre aceitação e descontentamento, suas opiniões flutuaram, convergindo, por fim, para a última opção.

Al-Aswad ibn Affar, optando pela sabedoria, escolheu os mais ponderados entre eles.

Expressando sua gratidão, Al-Aswad ibn Affar adentrou sua residência acompanhado dos escolhidos para rumar até Amliq, exceto a mulher de olhos azuis.[12] Ela permaneceu para lançar um olhar perspicaz a Ajj' e disse:

— Seus olhos são idênticos aos da minha irmã. Não os confundo, mesmo que estejam a uma jornada de distância. Você é Ajj'?

— Sim, sou eu. E qual é o seu nome?

— Sou Hutham, filha de Mura, sua tia.

Abraçando-o calorosamente, Hutham se sentou e compartilhou relatos sobre a mãe dele, que buscou auxílio em Amliq, e relatos sobre seu amor por Ajj'.

Ela contou que, incapaz de suportar a separação, a mãe de Ajj' sucumbiu à tristeza. Ajj' e Hutham compartilharam lágrimas, refletindo sobre a vida dela, enquanto ela falava olhando para as estrelas, como se enxergasse todos os ausentes nelas: seu marido que pereceu sob as areias do palácio de Salomão e seus quatro filhos, que ainda escavam as areias, aguardando a inevitável morte.

Ajj' indagou por que ela não retornou à Tasm após a morte do marido. Ela respondeu: "Tasm, mesmo sendo minha família, é arrogante. Não me sinto segura com eles. Rabaah veio até mim no dia da morte do meu marido e pediu para eu voltar com ele, mas recusei".

A revelação da história de Rabaah nos surpreendeu e, ao indagarmos mais sobre ele, a perplexidade aumentou. Descobrimos pela primeira vez que ele não apenas visitava Hutham, mas também sua irmã, oferecendo valiosa assistência aos habitantes de Jidees. Contudo, a aurora se aproximava, impondo o inevitável retorno.

Hutham nos despediu com lágrimas e eu permaneci nos arredores da tribo, enquanto Ajj' continuava a lançar olhares nostálgicos em direção a ela durante toda a jornada, até que sua figura desapareceu no horizonte distante.

---

12 Zarqa' Al-Iamama, uma mulher lendária de olhos azuis da região de Al-Iamama na Arábia pré-islâmica, pertencente à tribo Jidees, era conhecida por sua intuição aguçada, visão excepcional e habilidade única de antecipar eventos futuros.

Mufadda ibn Amliq Al-Tasmi ponderou consigo mesmo: Por que tudo isso me vem à mente agora? Quem é meu pai, afinal, ele ou Amliq? Não tenho certeza, mas retornamos a ele, provenientes de Jidees, quando o sol já despontava no horizonte.

Salma aguardava ansiosa por nós e eu lhe narrei todos os eventos que se desenrolaram.

Naquele instante, Ajj' parecia estar imerso em outro plano de existência. Salma nos indagou e eu relatei os acontecimentos, mas Ajj' permaneceu em silêncio. Entre nós, as palavras se tornaram escassas, até a chegada da delegação de Jidees liderada por Al-Aswad ibn Affar...

O pátio naquele momento assemelhava-se a um oceano em torno de um afogado, silencioso apesar da morte, opressivo apesar da vastidão.

Todos ajoelharam-se em respeitoso silêncio diante de meu pai, sem um sussurro sequer, inclusive Al-Aswad ibn Affar. Não, não... corrigindo... Todos permaneceram ajoelhados em respeitoso silêncio diante de Amliq, inclusive os sons dos corvos lá fora.

Eu, sinceramente, nunca fui a favor da guerra, Deus sabe, pois não sou adepto a ela, nem do silêncio ou de qualquer coisa que perturbe Salma, que nos observava de seu ponto de vista elevado...

O silêncio foi rompido por Amliq quando concedeu permissão para que os homens de Jidees se retirassem. Meu pai segurava as rédeas do domínio, todo o domínio do rei, como se tivesse percebido subitamente sua própria realeza.

Ele parecia não ouvir muito do que eles diziam, sem se voltar para suas palavras, e proferiu com voz serena: "Deixem todo o Vale do Areed".

Nesse instante, eles assemelhavam-se a árvores resistindo ao vento. Era o vento da injustiça, que até Salma percebeu ao olhar para Ajj' de sua janela, como se instigasse que ele falasse.

Ajj' aproximou-se de Amliq e disse:

— Meu senhor, eles vieram em submissão, e sua senhoria é o melhor dos governantes.

No entanto, Amliq prosseguiu como se não tivesse ouvido Ajj' e declarou com o mesmo orgulho:

— Todos vocês descerão para a vila do profeta e deverão concluir a remoção das areias sobre o Palácio de Salomão o mais rápido possível...

Sem aguardar por qualquer resposta, Amliq deixou a sala, seguido de perto por Ajj'. Entre eles, uma conversa começou como se estivessem envolvidos em um discurso indecifrável, incapazes de compreender plenamente o que fazer além de desvanecer diante da situação desafiadora.

Nesse instante, segui Amliq ao lado de Ajj', esperando pelo momento adequado para uma conversa mais reservada. Ajj' expressou: "Meu senhor, essa situação está sendo extremamente difícil para eles, e a situação atual apenas agrava o seu sofrimento".

Amliq dirigiu seu olhar para Ajj' com a confiança sólida de uma rocha e afirmou:

— Ó Ajj', governar é uma tarefa árdua, e não vislumbro outra solução. Se eu controlar a força, dominarei a terra e tudo nela. Este é o meu exército sob o comando de Rabaah, a quem treinei pessoalmente. Se eu o soltar, ele os esmagará. No entanto, sou misericordioso e não permitirei que pereçam.

Eu, de maneira sarcástica, comentei: "Você não compreende completamente o que está dizendo, e mesmo Rabaah não pode garantir lealdade eterna". Amliq riu em resposta e disse: "Rabaah, trair-me? Rabaah, que está prestes a se casar com Salma?".

Seu riso ressoou pela sala, revelando uma confiança aparentemente inabalável em sua decisão...

Mufadda ibn Amliq Al-Tasmi disse:
Os dias passam como correntes e caravanas desfilam diante de mim, os poços secam e as montanhas desabam. Nem os dias param, nem o homem se cansa, mas as montanhas não desabam senão por uma ordem terrível.

Vivi em Iamama por trinta anos, pensei que suas muralhas protegessem contra a morte, toda morte. Pensei que as estrelas a temessem, até Amliq, pensei que ele permaneceria para sempre, segurando tudo em suas mãos.

Lembro-me bem do dia em que vi uma montanha desabar pela primeira vez; não me surpreendi como me surpreendi no dia em que meu pai morreu. Amliq era ainda mais forte para mim do que a montanha...

Minha história se aproxima do fim, tudo acabou de repente, começou no dia em que as pessoas de Jidees terminaram de remover a areia do palácio do profeta Salomão. Vi meu pai parado no centro do pátio, olhando para a delegação de Jidees, rindo e dizendo: "Vou habitar o palácio do profeta a partir de amanhã e darei a vocês alguns dos impostos do Vale de Areed", olhou para o quarto de Salma e disse: "E o casamento de Rabaah e Salma será em dez dias...".

Dois dias depois, algo grande aconteceu, a ponto de as pessoas cochicharem sobre isso nas ruas.

Todas as pessoas viram Al-Shamoos, a filha de Al-Aswad ibn Affar, recolhendo suas roupas e enxugando o sangue acima das suas coxas. Todas as pessoas a viram correndo do Poço das Noivas para Jidees, com o cabelo cheio de lama. Todas as pessoas ouviram seus gritos que nos fizeram entender o que realmente havia acontecido, Amliq estuprou Al-Shamoos, filha do Al-Aswad ibn Affar, um dia antes de seu casamento...

Tudo naquele dia tornou-se vermelho: o céu, os rostos das pessoas de Jidees, o rosto de Amliq, de Ajj', de Rabaah, o rosto dos irmãos de Salma que vieram de Petra a pedido de Amliq para participar do casamento, e até mesmo o meu rosto.

Eu estava com medo, com raiva e triste, mas continuei pensando a noite toda depois que Rabaah se inclinou para mim e disse: "Amliq está extrapolando, e um limite deve ser estabelecido". Olhei para ele com surpresa, pensando que ele acabara de acordar de uma embriaguez.

Rabaah se opôs a Amliq! Perguntei-lhe o que ele pensava em fazer e ele riu, dizendo que iria convidar o Al-Tubba' Hassan...

Foi uma noite difícil, cheia de vozes, cheia de risadas de Amliq, cheia de gritos de Al-Shamoos, filha de Al-Aswad ibn Affar, de gritos das pessoas de Jidees, de gritos da pobreza e da vergonha.

Elas não deixarão Amliq depois do que ele fez. Será que eu devo me revoltar contra Amliq? Corrigindo... Será que eu devo me revoltar contra meu pai? Perguntei às estrelas, vi duas estrelas cadentes e, atrás delas, brilhou mais ainda nossa Aldebarã.[13]

Senti uma voz divina me dizendo: Vá até Al-Tubba' Hassan.

Não soube se era mesmo a voz do céu ou a voz da minha consciência.

Eu queria justificar minha revolta contra meu pai. Meu pai! Que ele não era mais meu pai, mas Amliq, o grande, que buscava o palácio do profeta Salomão. Mas para quem eu deixarei Ajj' e Sal-

---

13 Aldebarã é a estrela mais brilhante da constelação Touro.

ma? Será que devo deixar Ajj' lutar sozinho? E se Amliq souber da minha traição? Ai, meu Deus, não aguento mais toda essa dor...

Preparei meu cavalo antes do amanhecer e alcancei Rabaah. O caminho ao nosso redor era estreito, senti traição de todos os seus lados, Rabaah ficou em silêncio durante toda a jornada, e isso me deixou com mais medo ainda.

Eu estava seguindo algo que não estava entendendo. Quando chegamos ao palácio de Al-Tubba' Hassan, Rabaah sussurrou para mim: "Você realmente ama seu pai?".

Eu não respondi, e ele não esperou pela resposta. Concordei.

Avançamos pelo majestoso palácio até ficarmos diante dos pés de Al-Tubba' Hassan: "Meu grande senhor, Amliq tornou-se tirânico e a metade do povo de Iamama se revoltou contra ele. Viemos buscar sua ajuda".

No início, eu fiquei atordoado, mas permaneci em silêncio. Concordei, naquele dia, em abandonar meu pai, e como eu gostaria que o assunto se limitasse apenas a isso.

Al-Tubba' Hassan concordou em liderar seu exército quando viu minha concordância. Quisera eu não ter ficado em silêncio...

Mufadda ibn Amliq Al-Tasmi disse:
O exército de Al-Tubba' Hassan iniciou sua jornada a partir do Iêmen, envolto em uma aura de poeira que quase o ocultava dos observadores.

À medida que nos aproximávamos de Iamama, a apenas dois dias de distância, um cavaleiro se aproximou, buscando por Rabaah.

Ele o informou sobre algo crucial e partiu rapidamente.

Intrigado, indaguei a Rabaah se havia novidades, e rapidamente ele me respondeu:

— As pessoas de Jidees mataram Amliq, como eu havia ordenado anteriormente.

Naquele momento, Rabaah assemelhava-se a um demônio noturno e, pela primeira vez, eu senti um temor genuíno dele.

Rabaah me enganou. Nesse momento, evoquei a lembrança daquele dia em que implorei para me ensinar política.

Eu não era um político e essa verdade ficou evidente quando Rabaah se dirigiu a Al-Tubba' Hassan e disse:

— Tenho uma irmã que consegue avistar o exército a dois dias de distância. Faça com que os soldados da frente se vistam com folhagem para confundir sua visão.

Minhas ações eram guiadas exclusivamente pela influência da voz de Rabaah, não a voz de um deus nem a minha própria. Era simplesmente a voz do diabo...

O exército avançou e eu com ele. Experimentei medo e desespero, sem o desejo de me rebelar, apenas buscando minimizar as perdas. Naquele momento, alcançar a menor das perdas representava uma vitória.

Contudo, nunca mais mantive uma conversa com Rabaah. Tudo estava relacionado a ele e eu era a causa de tudo...

As majestosas muralhas de Iamama surgiram diante de nós e avistei a tia de Ajj' no mesmo local onde eu estava quando criança, ao lado do rei e do meu pai.

Fui testemunha dela acenando freneticamente com os braços, parecendo estar em estado de pânico.

Ao seu redor, vi poucos soldados perplexos com Al-Tubba' Hassan e seu exército. Abaixo deles, deparei-me com um homem pendurado e amarrado pelos pés, imerso em seu próprio sangue.

Ao observar mais de perto seu rosto entre os fios de sangue, percebi com tristeza que era meu pai.

Nesse momento, o desejo de fugir se apoderou de mim, mas eu compreendi que qualquer tentativa resultaria em minha morte. Até mesmo um suspiro incômodo poderia selar meu destino de maneira irreversível...

O grandioso exército, imponente em sua conquista, avançou impiedosamente sobre Iamama, e a resistência do exército de Jidees sucumbiu, incapaz de erguer as muralhas da cidade como se estivessem esgotados de dizimar os soldados de Tasm.

O cenário pintava-se de sangue por todos os cantos: ruas encharcadas, muralhas tingidas, poços transformados em testemunhas silenciosas e até mesmo no palácio de meu pai, que se tornou palco de sua violência.

Al-Tubba' Hassan adentrou o palácio, desfrutando de um riso mordaz antes de ordenar a reunião de todos os soldados de Jidees e os remanescentes de Tasm do lado de fora das muralhas.

Em meio a esse caos, a tia de Ajj' foi trazida diante do líder invasor, e eu permaneci ao seu lado, buscando oferecer-lhe algum conforto em meio à devastação.

Em um momento de desabafo, ela compartilhou comigo a trágica narrativa de como Ajj' e Salma haviam fugido antes do ataque dos soldados de Jidees a Tasm, buscando refúgio em Al-Hira.

Os quatro irmãos de Salma os perseguiram, movidos pela intenção de eliminá-los, e até mesmo Al-Aswad ibn Affar, acompanhado por alguns de seus soldados, lançou-se em uma busca sedenta por vingança após o ataque para matar todos eles...

Al-Tubba' Hassan impôs silêncio e ergueu-se do trono de meu pai, posicionando-se diante da tia de Ajj'. Seu riso ecoou sinistramente enquanto, de maneira cruel, estendeu os dedos até os olhos dela, arrancando-os e privando-a de suas belas pupilas azuis. Diante desse ato perverso, minhas forças se esgotaram.

Eu não enxerguei outra saída senão a fuga, ou melhor, não, não identifiquei alternativa senão lançar-me do alto de uma montanha. Ajj' e Salma permaneciam como minha última esperança, mesmo diante da perspectiva sombria que se desenhava à minha frente...

Com meticulosidade, preparei meu cavalo, antecipando a iminente fuga assim que as pessoas se agruparam do lado de fora das muralhas.

Ao montar meu cavalo e me preparar para partir, eu ouvi as sombrias instruções de Al-Tubba' Hassan para seus soldados: "Matem todos, sem exceção, e comecem por Rabaah e Mufadda!".

Sem hesitar, eu empreendi minha fuga, sem voltar o olhar nem por um momento. Golpeava meu cavalo implacavelmente, deixando marcas de sangue na vara, testemunhando todo o caminho tingido de vermelho, enquanto dentro de mim um oceano de sangue agitava-se.

A areia exalava o odor metálico do sangue, e as montanhas, antes majestosas, pareciam formadas por uma substância carmesim. Só parei quando meu cavalo, enfraquecido, finalmente cessou sua marcha. Eu vi lágrimas escorrerem de seus olhos e eu, por minha vez, chorei. Desde aquele dia, eu não parei de chorar e as lágrimas tornaram-se minha única esperança de purificação...

Enquanto permanecia estático na estrada que levava à Al--Hira, deparei-me com os irmãos de Salma, dirigindo-se apressadamente para Iamama. Desconhecendo os acontecimentos, eles não sabiam o que havia ocorrido e eu, ao notar manchas de sangue em suas espadas, inquiri sobre Salma.

Com uma resposta que despertou temor, disseram: "Procure por ela sobre as duas montanhas do Poço das Noivas".

Sentindo uma urgência incontrolável, não esperei; rumei em direção às duas montanhas, determinado a desvendar o destino de Salma...

Ao alcançar o local, deparei-me com homens de Tayy, que agora habitam esta área próxima ao Poço das Noivas.

O cenário macabro desvelava-se diante dos meus olhos, com esses indivíduos levando a cabo a execução de Al-Aswad ibn Affar.

Eu busquei refúgio ao me ocultar e, posteriormente, subi a montanha a leste. O topo revelou uma visão desoladora: Salma, crucificada e vertendo muito sangue de seu coração.

Eu agitei seus ombros em busca de resposta, mas ela permaneceu imóvel. Em um gesto desesperado, recolhi areia misturada com seu sangue e a utilizei para golpear minha própria cabeça.

Todos os meus sonhos desmoronaram, incluindo a aspiração à purificação, que se distanciou como uma miragem inalcançável.

Eu fiquei imerso na agonia por dois dias e, no terceiro, a enterrei no mesmo topo da montanha, onde o sol nasce e poderia iluminar seu descanso.

Dois dias depois da morte de Salma, Ajj' também encontrou seu repouso no topo da montanha a oeste, cercada por uma centena de corvos.

Ao longo dos anos de solidão neste local montanhoso, enterrei cinquenta corvos ao redor do túmulo de Salma.

Sou o portador da mais profunda aflição, uma carga que supera a dos outros. A cada dia, narro suas histórias, intensificando minha própria angústia.

Recusei-me a me lançar do alto da montanha onde repousa Salma. Optei por prolongar minha tortura e continuar enterrando a maior quantidade possível de corvos.

Por que as montanhas desabam de repente, roubando minha paz interior?

Os ratos não comem frutas

O último rato de Ma'rib disse:
"Os ratos, deve ser sempre os ratos, quando buscam absolvição dos pecados, eles sempre culpam os ratos".

Nossas histórias remontam a eras antigas, entrelaçadas nas raízes do passado desde a construção desta imponente barragem de Ma'rib,[14] esculpida das rochas da quinta terra.

Os relatos de nossos antepassados ecoam: "Foi erguido pelas mãos do rei Xamar Iarixe,[15] sob cujos pés, a própria terra tremia".

Em um dia marcante, ele permaneceu diante de sua grandiosa barragem e proclamou: "Seja forte, minha magnífica barragem, a ponto de amedrontar os passantes. Sacie a sede das pessoas até as fronteiras de Dafar".[16]

---

14 A barragem, ou dique de Ma'rib, é uma estrutura moderna que bloqueia o Wadi ou Vale de Adhanah nas colinas de Balaq, localizada na província de Ma'rib, no Iêmen.

15 Xamar Iarixe ibne Iacir Iunim ibne Amr Dul Adar Shammar, um monarca himiarita que reinou aproximadamente entre os anos 275 e 312 de nossa era.

16 Zafar ou Dafar, uma antiga cidade himiarita, repousa no Iêmen, cerca de 130 km ao sul-sudeste da capital Saná, e é mencionada em diversos textos antigos.

Assim, o rei sábio, em sua benevolência, ordenou aos agricultores que começassem a arar tanto para a direita quanto para a esquerda. Com esforços conjuntos, dois jardins imponentes floresceram, brindando-nos com frutas e sementes em profusão.

Durante seu reinado, vivemos pacificamente, respeitando os limites das moradias humanas...

Contudo, os antigos partiram e o tempo se metamorfoseou desde os dias gloriosos do rei Xamar Iarixe. Rachaduras, como cicatrizes do tempo, surgiram na barragem, de alto a baixo. Imperceptíveis para os olhares além de seus contornos, mas para nós, ratos, são visíveis e, mais ainda, passamos a habitar nelas.

Inicialmente, nos aventurávamos nessas fendas com nossos narizes redondos, por vezes ficando temporariamente aprisionados. No entanto, à medida que o tempo avançava, nos enraizamos nessas rachaduras com todo o nosso ser.

Quando se alargavam, os reis diligentes enviavam reparadores para corrigi-las. No entanto, ao longo dos anos, as rachaduras teimosamente retornavam, desafiando nossa entrada inicial. Mas à medida que se expandiam novamente, os reparadores retornavam. Assim a barragem persistia, mantendo-se em um delicado equilíbrio entre a largura e a estreiteza dessas fendas...

O tempo avançou e os reparadores da barragem desapareceram por longos períodos, permitindo que as rachaduras se alargassem significativamente. Começamos a temer, nossos narizes redondos denotando apreensão diante das iminentes inundações do verão e dos trovões do inverno. Em um dia de enchente, despertamos assustados sob a luz do meio-dia com um som estrondoso que se assemelhava ao tilintar das espadas de um exército de Dafar.

Diante desse estrondo ensurdecedor, todos os ratos se dispersaram, buscando refúgio entre as fendas saturadas e além dos limites da barragem, agora inundados pelas águas da intensa chuva. O som ressoava como o trovão dos céus, algo nunca antes testemunhado, como se o próprio deus celeste estivesse irado conosco ou como se fosse o prenúncio do fim do mundo...

Após o alargamento das fendas, ficamos impotentes para retornar ao interior da barragem e as águas rapidamente invadiram seu interior, levando consigo os corpos de nossos irmãos que permaneceram presos nas fendas encharcadas.

Desesperados, corremos pelos jardins, gritando entre as pessoas na esperança de que percebessem o perigo iminente, mas nenhum olhar se voltou para nós.

O rei, em sua decisão impiedosa, ordenou a soltura de gatos pelas ruas, alegando inicialmente:

"Se permitirmos que os ratos prosperem, devorarão a barragem."

Refugiamo-nos nas moradas dos humanos, ouvindo suas conversas sobre o rei e a barragem.

Afirmavam que a barragem era protegida por todas as divindades. O estranho som de trovões não ecoava do céu, mas sim dos inimigos que se reuniram, soprando suas trombetas em uníssono para nos aterrorizar. O céu não estava irado; tudo isso era uma artimanha. Os ratos dispersos não eram ratos, mas sim lama negra enfeitiçada, espalhada pelas hienas como um aviso de que eles se aproximavam, mas incapazes de nos enfrentar.

Esse discurso persistiu até o momento em que avistamos o rei dirigindo-se à barragem pessoalmente.

Ao retornar, o rei colocou-se entre as pessoas, declarando: "Ó meu povo de Ma'rib,[17] a barragem está rachada e ainda não vejo reparos nessas fissuras".

As pessoas riram e lançaram frutas em sua direção: "Ma'rib está secando, ó rei maligno?". Retornaram às suas falas anteriores e acrescentaram: "Dizem que o rei Xamar Iarixe conferiu à barragem, quando a construiu, uma força equivalente a mil montanhas. E agora esse rei tolo vem falar de ratos e colapso. Que Deus o amaldiçoe, a ele e a seus gatos".

Assim, a história chegou ao seu término. Nossa narrativa, dos ratos de Ma'rib, alcançou seu epílogo ao testemunhar o rei fugir para o norte no silêncio da noite, antecedendo o colapso inevitável da barragem, com nossos corpos flutuando sobre suas águas tumultuadas.

---

17 A província de Ma'rib, localizada ao nordeste da capital Saná, abrange 17.405 km² e é dividida em quatorze distritos, com Ma'rib como a capital. A população, que era cerca de 238.522 em 2004, aumentou para aproximadamente 306 mil em 2014. Durante a Guerra Civil no Iêmen, a região acolheu centenas de milhares de refugiados, elevando a população para cerca de três milhões.

O lodo e as estrelas

Uma noite, o Professor Abdul Malik fixou o olhar em cada um de nós, nos nossos olhos, antes de iniciar a narrativa da jornada das dez camelas de Iyad em direção ao túnel que conduz aos tesouros de Caaba.[18]

Professor Abdul Malik sorriu de maneira enigmática e proclamou: "Coitados dos ratos, não importa quanta força vocês tenham, vocês sempre serão ratos". Em seguida, deu início à fascinante história...

A alma da primeira camela abatida começou a contar sua perspectiva:

Nós esperamos por Iyad diante do túnel, questionando-nos se ele nos abandonaria após sua saída. Ou será que ele carregaria sobre nós as joias e os rubis que esse sheik prometera?

Talvez você se pergunte quem é Iyad e quem é o sheik. A história é longa e repleta de maravilhas.

---

[18] Caaba, também escrita Kaaba ou Kabah, por vezes referida como Al-Caaba Al-Musharrafah, é o edifício no centro da mesquita mais importante do Islã, a Masjid Al-Haram, em Meca, na Arábia Saudita. É considerado pelos muçulmanos como a Bayt Allah (Casa de Deus).

Nós éramos as camelas de Iyad ibn Nazar ibn Mua'd Al-Asharah, herdadas como parte da fortuna que ele recebera de seu pai, Nazar. Eu era a camela mais robusta e poderosa que Nazar possuía.

Nazar me adquiriu na Abissínia, juntamente com sua escrava negra de pele brilhante, que presenteou Iyad ao fazer seu testamento para seus filhos enquanto estava doente, com dor e gemendo em sua cama.

O pai de Iyad, ao tentar segurar minhas rédeas, acariciando a barriga do filho, profetizou: "Ó Iyad, esta camela e todos os negros que se assemelham a ela são seus. Seja paciente, o avô, o rei, virá até você e o fará rei".

Eu representava sua sorte, assim como muitas das camelas e das ovelhas que não podiam ser encontradas em nenhum outro lugar nas terras árabes...

Contudo, coitado de Iyad, ele foi o menos favorecido na herança de seu pai, a ponto de amaldiçoar seus antepassados sempre que se sentava ao nosso lado.

A maldição ecoava em cada puxar de nossas rédeas para o trabalho, a cada escassez de água, nos vales onde o assobio das cobras era ouvido ao seu redor, e em cada inundação que nos privava de nossa riqueza.

Ele vivia miseravelmente, alugando-nos para peregrinos e comerciantes, subsistindo à custa dos aluguéis que obtinha. Dissipava toda a sua fortuna, chegando ao ponto de vender sua escrava negra e desfazer-se de todos os seus pertences. Do esplendor de sua riqueza, restou apenas eu e as nove camelas da jornada.

Contudo, ele jamais esqueceu as palavras ditas por seu pai em seu leito de morte: "O avô, o rei, virá até você e o fará rei". Iyad repetia essas palavras ao nosso redor, acompanhadas de toda a sua história, clamando para o céu: "O que você quis dizer, pai? Você vê a minha miséria, não vê? Que avô e que rei?". Ele buscava respostas, ciente de que sua voz ecoaria até ser ouvida...

Tudo isso ocorreu antes de sua vida tomar um rumo diferente, no dia em que um sheik misterioso surgiu. Foi nesse dia que fui puxada pela primeira vez em minha vida, incapaz de suportar o fardo imposto. Coincidentemente, também foi o dia em que a amada de Iyad partiu com sua família, marcando um capítulo crucial em sua jornada.

Disse a segunda camela:
Coitado de Iyad, ele não esqueceu sua amada durante toda a cansativa jornada com aquele sheik.

Que difícil e desastrosa esta jornada, e que triste e miserável esta caminhada, todos os comerciantes e peregrinos escolhem o caminho já conhecido para evitar a destruição, mas esse sheik escolheu seu próprio caminho.

Um velho, emergindo do nada, parecia como a garota do Eufrates[19] que Iyad amava...

A jornada começou quando esse homem chegou; um grande sheik, como uma montanha, mas estava curvado pela ação da idade, que embranqueceu sua barba e a alongou até seus joelhos. Ele se apoiava em uma vara de pedra com que eu nunca fui golpeada antes e uma de suas mãos balançava à sua frente como se estivesse

---

19 Eufrates ou região Al-Furat, ao sul de Bagdá, é reconhecida como a área mais fértil do Iraque, abrangendo as províncias de Najaf, Karbala, Diwaniya, Babil e Muthanna. Historicamente, o Eufrates Médio, composto por cinco províncias, desempenhou um papel crucial no surgimento da civilização, sendo lar de antigas cidades sumérias. Durante a era babilônica, tornou-se a capital do Império Babilônico, com cidades como Babilônia, Cuta e Larsa.

procurando por algo, ou como se um gênio estivesse o puxando. Você pensaria que ele era cego, mas não encontrei nada em sua companhia que indicasse isso, pois ele olhava para o lugar e o descrevia como se tivesse o visto antes, como se estivesse sonhando com ele ou como se os gênios estivessem o descrevendo para ele...

Este sheik parou no meio das pessoas e dos camelos e disse: "Quem irá me alugar um camelo? Aquele que o fizer terá sua recompensa em pérolas e rubis e a carregará em cima de um camelo negro, resistirá à sede e não morrerá!".

A proposta do sheik intrigou a todos os presentes, desafiando as tradições e oferecendo uma promessa de recompensas inigualáveis.

Ninguém respondeu; alguns nem sequer o notaram, enquanto outros cochichavam: "Este é um louco! Ninguém o conhece. Pérolas e rubis?! Vá morrer em sua própria terra, seu velho".

Iyad estava sentado, chorando, porque sua amada partiu e ele ficou sozinho conosco como sempre. Ela partiu com sua família para o Eufrates e ele ficou sedento.

Ele costumava nos alugar para a família dela durante a estadia deles, observando-a por trás da barraca dela, carregando água em sua bolsa, sussurrando em meu ouvido para me abaixar calmamente para que ela não se assustasse. Ele ajoelhava para que ela pudesse apoiar-se nele ao descer ou ao subir, até que ela olhou para ele em um dia ensolarado. Ele não conseguiu se recuperar do olhar dela, apenas enxugou o suor que tinha na testa e nos olhos dele, e ela riu da situação, mas depois de tudo isso ela partiu, apesar de ele expressar seu amor por meio da poesia, ela partiu. Apesar das respostas poéticas dela, ela partiu. Mas Iyad permaneceu ao nosso lado, sem nada além de nós neste mundo.

Ele não tem o luxo do amor e nem foi abandonado por nós. Sentou-se, enxugou o suor e esperou alguém que nos alugasse para poder adquirir tâmaras e sal, sua única comida... Mesmo na solidão, ele permaneceu fiel à esperança de que a vida lhe reservasse algo mais do que o vazio que preenchia seus dias. Em cada gota de suor, em cada olhar perdido na distância, Iyad buscava algo que pudesse preencher o vazio deixado pela partida de sua amada. A espera, silenciosa e resignada, era sua única companheira enquanto a vida seguia seu curso implacável.

Iyad despertou ao chamado do sheik, secando suas lágrimas com determinação: "Aqui estou, sheik. Coloco à sua disposição meus camelos para alugar".

O sheik pousou a mão no ombro de Iyad, curvando-se como se um fardo pesado tivesse sido lançado sobre ele, e indagou:

— Quantos camelos você possui?

— Possuo uma dezena.

— Qual a distância entre nós e Meca?[20]

— Quatro poços nos separam.

— E se optarmos pela rota em direção ao Monte Al-Matabikh,[21] qual seria a distância resultante?

— Apenas um poço nos separaria.

---

20 Meca situa-se em um vale desértico da Arábia Saudita Ocidental e é a principal cidade sagrada do Islã, pois é o local de nascimento do profeta Maomé e da própria fé. Apenas os muçulmanos podem entrar na cidade e milhões de pessoas chegam para a Hajj (peregrinação) anual. Datada do século VII, a Masjid Al-Haram (mesquita sagrada central) rodeia Caaba, a estrutura cúbica coberta de tecido que é o santuário mais sagrado do Islã.

21 Monte Al-Matabikh, em Meca, Arábia Saudita, nas colinas de Qaiqan, desempenhou papel histórico na construção da Caaba e em eventos de sacrifício. A região é mencionada em relatos históricos como um local de reconciliação, contribuindo para a rica narrativa da sagrada cidade de Meca.

A terceira camela compartilhou sua experiência:
Eu fui a escolhida para transportar sua amada. Ouvia-a recitar poemas, desvendando a crueldade, até que um dia ela abaixou o véu de sua barraca, quase me esmagando de alegria com suas palavras e olhares. Mesmo assim, não me assustei, pois Iyad sussurrou em meu ouvido para manter a calma diante daquela revelação emocionante.

Sua família permanecia alheia ao que acontecia, exceto Iyad, que alugava seus camelos por um preço inferior aos demais, aceitando qualquer oferta que lhe proporcionasse algum alívio financeiro. Daí a razão de suas vestes rasgadas sobre o peito, como se tivesse sido atingido por lâminas afiadas, enquanto sua amada costurava uma camisa para ele, antes que sua tribo percebesse e partisse com eles...

Nos preparamos para a jornada, organizando-nos dos mais fortes aos mais fracos, amarrando correias com firmeza e enchendo odres de água e alimentos para garantir nossa subsistência.

Iyad ajudou a primeira camela a se abaixar, na qual o sheik montou com dificuldade. A camela não se levantou imediatamente, só o fazendo quando o sheik acariciou suas mandíbulas e Iyad a estimulou.

Ela se movia lentamente, como se carregasse não apenas bagagens, mas também o peso de mil fardos emocionais...

Na primeira noite de viagem, nenhum deles proferiu palavra. Iyad, olhando as estrelas surgirem gradualmente a cada montanha no horizonte que precisavam transpor, parecia perdido em pensamentos. Por que ele concordara com essa jornada? Uma questão que pairava em sua mente, sem uma resposta clara. A morte pairava de todos os lados, mas ele colocava a mão no peito de sua camisa e falava com o céu, como se aguardasse uma resposta cósmica. Amaldiçoava seu pai e seus antepassados, indagando: "O que querias dizer, pai? Vês meu sofrimento, não é verdade? Que avô e que rei? Responde-me, certamente me ouves".

O sheik voltou-se para ele uma vez, como se tivesse captado suas palavras. Ele interrompeu a primeira camela e indagou:

— Você é Iyad ibn Nazar?

— Sim, sou eu. Como o senhor sabe, sheik?

— O Monte de Al-Matabikh surgiu e agora estou certo de que há um caminho de volta. Eu sempre soube que um dos filhos de Nazar ibn Mu'ad seria aquele que me conduziria, e você é ele, sem dúvida.

— Quem é o senhor, sheik?

— Sou Al-Harith ibn Mudaad Al-Jurhumi, o rei de Meca perdido após desobediência.

Iyad sentiu-se animado, talvez, não sabia ao certo, mas certamente recordava-se das palavras de seu pai sobre o avô rei. Eu o vi olhando ao redor, como se estivesse surpreso. Como poderia sobreviver nessa jornada? Que tesouros, pérolas e rubis poderiam estar escondidos aqui? Ele observou o Monte de Al-Matabikh à sua frente, intrigado, e dirigiu um olhar questionador ao sheik zombeteiro, perguntando:

— Por que o Monte de Al-Matabikh, sheik? Há pérolas e rubis lá?

A quarta camela expressou seus pensamentos:
"Quem protege o ser humano da infelicidade senão ele mesmo? Quem cria a felicidade senão o coração humano? Dele e para ele, quem tem o poder de mudar os destinos? Como uma montanha pode desencorajá-lo e entristecê-lo quando você não possui força? Como?"

Enquanto Iyad estava imerso em pensamentos sobre como atravessar a montanha de Al-Matabikh, o rei de meca, Al-Harith, parecia absorto no reino de Deus ao seu redor.

Ele continuava a apontar com a mão e eu percebi que estava sendo guiado por um gênio. Ele olhava ao redor lentamente, como se estivesse testemunhando eventos acontecendo à sua frente e vendo pessoas se movendo. Às vezes, interagia com elas, aplaudindo, dizendo "Olhe, Iyad" ou cutucando a camela para fazê-la correr, enquanto Iyad o observava com sarcasmo, balançando a cabeça.

Parecia que queria dizer ao sheik: "Espere até cruzarmos a montanha, depois faça o que quiser...".

A estrada ao redor da montanha era verdadeiramente desafiadora. Iniciamos nossa jornada de manhã cedo e só conseguimos completar a travessia ao pôr do sol, quando o cansaço finalmente dominou Iyad, fazendo com que ele decidisse deitar-se de costas para receber a noite.

O céu, agora salpicado de estrelas, testemunhava a exaustão e a resiliência da caravana diante do desafio.

O sheik sorriu, olhando para o céu, e disse: "Você sabe por que é chamada de montanha de Al-Matabikh?".

Naquele preciso momento, as estrelas desvelaram seu brilho cintilante e o sheik, subitamente, prostrou-se ao solo após a primeira camela decidir por um desvio súbito. Seu corpo colidiu com a terra como se fosse impactado por uma força invisível.

Persistindo no chão, a camela recusava a se erguer, mesmo após inúmeras batidas com o bastão e algumas cutucadas na corcunda dela.

Iyad, confrontado com tal obstáculo, viu-se compelido a trocar de montaria, sendo obrigado a abater aquela que o havia desafiado com sua indisciplina.

Sob o esplendor das estrelas, ambos sentaram-se, e Iyad empreendeu a tarefa de preparar um churrasco, aguardando pacientemente até que a carne atingisse a perfeição culinária. Compartilharam a refeição, enquanto o sheik, apoiado em seu bastão, parecia relutante em colocá-lo no chão. Entre esticar a mão para alcançar a comida, ele intercalava ações, pegando o bastão antes de estender a outra mão para desfrutar da iguaria diante deles.

E assim, de forma contínua e ininterrupta, ele alternou suas mãos até terminar, escalando sua vara com destreza antes de finalizar.

Em meio ao seu silencioso banquete, mesmo diante das persistentes indagações de Iyad sobre a narrativa da montanha, o sheik manteve-se taciturno. Em um instante de reflexão, o sheik direcionou seu olhar para trás e orientou Iyad: "Fixe sua visão no topo da montanha...".

Simultaneamente, nossos olhares seguiram na direção indicada, e as estrelas, como participantes de uma dança celestial, abandonaram suas posições habituais, organizando-se em dois conjuntos distintos, à direita e à esquerda, formando figuras humanas de rara beleza.

Iyad, atônito diante da visão, chegou a abrir a boca em assombro. O sheik apontou para o céu estrelado e compartilhou: "Você está familiarizado com o momento em que os árabes enfrentaram os filhos de Israel pela primeira vez?".

Iyad balançou a cabeça negativamente, e as estrelas prosseguiram em sua dança celeste, delineando à direita da montanha um homem colossal, ladeado por um exército ainda mais extenso que se estendia majestosamente do topo da montanha até o horizonte distante.

O sheik, com seu dedo indicador apontado para as constelações, elucidou: "Este é meu irmão Amr, o rei dos árabes, vilmente traído e mortalmente ferido. Ao seu lado, está o imponente exército das tribos de Hamir[22] e Jurham".[23]

As estrelas, então, moldaram à esquerda da montanha duas figuras distintas: um homem magro e alto, com um nariz afiado como uma faca, ao lado de outro homem baixo e feio, cujos olhos eram amplos e os braços, robustos como pedra. Logo atrás deles, esboçou-se um exército ainda mais imponente do que o destacamento árabe.

O sheik apontou solenemente para ambas as representações estelares e prosseguiu:

— Este homem esguio é Faran, o traidor que usurpou a coroa de Caaba, sendo o rei dos filhos de Israel. Ao seu lado, encontra-se Shanif, o líder astuto de seu exército traiçoeiro....

Iyad fixou seu olhar nas estrelas como se estivesse imerso em um sonho peculiar, estendendo a mão em direção ao céu como se pudesse alcançar as constelações com seus dedos. Dirigindo-se ao sheik, ele indagou:

— E quanto ao seu irmão, o rei? Como ocorreu sua morte? Os filhos de Israel foram responsáveis pela traição?

---

22 A tribo Hamir é uma das maiores e mais antigas tribos da Península Arábica, com uma estimativa de idade de cento e dez anos antes de Cristo até os dias atuais. Suas diversas tribos se espalham pelo Iêmen, Arábia Saudita, Emirados Árabes Unidos, Omã, Iraque e Síria.

23 Os Jurham são uma tribo iemenita da região de Qahtan que emigrou após o colapso da barragem de Ma'rib e se estabeleceu em Meca com Ismael e Hagar. Eles ensinaram a língua árabe a Ismael desde a infância e ele a dominou fluentemente. Ismael casou-se com uma mulher da tribo, sendo o primeiro a se arabizar, e os árabes arabizados descendem dos Jurham.

O sheik sorriu com um semblante enigmático e respondeu:
— Isso será revelado quando adentrarmos o Vale da Vergonha.
— Estamos a pouca distância dele.
— Você já se perguntou o motivo desse nome?
— Então, por favor, me conte.

A quinta camela compartilhou suas observações:
— Jamais esquecerei os olhos do sheik desde o primeiro instante em que o vi. Seus olhos eram semelhantes aos nossos, imersos em uma sabedoria profunda que somente ele possuía. Suas pestanas entrelaçavam-se quando ele os cerrava, como se os protegesse dos olhares alheios. Nunca vi um sheik como ele e nunca conduzi alguém que se assemelhasse a ele.

O sheik e Iyad seguiram adiante até alcançarem uma colina conhecida como Vale da Vergonha, enquanto as estrelas permaneciam em suas posições, à direita e à esquerda da montanha, como se aguardassem um sinal do sheik para se movimentarem. Iyad, com o olhar fixo nas estrelas, absorvia as palavras do sheik enquanto este continuava sua narrativa...

Ao chegarem ao lado da colina, o sheik dirigiu seu olhar para as estrelas assumindo a forma de seu irmão, o rei, e lamentou:

— Que dor pelos dias de reinado, Amr.

O domínio não conhece clemência, apenas a busca pela supremacia, mesmo que isso envolva traição e o derramamento de sangue. Sangue que você não apreciava, meu irmão. Não gostava nem mesmo do seu próprio sangue.

— Quer saber, Iyad, por que esse local é denominado Colina da Vergonha?...

Iyad manteve seu olhar firme nas estrelas em seu trajeto pelo céu. Nós testemunhamos as constelações que representavam Shanif avançando à frente do exército dos filhos de Israel, enquanto as estrelas que personificavam o rei Amr permaneciam imóveis no meio. Seus lábios continuaram a sua narração:

— Meu irmão não liderou seu exército somente para recuperar a coroa de Caaba, subtraída pelos filhos de Israel. Se não fosse por ele, nem mesmo um dedo teria se movido. Assim, adiantou-se à frente do exército, empunhando sua espada, e dirigiu-se a Shanif: "Se preferir, lutaremos, eu e você. O vencedor determinará a vitória de sua tribo e evitaremos o derramamento de sangue dos demais". Nós presenciamos, com olhares absortos, os lábios de Faran movendo-se em acordo com Shanif para enfrentar meu irmão Amr num duelo. Desafiado no topo da colina que mais tarde seria batizada de "A Vergonha", meu irmão não apenas derrotou Faran, mas o fez passar por uma humilhação que ficaria eternizada na história. No entanto, a coroa da Caaba não foi restituída. Você sabe onde está a colina de Faran, Iyad?

— Está ali.

— Meu irmão Amr, tomado por uma fúria justificada, alinhou o exército e proferiu um discurso enérgico: "Se não devolverem a coroa de Caaba, a honra dos árabes será manchada. Se nós permitirmos que quebrem sua promessa agora, eles o farão sempre. A coroa é uma necessidade...". O exército árabe marchou com uma fúria incandescente, seus pés reverberando no solo como chamas acesas. O exército de Israel, atemorizado, viu Faran avançar pessoalmente e desafiar meu irmão para um duelo. Amr, destemido, dirigiu-se à colina, subiu e enfrentou Faran, que acabou por sucumbir. No entanto, a coroa não foi entregue; eram traiçoeiros. Em seguida, nós os perseguimos incansavelmente até chegar a Jerusalém, onde tomamos a coroa com nossas próprias mãos, forçando-os a se render.

O sheik continuou recitando durante toda a jornada, rememorando seu irmão:

— Matou Shanif e, em seguida, matou Faran, mas ele não foi fiel às promessas...

Iyad expressou:

— Graças a Deus que seu irmão triunfou na batalha.

O sheik se levantou abruptamente, apontou para as estrelas, ainda representando seu irmão, e disse com uma voz que ecoou pelos vales, nos causando arrepios:

— Mas eles o mataram, Iyad. Eles o mataram.

Iyad, ingenuamente, perguntou:

— Como o mataram se ele triunfou?.

O sheik permaneceu em silêncio, montou em sua camela e orientou Iyad:

— Não fale mais nada, apenas ande comigo sem questionar, pois há mais na história que o tempo revelará e há segredos que as estrelas, testemunhas silenciosas, guardam.

A sexta camela, em sua narrativa vívida, compartilhou com detalhes singulares:
Cada vez que Al-Harith Al-Jurhami abordava o tema da traição, seu semblante adquiria uma tonalidade rubra, quase como se a força de suas palavras se traduzisse fisicamente nas mãos, desferindo golpes na segunda camela. Era como se sua indignação tomasse forma tangível, impactando todos ao seu redor. Por conta disso, a segunda, a terceira, a quarta e a quinta camelas optaram por se afastar dele.

Contudo, à medida que as estrelas de Meca se aproximavam no horizonte, Al-Harith dirigiu um olhar sereno a Iyad e disse com calma:

— Você deseja conhecer a história da morte de meu irmão? Um irmão como o meu só perece pela traição. Enviaram-lhe uma mulher, descendente do profeta José, que o encantou a ponto dele se apaixonar e casar-se com ela. No entanto, ela o traiu, ceifando sua vida antes de empreender fuga. Sua única redenção foi dar à luz um filho, o último resquício de meu irmão Amr, cuja semelhança com ele era notória. Demos a ele o nome de nosso pai, Mudad...

Mudad, ó Mudad, que saudade! Eu sou a causa, meu filho, do que aconteceu contigo. Fui eu quem separou Isaaf de Naila, e Deus me puniu ao te separar de Miya. A verdadeira intensidade do sofrimento só é percebida quando o afligido é alguém amado.

Iyad despertou como se tivesse sido picado por uma serpente, dirigindo seu olhar ao céu em busca do rosto de sua amada, indagando:

— E qual é a história de Mudad e Miya?

— Não há desgraça na existência como a deles, não há amantes como eles, não há na existência quem tenha amado sinceramente até que sua alma se vá, somente eles...

O peso da aflição tornou os olhos de Al-Harith quase insuportáveis naquele momento, a ponto de eu não conseguir aguentar o olhar.

Ele caiu no chão pela sexta vez, mas desta vez seu nariz se quebrou ao atingir uma pedra onde uma cobra estava escondida.

A cobra estava prestes a atacá-lo, mas ele afirmou com destemor:

— Eu sou Al-Harith, ó guardiã.

A serpente recuou para seu esconderijo e Al-Harith se ergueu, pressionou o nariz até que o sangue estancou e o reposicionou corretamente.

Em seguida, ele retirou sua túnica, expondo os ombros, e deitou-se no chão para descansar.

Iyad observava, surpreso, Al-Harith e o buraco da cobra que se ocultou repentinamente. Mas com serenidade, solicitou:

— Conta-me a história de Mudad e Miya.

A sétima camela compartilhou suas reflexões de maneira mais aprofundada:
As pessoas apaixonadas são como cavalos; elas preenchem o mundo com relinchos, firmam seus cascos na areia macia e só conseguem avançar quando contam com nossos largos cascos, mesmo que sejamos mais frágeis.

Eu não esperava ouvir uma história de amor tão envolvente como a de Mudad e Miya, que Iyad absorvia atentamente enquanto Al-Harith compartilhava, tocando seu peito e dirigindo o olhar a uma estrela no céu, sussurrando-lhe palavras íntimas.

Al-Harith, estendido no chão com seus ombros largos e desnudos sendo acariciados pelo vento, prosseguiu:

— Miya se assemelhava às estrelas mais belas do céu e Mudad era o mais belo dos jovens, a ponto de encantar as mulheres. Contudo, ele estava ciente de sua vida com um pai assassinado e uma mãe em fuga. Seu coração nunca se desvinculou do amor por Miya; ele ia até ela e retornava, escrevia poemas para ela, mas ela não os respondia. Miya sorria para uma estrela no céu, Mudad apontava para a estrela e dizia: "É você". No entanto, ambos mantinham seu amor distante dos olhos curiosos das pessoas e da lascívia, ao contrário dos amantes de Caaba, Isaaf e Naila.

Al-Harith prosseguiu:

— Quando eu descobri sobre o amor entre Mudad e Miya, aproximei-me do pai dela ao anoitecer. Apenas uma estrela escassa pontuava o céu naquela escuridão. Eu consegui convencê-lo a uni-los em matrimônio e ele concordou. Então, a escuridão da noite testemunhou o compromisso sagrado entre Mudad e Miya, quando seus corações, como estrelas, se uniram para formar uma constelação única.

Os olhos atentos de Iyad refletiam uma mistura de fascínio e emoção enquanto ele absorvia cada palavra, ansiando por mais detalhes dessa tocante história de amor.

Al-Harith continuou a narrar a história de amor de Mudad e Miya com uma melancolia profunda.

— No entanto, a lua de Rajab[24] já havia surgido entre as estrelas e, em Rajab, nada deveria ser feito além da peregrinação e da circumambulação ao redor de Caaba. Mudad e Miya tiveram que suportar o desejo até que Deus permitisse, mas Ele nunca permitiu, nunca permitiu, e eu não sei o porquê?...

Al-Harith questionou com pesar:

— Por que mataste Isaaf e Naila no Haram?[25] Por que no Haram? A maldição deles permaneceu no lugar até que ela me atingiu.

Al-Harith chorou e murmurou palavras incompreensíveis, seus olhos fixados no céu, depois inclinou a cabeça entre os joelhos, entregando-se ao pranto e sussurros. O peso da narrativa era avassalador e Al-Harith não conseguiu prosseguir com a história. O silêncio dominou toda a viagem, enquanto eu me afastava dele.

Nesse momento, Iyad, profundamente afetado pela história, não me dirigiu nem uma palavra, passando a noite inteira imerso em lágrimas, fitando as estrelas e recitando os versos da garota do Eufrates.

---

24 Rajabe ou Rajab é o sétimo mês do calendário islâmico com trinta dias.

25 Al-Haram fica em Meca, Arábia Saudita. É a maior e mais sagrada mesquita do Islã, contendo a Caaba, o primeiro local de adoração construído pelos humanos, de acordo com a fé islâmica. Muçulmanos se voltam para esta mesquita durante as orações e peregrinam até ela. "Haram" significa "pecado" em português, devido à proibição de combates em seu interior desde a entrada triunfante do profeta Maomé em Meca. Os muçulmanos acreditam que uma oração em Al-Haram equivale a cem mil orações.

A fragilidade de Al-Harith e de Iyad, incapazes de suportar o peso do sofrimento e da tristeza deles, surpreendeu-me, revelando uma vulnerabilidade que contrastava com a imagem forte que eu tinha dos dois, como se fossem feitos de ferro ou de pedra.

No entanto, Iyad enxugou suas lágrimas, ergueu-se e bradou para o céu:

— Estás a me ouvir, sem dúvida. Tu deves resolver a minha situação, pois perdi meu caminho e meu dinheiro se foi.

A oitava camela trouxe sua narrativa ao amanhecer:
Quando nos encontrávamos nos arredores de Meca, Al-Harith, comprometido, prometeu a Iyad que continuaria a história dos amantes. Al-Harith, em um momento de contemplação, indagou com sabedoria:

— Por que você busca a tristeza, meu filho? A vida é muito breve para se entristecer. Eu, por exemplo, me perdi nos desertos de Deus por duzentos anos. Acumulei riquezas, diamantes e rubis na minha juventude, e agora, o que tenho? Eu fui um rei, e agora, o que possuo? Eu criei ídolos de deuses com minhas próprias mãos ao redor de Caaba e fiz com que as pessoas os adorassem. Eu era como uma montanha de Al-Matabikh ou até mais forte. Se eu enfrentasse dez homens com as minhas próprias mãos, seriam derrotados. E agora? Não se apresse em sentir tristeza; ela virá inevitavelmente, com certeza.

Após essa reflexão profunda, Al-Harith indagou:
— Nós chegamos à Meca?
— Sim.
— Leve-me à Caaba...

Adentramos Meca pouco antes do amanhecer, com o murmúrio dos peregrinos ainda escasso, e o ar estava frio, assemelhando-se às noites das histórias de Al-Harith. Enquanto planejavam a Umrah,[26] pude ouvir suas vozes, envolvidas por uma atmosfera sagrada e serena.

Eles amarraram nossas rédeas perto da Caaba, e o tawaf, a circumambulação ao redor da Caaba, iniciou-se. Eu testemunhei Al-Harith pegando a mão de Iyad, guiando-o:

— Você está vendo essa pedra? Duas passadas à frente dela, Mudad saciou a sede de uma garota. Contudo, ele não tinha ideia de que os fofoqueiros espalhariam a notícia para Miya. Descreveram-na em versos poéticos, como se fosse ele a descrever a garota, elogiando sua beleza. Miya o abandonou, mesmo após todos os poemas declamados em sua homenagem, mesmo após todos os passos dados em direção a ela, mesmo ela sendo toda a estrela em seu céu. Mesmo assim, ela o abandonou....

Após concluir a Umrah, pegamos comida de Meca e saciamos nossa sede. Decidiram então empreender a última caminhada em direção à Caverna de Al-Harith. Iyad, curioso, indagou sobre o que Miya fez após abandonar Mudad.

Ele ansiava que ela retornasse, que respondesse com poesia e passos, que proclamasse: "Eu vim para você do Eufrates, trazendo um Eufrates...".

Al-Harith, com tristeza, respondeu:

— Ela o rejeitou, mesmo após o mês de Rajab passar, continuou rejeitando. Mudad se privou de beber água, pois água foi a razão para a ruptura entre eles. Nós tentamos persuadi-lo, o forçamos, trouxemos sacrifícios e despejamos água em sua boca enquanto ele dormia. Até mesmo tentamos levá-lo à água, mas falhamos, falhamos.

Al-Harith, então, questionou:

— Chegamos ao reino da morte?

— Sim, mas o que isso tem a ver com Mudad?

---

26 Umra ou Umrah é uma peregrinação para Meca realizada por muçulmanos, que pode ser realizada em qualquer período do ano. É chamada às vezes de peregrinação menor, sendo a Hajj a peregrinação maior, a qual é obrigatória para todos os muçulmanos que tenham possibilidade de fazê-la.

Al-Harith permaneceu em silêncio, chorando como uma criança pequena durante toda a noite.

Só voltou a falar quando disse:

— Vire para o sul em direção ao sol; encontrará o túnel quando avistar uma acácia e uma rocha. O assobio das cobras e o murmúrio indicarão que chegou.

Nesse momento, afastei-me dele, a noite começou, e eles adormeceram em seus lugares, carregando consigo o peso das histórias e das emoções compartilhadas sob o manto estrelado de Meca.

A nona camela prosseguiu com a história:
Ao despertarmos, ainda estávamos no vale da morte. Al-Harith montou em mim e dirigimo-nos em direção ao assobio das cobras e à rocha. Nesse trajeto, Iyad renovou seus pedidos a Al-Harith para que ele se comprometesse a completar a história de Mudad e Miya. Então, Al-Harith continuou sua narrativa:
— Aqui é o lugar da sua morte. Neste local, Mudad caiu de sua camela após sua sede tê-lo destruído, proferindo suas últimas palavras em versos piedosos dedicados a Miya. Todos transmitiram esses versos. Todos insistiram para que ela o visitasse, mas ela não o fez. Ele faleceu diante dos meus olhos, ainda jovem.
— E Miya?
— Ela chorou posteriormente, de uma forma quase sufocante, mas era tarde demais... As pessoas vieram consolá-la como se fosse a esposa dele. Se ao menos ela não chorasse, se ao menos ele não tivesse morrido. A garota que deu água a Mudad perto da Caaba veio vê-la. Miya ficou surpresa com a presença dela e gritou em seu rosto, questionando como não chorar por seu amado Mudad. Miya percebeu tardiamente que a garota não tinha nada

a ver com Mudad; ele nunca falara ou olhara para ela... Miya quase enlouqueceu, passando um dia inteiro percorrendo entre Safa e Marwa[27] até desmaiar. Ela continuou a declamar poesias sobre Mudad, antes de afirmar com veemência que não beberia água como ele. A sede a assolou, mas ela persistiu em sua decisão de ser sepultada ao lado de Mudad... E assim se deu. Miya partiu deste mundo e encontrou seu descanso ao lado dele.

O sheik concluiu a narrativa, deparando-se com Iyad, cujos olhos estavam marejados de lágrimas.

Sua voz denotava angústia, mas ele não conseguiu articular ao sheik: "Chegamos à acácia e à rocha". Contudo, deteve-nos e nos fez abaixar.

Entre as mãos, Al-Harith murmurou palavras suaves, enxugando o rosto e o abdômen, até que a terra se rompeu sob a rocha, revelando um extenso túnel.

Iyad desfaleceu, enquanto eu me afastei e Al-Harith se prostrou novamente de joelhos...

Iyad recobrou a consciência após algum tempo e Al-Harith o acalmou, assegurando:

— Conforme prometido, sua recompensa virá em pérolas e rubis, transportadas por suas majestosas camelas negras. No entanto, conduza-me para dentro sem lançar um olhar para trás.

Al-Harith cavalgou a décima camela, Iyad segurou as rédeas e juntos adentraram o túnel. Somente ao pôr do sol é que os avistamos novamente, emergindo do desconhecido e trazendo consigo as preciosas promessas feitas pelo sheik. A jornada prosseguia, agora envolta em um último capítulo de mistério e maravilha.

---

[27] Safa e Marwa são duas pequenas colinas conectadas às maiores montanhas, Abu Qubais e Qaiqan, respectivamente, em Meca e na Arábia Saudita, agora partes da Masjid Al-Haram.

A décima camela, majestosa em sua postura, contando o último capítulo disse:

Eu atravessava o túnel que se estendia como uma terra misteriosa. Os assobios das cobras sibilavam, mas eu continuava avançando, levando comigo Al-Harith em sua jornada. Ao alcançar o desfecho do caminho, nos deparamos com a cabeça imponente de um leão, que se solidificara ao longo do tempo, se tornando uma montanha vermelha. Suas presas de marfim se destacavam como palmeiras contra o céu.

Sob a grandiosa montanha vermelha, desvendava-se um rio sinuoso de pérolas, safiras e rubis, que brilhavam com uma intensidade que quase ofuscava a visão.

Meus olhos, assim como os de Iyad, foram capturados por este cenário celestial. Al-Harith, descendo graciosamente de mim, dirigiu-se à encosta da montanha com a dignidade de quem se aproxima de um destino predestinado...

Ao alcançar o sopé, uma pequena câmara revelou-se diante deles. Al-Harith, com passos ponderados, adentrou-a, enquanto Iyad, segurando as rédeas, permanecia à entrada.

Na sala, quatro leitos estavam dispostos, ao lado dos quais os servos do gênio aguardavam.

Três das camas acomodavam homens, enquanto a quarta permanecia vazia, como um testemunho do ciclo da vida.

Al-Harith aproximou-se dela com uma solenidade que ecoava o peso do destino iminente.

Sentando-se com serenidade na cama, Al-Harith ergueu uma pequena garrafa que repousava ao lado. Uma única lágrima escapou de seus olhos, e suas palavras soaram como um lamento poético:

— Este é meu pai, este é meu avô, e este é o avô do meu avô. Aqui estou eu, agora, completando o ciclo deles.

Em seguida, Al-Harith deitou-se na cama, contemplando a efemeridade da vida em suas últimas palavras. Ordenou aos servos do gênio que entregassem as cintilantes pérolas e safiras a Iyad. Então, em um suspiro final, ele se despediu deste mundo. Partimos com os servos do gênio, cada passo carregado com o peso das riquezas reluzentes de pérolas e safiras que agora eram nossas...

Ao emergimos do túnel, o ambiente ao redor retornou à sua normalidade. No lugar da entrada, uma rocha se deslocou, selando o caminho por onde viemos. De forma súbita, a energia retornou, reunindo as camelas que haviam se dispersado.

Assim, regressamos à Meca em companhia dos servos do gênio, transportando conosco as cintilantes pérolas e safiras.

Com Iyad, compartilhamos a vida até o derradeiro suspiro de seus dias, superando a longevidade dos camelos.

Iyad viveu uma existência abastada, mas uma melancolia sempre pairava sobre ele. Casou-se vinte vezes, porém a verdadeira felicidade lhe escapava. Entretanto, houve um momento singular que o fez encontrar alguma alegria.

Apesar de ter contraído matrimônio com vinte mulheres, não foi verdadeiramente feliz até que uma voz divina rompeu o silêncio, murmurando: "Se você é Iyad, há uma mulher do Eufrates à sua procura na frente da Caaba, a apenas dois passos da Pedra Negra Sagrada".[28]

---

[28] Pedra Negra é uma rocha situada no canto leste da Caaba, o antigo edifício no centro da Grande Mesquita em Meca, Arábia Saudita. É venerada pelos muçulmanos como uma relíquia islâmica que, de acordo com a tradição muçulmana, remonta à época de Adão e Eva. A pedra era venerada em Caaba nos tempos pagãos pré-islâmicos.

O maior pecado
A primeira história de Naila

Naila Al-Jurhamiyya, com um suspiro melancólico, expressou:
Você está me vendo agora, uma figura idosa, negra e enrugada, não é mesmo? Minha juventude, nos dias do Iêmen e ao redor da majestosa Casa Sagrada, a Caaba, não testemunhou tal transformação. Nem mesmo no derradeiro dia de minha existência, ocorrido dentro das solenes paredes da Caaba...

Eu era como a Lua que lançava seu brilho sobre a Caaba, meus olhos irradiavam como planetas, e meu nariz exibia uma beleza esculpida, semelhante às estátuas de Faw,[29] ou como uma escultura de mármore, sempre tocada e acariciada pelo vento.

Se meu cabelo, ao ser desnudado, era uma vestimenta que me envolvia, lamentavelmente não conseguiu me proteger quando adentramos a Caaba e Isaaf pairava sobre mim...

---

29 Qaryat Al Faw foi a capital do primeiro reino de Quindah. Está localizada a cerca de cem quilômetros ao sul de Wadi ad-Dawasir e a cerca de setecentos quilômetros a sudoeste de Riad, capital da Arábia Saudita.

Ah, como sinto falta de Isaaf, uma saudade profunda pelos dias em que sonhávamos com um encontro prolongado que nunca se concretizou. Ah, que saudade dos longos dias repletos de dores e de memórias inesquecíveis.

Lembro-me com vivacidade do dia em que nossos olhares se entrelaçaram pela primeira vez, nos dias do Iêmen, quando ainda éramos duas crianças, explorando os desejos de nossos corações.

Desde a partida da maioria da tribo naquele dia, muito tempo passou e restamos apenas nós dois.

Eu te vi no meio dos meninos, alto como uma palmeira, todos brincando nas casas devastadas pela inundação resultante da ruptura da represa e pelo abandono das pessoas.

Eu não senti solidão porque eu te via; eu te via quando plantava o incenso, quando voltava da praia carregando peixes, quando preparava os arcos para nossos tios restantes de Jurhum em sua guerra contra os Azd.

E quando delicadamente você esfregava seu bigode frágil, buscando destacá-lo, eu não conseguia conter o riso. Cada vez que você, de maneira carinhosa, me trazia hena dos mercadores abissínios, prometendo pagar mil peixes por ela, eu ria, ria abundantemente. Às vezes, era pelo seu jeito astuto, outras vezes porque me imaginava como uma rainha, à semelhança de Balkis.[30]

Contudo, embora frequentássemos muitos encontros repetidos, você não era um rei, você não passava de um plebeu, e meus lábios resistiam a se unirem aos seus em um beijo.

Apesar disso, não posso negar que, por um breve momento, o enxerguei como um rei. Via você como Al-Tubba' Hassan, o líder, o guardião da represa de Ma'rib contra as rachaduras.

Eu o imaginava montando um cavalo de pedra inquebrável, carregando-me consigo e voando como se pudesse atravessar o mar sobre o dorso do cavalo.

Todavia, todos esses devaneios desvaneceram no dia em que meu pai surgiu como um céu noturno chuvoso, proclamando: "Uniremos nosso destino ao restante da tribo em Meca...".

---

[30] Balkis, a rainha de Sabá ou rainha do Sul, foi na Torá, no Antigo e no Novo Testamento, no Alcorão e nas histórias da Etiópia e do Iêmen uma célebre soberana do antigo Reino de Sabá, o mais poderoso da Arábia Feliz. Na localização deste reino pode ter incluído os atuais territórios da Etiópia e do Iêmen.

Naquele momento, lancei meu olhar para nossa casa, que permanecia frágil após a última enchente. Eu acreditava que encontraria felicidade no próspero Norte, imaginava que nos reuniríamos novamente, visualizava um futuro cor-de-rosa ao lado da Casa do Senhor de Abraão, a Caaba.

Entretanto, naquele momento de surpresa, minha perplexidade atingiu o ápice ao escutar seu pai assumir uma posição proeminente no meio da multidão, e lá estava você ao lado dele, formando uma imagem inesperada. Suas palavras ecoaram como se tivessem origem celestial: "Peço a Allah, Deus, perdão antes de nossa partida, a menos que Allah expie nossos pecados com a mesma terra em que fomos desobedientes. Como podemos nos retirar enquanto a maldição de Allah ainda perdura, enquanto o Dilúvio de 'Arim[31] paira ameaçador sobre nossas moradias? Como ousamos partir sem nos penitenciarmos da incredulidade?".

À medida que as pessoas se afastavam dele, elas diziam: "Que tipo de arrependimento é esse e qual Deus? Que ele possa adorar apenas ao seu Deus único e nos permitir escolher o nosso próprio futuro".

Seu pai optou por permanecer solitário, Isaaf, no meio das correntes das devastadoras enchentes, no cenário dos mares do abandono e dos roedores que corroeram a represa de Ma'rib...

Nós dois observamos atentamente a partida, e minha camela, inicialmente abaixada, ergueu-se diante dos seus olhos, imersa no seu choro, Isaaf, que jamais se apagou da minha memória.

Viajamos pelo deserto que ficava próximo de nós, testemunhando a jornada melancólica em direção à vida marinha distante. Meus olhos se fixavam nas manchas de hena em minhas mãos, enquanto a sela da camela me impulsionava para frente, e eu me segurava na parte de trás da sela para poder vislumbrar a sua imagem. A sela da camela me puxava para trás muitas vezes e eu me

---

31 O Dilúvio de 'Arim é uma grande inundação enviada por Deus como um castigo divino ao povo de Sabá, no Iêmen. Este evento histórico é mencionado nas histórias do Alcorão, especialmente na Surata Sabá. O povo de Sabá vivia na região do Iêmen e era conhecido por ser rico e arrogante.

deixava ficar, pois era de onde eu podia te ver e a esperança de reencontrá-lo persistia.

Nós caminhamos durante cinco noites até que a Lua atingisse sua plenitude. Descemos no Vale de Aya[32] e, ali, eu desci da minha camela, envolvida pela atmosfera serena do local.

Assim, a noite se desdobrava sob o último brilho da lua e eu me entregava à tarefa de narrar nossa história até o momento mágico em que o vislumbrei. Eu percebi sua figura distante, contornada pela rocha, uma presença discreta, mas marcante.

Olhei novamente, fechei e abri meus olhos, observando cautelosamente ao redor para garantir que éramos os únicos testemunhando aquele reencontro. Com gestos suaves, acariciei as costas da minha camela, evitando qualquer movimento brusco que pudesse assustá-la.

Eu deixei as pessoas entregues ao sono profundo e, como se dançasse na ponta dos dedos, percorri o solo, guiada pela sensação do chão e pela luz tênue, até finalmente nos reunirmos.

Naquele momento mágico, roubamos as estrelas do universo para os nossos olhos, apontando para elas com a pureza da inocência, como se fosse o nosso primeiro encontro celeste. Em sussurros à Aldebarã, proclamei: "Este é Isaaf". E você, dirigindo-se à Vênus com ternura, disse: "Ela é Naila".

Eu retornei ao meu povo na mesma condição em que os deixei, após uma noite inteira de conversa profunda.

Juntos, subtraímos a escuridão de todas as noites dos olhos do povo, desafiando a resistência e a aversão da camela diante de nossos olhos.

Enquanto o povo seguia seu caminho, você caminhava discretamente atrás de nós e eu me aproximava de você, que vinha trazendo consigo não apenas alimento, mas também palavras carregadas de significado.

Como é magnífica a noite na companhia de um amado que não conhece o descanso, como são sublimes os sonhos dos quais relutamos despertar, como é esplêndida a Meca que ganhou forma em minha mente, com você ao meu lado.

---

[32] Vale de Aya é um dos vales mais conhecidos na região de Asir, no sul do Reino da Arábia Saudita.

Contudo, a beleza foi interrompida pela chegada inoportuna de um pássaro. Chegamos, sim, chegamos, Isaaf, e nosso encontro teve seu desfecho. Onde você se esconderá agora? Você voltará? Lembro-me de você dizendo com perturbação: "Eu vou dizer que os gênios me sequestraram e retornei ou afirmarei ter me convertido, voltando à religião dos sabeus. Encontrarei mil desculpas, convencerei a todos e eles virão. E vou me casar com você inevitavelmente!".

Naquele que seria nosso último encontro, nos escondemos atrás da colina Safa, com o pássaro de Zamzam[33] pairando majestosamente acima de nós.

Nosso encontro foi tão fugaz que a corcunda da camela mal teve tempo de se desenvolver completamente.

Pela primeira vez, minha camela percebeu a estranheza do novo lugar e a minha falta se assustando.

Nós permanecemos em um torpor de ausência até que a camela se aproximou e eu ouvi a voz de meu pai soando atrás dela. Instintivamente, nos escondemos.

As casas dos Jurham se estendiam diante de nós em todas as direções, com exceção de um pátio vazio que conduzia à casa do Senhor de Abraão.

Nós observamos ao nosso redor, cientes da proximidade de meu pai, e a camela, ao me ver, decidiu nos seguir.

Desviamos nosso caminho entre as casas do povo, navegando habilmente sob as estrelas que iluminavam a escuridão. À medida que nas casas despertavam seus moradores, as estrelas pareciam conspirar para nos esconder, não apenas dos olhares curiosos dos habitantes, mas também da vigilância perspicaz de meu pai. Os pássaros acima de nós, como sentinelas celestiais, pareciam atentos a cada passo que dávamos, enquanto continuávamos a correr, meticulosamente contando nossos passos entre nós e a distante voz de meu pai.

Enfim, chegamos à majestosa frente da Caaba, onde a camela se aproximou, confirmando a segurança momentânea. Foi nesse instante que te conduzi para dentro da Caaba, um refúgio sagrado,

---

33 O poço de Zamzam é um poço considerado sagrado, localizado em Meca, a poucos metros ao leste da Caaba, Arábia Saudita. Possui trinta e cinco metros de profundidade e é coberto por uma cúpula. O pássaro de Zamzam é uma ave que fica em cima do poço.

antes de retornar cuidadosamente para o meio do povo, como se jamais tivéssemos escapado para esse esconderijo fugaz...

O mundo se acalmou novamente e meu pai retornou com a camela, indagando-me sobre meu paradeiro quando a camela escapou. Inicialmente, permaneci em silêncio, mas, diante de um tapa e das acusações de mentira, acabei dizendo que estava atendendo às minhas necessidades.

A falsidade transparecia claramente em meus olhos e em meu rosto, no entanto, ele deliberadamente optou por fingir acreditar em minha explicação. Essa consciência só se manifestou em mim na noite seguinte.

Na noite subsequente, com o mundo mergulhado no silêncio do sono, levei comida para você dentro da Caaba. E nós experimentamos uma sensação singular de segurança, nos sentindo protegidos pelas paredes que nos cercavam e contemplando o céu que parecia sorrir, como se nenhum olhar indiscreto estivesse sobre nós. Nesse refúgio, sob as estrelas silenciosas, compartilhamos um momento íntimo, longe dos olhares do mundo.

Nós sentimos como se a inundação, se repetida, não pudesse nos atingir novamente aqui. A sensação de divindade nos envolveu e, pela primeira vez, me permiti me despir, entregando-me a um êxtase profundo dentro da Caaba...

O inevitável aconteceu e nos perdemos nos intrincados labirintos do desejo recém-descoberto. Nossas vozes ecoaram, abafando os sons do universo, e as estrelas, que antes eu contemplara atrás de você, pareciam sorrir, testemunhando nossa entrega ao novo. Tudo era uma descoberta avassaladora.

Despertamos com o som vibrando nas paredes da Caaba, ouvindo o chamado angustiado de minha camela, como se todas as flechas da tribo tivessem a atingido. A porta da Caaba foi abruptamente aberta e eu vi toda a tribo desabar sobre nós. Em resposta, Isaaf, encolhi-me no canto direito, cobrindo meu corpo com meus cabelos. Eu tremia incontrolavelmente, consciente de todos os olhares devoradores sobre mim, meu coração pulsava freneticamente entre minhas costelas.

A pergunta persistente em minha mente gritava: por que não morri naquele momento? Por que não fui morta naquela noite?

Enquanto me arrastavam pelos braços em direção à tenda de meu pai, testemunhava você suportando os golpes no sagrado canto da Caaba, uma testemunha silenciosa das marcas indeléveis que aquela noite nos deixaria...

A noite foi uma jornada interminável atravessando Safa e Marwa, como se eu estivesse contando grãos de areia, insistindo na contagem até que cada minúsculo grão fosse meticulosamente registrado.

Com os primeiros raios de sol, toda a tribo se concentrou no poço de Zamzam. No centro desse cenário, destacava-se Al-Harith ibn Madad,[34] e até mesmo os pássaros pairavam, como se um novo poço houvesse sido cavado, aguardando uma revelação.

Al-Harith, em busca de refúgio no Senhor de Abraão dos ímpios, proclamou: "Eu vi em sonho o profeta de Deus, Abraão, dizendo: 'Matar é permitido no Haram[35] se for justificado'. Matem-nos e erijam duas estátuas em sua memória para que nunca esqueçam a feiura de suas ações enquanto viverem".

A tribo concordou em gritos, ergueu as adagas e invadiu a Caaba, ceifando sua vida, Isaaf, te mataram. Emergiram carregando seu corpo magro, desferindo mil punhaladas, deixando-o arqueado e distorcido, como se seu coração estivesse prestes a ascender aos céus. O medo cresceu em meu coração enquanto eu chorava por você, um lamento que não cessava, sufocado em meu pranto silencioso. O tempo pareceu estagnar diante da brutalidade daquele momento...

Eles lançaram seu corpo para longe, alinhando-se ao meu redor com risadas estampadas em seus rostos, risos que soavam como os dos gênios em noites de viagem.

Inicialmente, meu pai tentou impedir que se aproximassem de mim, mas sua resistência cedeu diante da força dominadora...

---

34 Al-Harith ibn Mudad ibn Abd Al-Masih Al-Jurhumi foi um dos reis da era pré-islâmica, pertencente à tribo de Qahtan. Sua residência estava na região do Hijaaz e era afiliada ao Iêmen. Durante seu reinado, houve atividade por parte dos Filhos de Israel, que avançaram em direção à Meca a partir do norte. Al-Harith enfrentou-os, derrotou-os e apoderou-se de uma "arca" que carregavam, contendo supostamente os Salmos. Diz-se que ele partiu de sua terra natal, percorrendo extensamente a terra por um longo período, e sua ausência originou provérbios. Al-Masudi afirma que ele foi o primeiro a assumir o comando da casa em Meca, representando os Filhos de Jurhum.

35 Santuário.

Al-Harith, mais uma vez, proferiu a sentença de minha morte. Antes de executá-la, eu faria a circumambulação nua ao redor da Caaba para expiar meu pecado. Ele expressou: "Talvez o profeta venha até mim em sonho e interceda por você".

Me recusei a realizar a circumambulação antes da noite, permitindo que a escuridão me protegesse dos olhares insistentes que me consumiram dentro da Caaba. A noite era minha guardiã, da mesma forma que protegia as noites contigo, Isaaf, envolvendo-me com sua segurança.

Onde você está, Isaaf? Após a sua partida, a esperança se desvaneceu, e então, manquejante, realizei a circumambulação. Contemplei a tribo toda ao meu redor, meu pai evitando meu olhar, incapaz de discernir se me odiava sinceramente ou apenas tentava impedi-los. Fui morta e jogada no deserto, longe de Meca e, sobretudo, distante de você...

Minha alma retornou à Meca em busca de você, mas não te encontrei, nem encontrei a sua alma. Onde está você? As estrelas levaram embora a sua alma ou ela voltou para o Iêmen em busca do perdão de Deus junto com seu pai? Eu perguntava, mas não te encontrei perto da represa de Ma'rib, que desmoronou e levou consigo a vida de seus habitantes com a inundação de Arim.

Também não te encontrei no esplendor do palácio de Balqis, nem às margens do mar sereno, nem entre as sombras acolhedoras das árvores de incenso. Onde você estava? Não te avistei entre os sábios videntes da Abissínia, aqueles que, dizem, conhecem os segredos mais profundos. Onde você está eu não sei, mas permaneci ao lado da Caaba, implorando pelo perdão do Senhor de Abraão e suplicando a Ele que trouxesse você de volta, concedendo perdão a ambos.

Eu vi Al-Harith ordenando aos artesãos que esculpissem duas estátuas, como ele havia predito em sua visão. A primeira foi moldada à sua semelhança quando te carregaram, mas não apresentava a curvatura. Nos olhos dela, eu percebi uma mistura de vergonha e um sutil sorriso nos lábios.

Al-Harith ditou: "Faça o rosto dela expressar a ira de Deus".

O artesão tentou modificar seu semblante para torná-lo feio, mas eu não permiti. Fiquei anos ao lado de seus pés, em constante oração, evitando visitar meu pai.

Eu o vi chorar uma vez diante da Caaba, mas nunca mais repetiu tal cena.

Não deixei você nem a Caaba. Continuei confinada em minha estátua, que envelheceu e escureceu, optando por te esperar em vez de qualquer outra possibilidade.

Será que nos encontraremos novamente? A incerteza paira como uma sombra, enquanto aguardo aqui pacientemente.

O fim de Jurham
A segunda história de Naila

Naila Al-Jurhamiyya disse:
Antes da chegada da sacerdotisa Tarifa e de seu povo Azdiano[36] às proximidades de Meca, a dinâmica na cidade já havia sofrido uma transformação significativa.

Ao longo dos anos, que se desdobraram como páginas amareladas de um livro antigo, observei a transformação gradual das pessoas, testemunhando as linhas do tempo esculpirem suas narrativas nos rostos marcados dos Jurham.

No cenário sagrado das proximidades da Caaba, meus olhos foram testemunhas dos atos de Al-Harith, que perpetrava ações violentas desprovidas de justificativas aparentes. No entanto, paradoxalmente, também presenciei sua humildade ao se prostrar diante de nós, não em direção à Caaba, mas declarando: "O pro-

---

36 Azd é uma tribo árabe proeminente, com uma longa história que se estende ao longo das eras. Fundou várias importantes monarquias árabes e desempenhou um papel crucial na história islâmica. Além disso, teve uma influência significativa em diversos grandes impérios durante as eras antigas, após a missão profética. Azd foi a primeira tribo árabe a abraçar o Islã, acreditando em Maomé.

feta de Deus, Abraão, me ordenou a adorar vocês e a orientar as pessoas a buscarem em vocês suas necessidades".

Nesse intrigante contexto, indivíduos se aproximavam de mim, portando oferendas preciosas: pérolas cintilantes, rubis reluzentes, prata refletindo a passagem do tempo e ouro que testemunhava eras.

Cada suplicante trazia consigo uma história única, clamando por favores distintos. Um pai angustiado implorava: "Cure meu filho, ó Naila", enquanto outro, com o peso dos desafios, rogava: "Assuma meu fardo, ó Isaaf, que Deus te amaldiçoe".

Em meio às sombras da noite, Al-Harith surgia com risos maliciosos, apropriando-se dos tesouros venerados da Caaba e ocultando-os sob o abrigo de sua residência...

Eu testemunhei seus hábitos extravagantes, esculpindo estátuas de ouro que rivalizavam com as de Faw, enquanto ele acumulava prata em imponentes cofres. Em seus banquetes noturnos, presenciei-o saboreando usura e entregando-se ao vinho, contrastando com sua regência diurna sob as diretrizes divinas destinadas a Abraão.

Num ciclo aparentemente interminável, Al-Harith, ao enfrentar as queixas do povo, buscava perdão divino, apenas para reincidir nos mesmos desvios.

Gradualmente, o povo, seduzido por seus próprios desejos e influência, começou a ceder à sua liderança, sucumbindo ao hábito de consumir vinho, praticar usura e render culto a ídolos...

Então, Tareefa,[37] a sacerdotisa impetuosa, surgiu no horizonte, portando consigo as espadas afiadas dos Azdianos e seus destemidos guerreiros.

Uma força imponente de vinte mil homens, cuja resistência era tal que podiam se alimentar de rochas e areia, a acompanhava.

A lembrança daquele dia histórico, no qual Meca foi invadida, permanecerá eternamente gravada em minha mente. Al-Harith, em sua inflexibilidade, se recusou categoricamente a permitir

---

[37] Tareefa, a sacerdotisa, desempenhou um papel significativo na história árabe-iemenita pré-islâmica, moldando eventos históricos e influenciando aspectos sociais, religiosos, políticos e econômicos. Seu papel central na migração das tribos Azd permitiu que conquistassem liderança e autoridade em várias terras árabes. Tareefa alcançou notoriedade e influência duradouras em sua comunidade desde tempos antigos.

a aproximação dos Azdianos, que, empunhando suas espadas com determinação, seguiram as instruções de Tareefa. Em seguida, ela disse: "Manchem os camelos com sangue; que a terra de Jurham, vizinha à casa sagrada, seja tingida de vermelho".

Al-Harith, em um estado de embriaguez que o fazia cambalear, ergueu sua espada num gesto desafiador...

Os Azdianos, por sua vez, reafirmaram sua política inabalável: "Não descemos sobre uma cidade a menos que seus habitantes nos concedam espaço e se retirem. Estabelecemos acampamento, enviando exploradores que escolhem uma cidade disposta a nos acolher. Portanto, cedam espaço em suas terras".

A obstinação de Al-Harith persistia e ele declarou com firmeza: "Vocês não descerão e não restringirão nossas pastagens".

A guerra irrompeu no sagrado recinto da Caaba, com lâminas que se erguiam aos céus, transformando o local venerado em um campo de batalha tingido de sangue.

Lamentos ecoaram, enquanto as mulheres de Jurham, cujas vidas foram drasticamente alteradas em um único dia, observavam angustiadas seus entes queridos no meio dos guerreiros Azdianos, como grãos sendo moídos. Cerca de uma centena de vidas foi ceifada no primeiro dia, quase fazendo a Caaba tremer, pedra por pedra...

Ao despertar para a cruel realidade, Al-Harith deparou-se com a devastação que dizimara os melhores homens de sua tribo.

A cidade, agora desprovida de homens para sustentar sua existência, o levou a contemplar suas espadas de ouro.

No meio da dor pela perda, questionou-se: "Será que o ouro pode resistir ao impacto do ferro ou das espadas indianas? Será possível oferecê-lo aos Azdianos para que retrocedam?". Contudo, a hesitação o envolveu ao ponderar sobre o desafio de persuadir os Azdianos a recuarem até Meca, ciente de que tal ato acarretaria insultos por parte dos árabes...

Perdido em seus pensamentos, Al-Harith examinou seu entorno com olhares perdidos, como se temesse algo iminente, consciente de que a aceitação dos Azdianos em retroceder até Meca era a única opção possível.

Enfrentando o desafio iminente, Al-Harith e seus melhores homens decidiram levar não apenas ouro, mas também rubis, compartilhando o resto entre eles. Seus olhos, no início da guerra, refletiam uma mistura de determinação e apreensão, como se antecipassem algum presságio desconhecido. O tempo, súbita e drasticamente, virou-se contra eles. No entanto, Al-Harith, mesmo diante das adversidades, acendeu um fogo simbólico ao redor da Caaba, reunindo os poucos homens restantes.

Com uma chama de esperança acesa, ele convocou seus seguidores, suplicando a eles que orassem para Naila e prometendo-lhes a vitória de Deus contra os Azdianos...

Num gesto de devoção, curvaram-se diante do monumento, buscando orientação na crença de algo que os auxiliaria contra os Azdianos, uma fé tão sólida quanto a confiança que depositavam nos sonhos de Al-Harith...

Enquanto Al-Harith retornava à sua casa, observado por seus seguidores do alto de seus cavalos, a voz profética de Tareefa ecoou entre as montanhas, ordenando que tingissem os camelos com sangue, manchando assim a terra de Jurham como a casa sagrada...

Eu, testemunhando esse desdobramento, abandonei meu monumento e segui Al-Harith por todos os vales. Percebi o momento em que ele olhou para trás ao chegar em casa e o vi preparando seus camelos, carregando-os meticulosamente com todas as pérolas e rubis que havia ocultado sob sua moradia.

Partindo com sua família, Al-Harith empreendeu uma despedida silenciosa do bairro e de Meca. Antes de deixar a cidade, durante as sombras da noite, ele se infiltrou entre as pessoas, dedicando-se secretamente a enterrar os restos do poço de Zamzam. Com habilidade e sigilo, ocultou o poço, deixando para trás um rastro de segredos soterrados, e partiu, sem nunca mais retornar.

O raiar da manhã testemunhou o reinício da guerra, que devorou Jurham até o último homem... E eu testemunhei a destruição de meu povo, meu pai sendo assassinado diante dos meus olhos, com o sangue dele manchando meu monumento, deixando um lamento eterno. As areias, testemunhas mudas, absorveram as lágrimas derramadas naquela tragédia. O legado sombrio permaneceu no meu monumento por muito tempo, até a era do profeta Maomé, quando, finalmente, fui destruída.

Mesmo agora, persisto com uma única esperança: que Isaaf me visite ou que Allah, em Sua misericórdia, perdoe meu erro, permitindo que minha alma ascenda aos céus.

Diante da tragédia que envolveu Al-Harith, a mim e meu pai, fica para sempre a pergunta: Quem entre nós cometeu o maior pecado? Al-Harith, que fugiu, eu, que testemunhei a destruição, ou talvez meu pai, cujo sangue permaneceu como uma mancha permanente em meu monumento?

O arrependimento de Al-Harith
A terceira história de Naila

Naila Al-Jurhamiyya disse:
Em um dia peculiar e enigmático, fomos surpreendidos por um agudo assobio que vinha de todas as direções, se assemelhando a um enxame de gafanhotos. Subitamente, rebanhos de ovelhas irromperam do deserto em uma frenética corrida, como se estivessem participando de uma competição acelerada, convergindo de todas as direções como se fossem impulsionados por um exército invisível, espalhando temor por onde passavam.

Os apelos de alerta ressoavam entre as pessoas, refletindo a preocupação de que o vento pudesse arrancar as tendas. Instruções para permanecer em casa, buscar abrigo e implorar a proteção divina eram transmitidas de boca em boca: "Permaneçam em suas casas, protejam-se e rezem a Deus para que os proteja".

Este evento extraordinário ocorreu após muitos anos desde o fechamento do poço de Zamzam, um período marcado por transformações significativas, inclusive na natureza das pessoas ao nosso redor. Eu, por minha vez, me vi envolta por uma estátua de minha própria criação. Após a destruição de Jurham, o sangue de meu pai permanecia enraizado em meus pés, enquanto Isaaf desaparecia no tempo.

A casa sagrada, outrora iluminada, mergulhou em sombras. As pessoas, agora diferentes, prestavam culto ao Senhor da Casa. Os Azd, vitoriosos, e algumas mulheres remanescentes de Jurham, impulsionadas por Al-Harith, que afirmava ter recebido ordens do profeta Abraão, passaram a me venerar. O porquê dessa adoração, o motivo de esculpirem ídolos com suas próprias mãos, preenchendo toda a praça, permanecia como um enigma. Por que acreditaram em Al-Harith, mesmo após sua fuga? E a pergunta mais dolorosa: por que não retornaste, Isaaf?...

O tempo avançou velozmente e Meca sofreu transformações ainda mais rápidas. O impacto da memória permaneceu vivo em mim desde o dia em que Amr ibn Luhay[38] erigiu a primeira estátua.

Naquele instante, imaginei que o mundo inteiro se insurgiria contra tal ato de sacrilégio. Acreditava firmemente que Deus, em Sua ira, enviaria um vendaval para despedaçá-los, convocaria um exército celestial para expulsá-los ou lançaria uma praga terrível sobre eles.

Questionava-me incessantemente por que Deus não manifestava Sua indignação da mesma maneira como o fizera com Saba, enviando a devastadora inundação de Arim. Por que Ele não os guiava, assim como fez com Balqis?...

Os apelos de alerta surgiram entre as pessoas, clamando: "O vento arrancará as tendas. Fiquem em suas casas, protejam-se e rezem a Deus para que os proteja".

As pessoas se recolheram precipitadamente em suas casas, enquanto crianças e mulheres choravam em meio ao crescente rugir do vento. O sopro tempestuoso se intensificava e, resignada, fechei os olhos, aguardando o desfecho inevitável tanto para eles quanto para mim. Refleti sobre o assobio misterioso e o frenesi das ovelhas que fugiram, como se tivessem sido alertadas por um

---

38 Amr ibn Luhay Al-Khuza'i, conhecido como Abu Al-Asnam, era um líder em Meca e, portanto, uma figura proeminente entre os árabes. Ele foi o primeiro a desviar-se da fé do profeta Abraão, que se baseava na crença da unicidade de Deus, introduzindo ídolos para adoração na península árabe.

vento decidido a não deixar vestígios ou por um dilúvio iminente. Acreditava que a ira divina finalmente se manifestava após inúmeras transgressões...

Então, escutei um som de choro ao meu lado, compelindo-me a abrir os olhos. Era ele, a alma dele; a essência de Al-Harith ibn Mudad emergia de um passado remoto. Num momento de comunhão espiritual, fechei os olhos novamente enquanto ele intensificava seus lamentos, e o vento, por sua vez, redobrava sua fúria, arrancando algumas tendas.

Al-Harith falou com voz angustiada: "Eu construí uma caverna grandiosa, no entanto, meu coração se cansou das riquezas e decidi doar metade das pérolas e rubis aos desafortunados filhos de Nizar ibn Ma'ad.[39] Num ato extremo, encerrei minha própria existência, abrindo uma fenda na caverna para que um viajante ou mendigo pudesse tropeçar e encontrar a outra metade. Sua localização é esta; guie quem quiser até ela, mas, por favor, conceda-me o perdão, perdoe-me".

Eu evitei olhar para ele. Em seu relato, ele compartilhou: "Busquei o perdão do Senhor de Abraão, prometendo-Lhe que não cometeria pecados após minha partida e permaneci duzentos anos sem transgressões. Encerrei minha existência para poder retornar a você".

Minha atenção permaneceu distante. Ele continuou: "Circunvagarei o mundo e trarei a alma de Isaaf de volta para você".

Foi somente quando essas palavras penetraram meu ser que permiti que meus olhos encontrassem os dele e então as lágrimas inundaram meu rosto.

Em seguida, ele partiu, deixando Meca na condição primordial, mas agora desprovida de pérolas e rubis...

Retornei sozinha à medida que os anos haviam passado, mergulhando na solidão. Minha solidão se acentuava durante as noites, quase sendo engolida pela existência, até que uma brisa leve perturbava as manchas de sangue em meus pés.

Em uma noite de Lua cheia, surgiu um jovem careca, de aparência não árabe. Ele declarou: "Eu desejo dinheiro, Naila, dinheiro para mim mesmo, sem benefício algum para meu pai, e

---

39 Nizar ibn Maade ibne Adenã é o suposto ancestral comum da maioria das tribos árabes setentrionais e o pai de Iyad da história *O lodo e as estrelas*.

não amaldiçoado como os ladrões desgraçados. Implorei a todos os deuses, e você foi a única que restou".

Ele era um estranho, com olhos ardentes como se fossem alimentados apenas de chamas, e dentes proeminentes, revelando algum prazer oculto. O mesmo prazer que havia feito os árabes mais vigorosos se prostrarem diante de mim, o prazer que me transformou em prisioneira desta estátua e amaldiçoou a própria Caaba enquanto eu existir.

Esse indivíduo calvo se distanciou de minha presença, e as noites seguiram tristonhas, mantendo-se no padrão familiar, até que a Lua se ocultou em uma noite memorável pela chegada de um homem junto à base do meu pedestal, imponente como a lendária barragem de Ma'rib nas crônicas de nossos antepassados.

Diferentemente dos demais, esse homem não se prostrou diante de ídolos; pelo contrário, o observei curvar-se à terra, colhendo um punhado de poeira e espalhando-a sobre a cabeça de cada ídolo. Em seguida, murmurou palavras inaudíveis até que se aproximou de mim, depositando a poeira em meu rosto escurecido e pronunciando: "Eu peço perdão a Deus, ó malditos. Eu imploro perdão a Deus, amaldiçoados. Vocês ocultaram o poço de Zamzam e a Graça Divina retirou-se de Meca. Suplico perdão a Deus, malditos".

Esse homem careca retirou-se, deixando para trás um silêncio estranho que impregnava o ar, como se as próprias sombras da noite sussurrassem segredos milenares. Antes que o vento se levantasse, tornando-se cúmplice dessa narrativa intrincada, o espírito de Al-Harith retornou, carregando consigo o peso do remorso nas correntes invisíveis que unem o passado e o presente.

Em sua volta, ele continuou a expressar suas desculpas, uma repetição de palavras que buscavam a redenção, pedindo-me que agisse conforme minha vontade, exceto no que dizia respeito à evocação do espírito de Isaaf.

Embora minhas convicções não se alinhassem completamente com suas condições, compartilhei com ele a história do homem que nos envolveu com poeira e do enigmático jovem careca. Por que compartilhei tal conhecimento permanecia um mistério, uma mistura de desejo de auxílio e a esperança de que Al-Harith pudesse encontrar alguma forma de redenção por seus atos passados.

Na noite subsequente, novamente me deparei com o homem que nos cobriu com poeira, munido de um machado proveniente de uma das oficinas iemenitas.

Ele persistiu cavando no mesmo local onde Al-Harith havia sepultado o poço de Zamzam, mas, na primeira noite, a água não se manifestou. Ao amanhecer, as pessoas, ao depararem-se com a cova, não puderam conter o riso: "Abd Al-Muttalib[40] enlouqueceu, tentando encontrar o poço de Zamzam no nada".

O homem calvo, que anteriormente havia solicitado auxílio financeiro, encontrava-se entre aqueles que zombavam da situação, mas, notavelmente, ele optou por não permanecer entre as pessoas.

Eu o vi montando um cavalo negro, partindo em direção ao sul, desaparecendo na vastidão do horizonte.

Nesse momento, Al-Harith se aproximou de mim com um semblante pesaroso, murmurando: "Eu os ajudei, perdoe-me...".

Em meio ao deserto, senti-me compelida a seguir os passos do homem calvo. Uma sensação de curiosidade misturada com uma inquietante necessidade de entender como Al-Harith poderia tê-lo auxiliado impulsionava-me adiante.

Entretanto, ao me aproximar, percebi um traço de desespero nos olhos do homem calvo. Ele estava de pé no topo de uma montanha, como se contemplasse a ideia de encerrar sua própria existência.

Seus olhos buscavam ao redor, fitando o céu vazio em busca de respostas. Em um murmúrio quase perdido no vento do deserto, ele proferiu: "Ó Senhor, há dor em minha vida e dor na morte. Permita-me ser arrebatado por um leão selvagem para não ter que persistir após uma longa agonia". Sua voz ecoava na vastidão do deserto, um lamento que se perdia na imensidão do cenário árido.

Ele desceu com calma da imponência da montanha, percorrendo as terras ao longo do dia em busca do leão selvagem que, ironicamente, nunca cruzou o seu caminho.

---

40 Abdul Al-Muttalib ibn Hashim, avô do profeta Maomé, nasceu por volta de 500 d.C. Cresceu em Meca sob a tutela de seu tio Matlab e alcançou grande respeito na sociedade árabe. Ele cuidou do profeta após a morte de seu pai e de sua mãe. Reconhecido por sua sabedoria, generosidade e liderança, Abdul Muttalib desempenhou um papel significativo na história de Meca e da Arábia.

Sob o céu estrelado, ele murmurou, resignado: "Que uma cobra me leve, para que a dor seja efêmera e eu encontre meu fim. Senhor, rogo por Tua misericórdia, ao menos uma vez...".

Persistiu na sua jornada, agora orientado pela esperança de encontrar um abrigo em uma toca de cobra, evitando setenta buracos por julgá-los pequenos demais para proporcionar-lhe a rápida libertação que buscava. Com compaixão, observei-o em sua busca, ciente do fardo que carregava.

No entanto, testemunhei quando, em um momento de descuido, tropeçou em uma rocha. Nesse instante, um sibilar de cobras e a movimentação da terra revelaram um túnel vasto e imponente que se abria diante dele...

Seus olhos, agora semelhantes aos de um touro furioso, percorriam freneticamente o entorno, atônito diante da estranha mudança dos acontecimentos.

Com um gesto de desespero, bateu na própria orelha, apanhou um punhado de areia e lançou-a sobre o rosto. Sem titubear, adentrou o túnel e pude ouvir seus gritos soando como um lamento de desespero na profundidade da terra.

O fogo queimando em seu rosto arrefeceu, como se uma torrente de paz tivesse envolvido cada traço.

Era como se uma lâmina afiada tivesse sido fincada em seu coração, desencadeando um renascimento — um novo coração pulsando com vitalidade, uma mente rejuvenescida, um fígado revitalizado. Até suas vestimentas passaram por uma metamorfose; ele abandonou os andrajos, envolvendo-se agora em uma capa de seda entrelaçada com fios de ouro, convenientemente posicionada junto à cama de Al-Harith.

Seus olhos percorreram admirados as mangas e a própria figura, agora envolta em trajes esplendorosos. Em um gesto de puro encanto, adornou-se com uma coroa cravejada de safiras e um anel de prata, enquanto ria e exclamava para si mesmo: "Você tornou-se um rei, Ibn Judan.[41] Você nunca mais voltará para a

---

[41] Abdullah ibn Judan Al-Taymi Al-Qurashi Al-Kanani foi um líder proeminente em Meca e chefe da tribo Kanana. Ele desempenhou um papel significativo na guerra de Fijar contra Qais Ailan, sendo conhecido por sua generosidade e magnanimidade. Em sua juventude, ele era um saqueador corajoso, tirando dos ricos para alimentar os pobres, o que o colocou em conflito com os poderosos de Meca.

existência de mendicância e, a partir de hoje, seu pai não ousará mais opor-se a ti...".

Tomada pelo medo, retornei às pressas ao meu pedestal no meio da noite, ao lado da estátua de Isaaf, que infelizmente nunca encontrei realmente ali. Nessa mesma noite assustadora, o poço de Zamzam começou a jorrar abundantemente entre as mãos de Abd Al-Muttalib.

Eu, prostrada, o testemunhei submergindo até quase ser afogado pela água revitalizante, apenas para emergir com o rosto coberto de barro. A dúvida persistia: teria Al-Harith realmente se arrependido? Por que você não retornou, ó Isaaf?

Sheik e Sheik
A quarta história de Naila

Naila Al-Jurhumiyya proclamou com firmeza:
O poço de Zamzam recuperou sua vitalidade, contudo, o maior pecado de Al-Harith permaneceu imutável e Isaaf não retornou. Cada dia se assemelha ao anterior, o peso do pecado pendurado em meu pescoço, enquanto as pessoas continuam a me adorar.

Essa adulação abrange a todos, dos escravos às escravas, dos senhores aos líderes dentre os quais Ibn Judan ascendeu como um guia, alcançando o comando de todos os Qenana,[42] depois de ter sido um mendigo entre eles. A paradoxal dualidade persiste: a restauração do Zamzam é eclipsada pela sombra do pecado, ao passo que a adoração das pessoas perdura, envolvendo todos os estratos sociais.

Ibn Judan, guiado por uma generosidade excepcional, direcionou seus recursos para sua família, abrindo amplamente as portas de sua casa e compartilhando sua riqueza com todos ao

---

42 Qenana é uma tribo relacionada com o profeta Maomé. Sua origem é na Arábia Saudita, mas a maioria de seus membros está presente hoje no Iraque, Jordânia, Egito, Sudão, Palestina e, em menor medida, na Tunísia, Marrocos, Síria e Iêmen.

seu redor. Sua família uniu-se a ele, formando um círculo sólido de apoio. No entanto, em um momento específico, alinhou-se com os senhores, indo contra Abdul Al-Muttalib, argumentando que Zamzam deveria ser compartilhado por todos, assim como por ele.

A aliança formada contra Abdul Al-Muttalib era uma colisão entre o poder do dinheiro, do clã, das pérolas e da força muscular. Abdul Al-Muttalib viu-se isolado, confrontado por uma coalizão poderosa, sem saber como reagir. Contudo, ergueu os olhos para o céu e proferiu: "Se Tu, Senhor, me concederes dez filhos para me apoiarem, sacrificarei um como oferenda...".

O tempo seguiu seu curso e Ibn Judan transformou-se em um ancião respeitável que acolhia generosamente os viajantes...

Todas as noites, enviava um mensageiro à minha frente, proclamando: "Aqueles que desejarem gordura e carne, que se dirijam à casa de Ibn Judan".

Os Quraish[43] congregavam-se ao seu redor, deleitando-se com suas refeições sem custo, enquanto ele providenciava o treinamento de guerreiros entre eles, financiando as campanhas militares dos Quraish, mesmo durante os meses sagrados. Assim, Ibn Judan consolidou-se como uma figura de proeza, tornando-se o homem mais poderoso e inigualável na comunidade...

Eu baixei novamente minha cabeça, erguendo-a somente no dia em que Abdul Al-Muttalib trouxe seu filho Abdullah para cumprir a promessa de sacrifício. Agraciado com dez filhos, chegara o momento de honrar a palavra dada.

"Volte, volte, Abdul Al-Muttalib! Teme a divindade a ponto de sacrificar seu próprio filho?! Que tipo de raciocínio é esse? Volte!" Foram apelos desesperados que todos gritavam, mas ele persistia, segurando seu filho com a mão direita, o rosto marcado por lágrimas.

Todos tentaram impedi-lo, mas ele estava irredutível, jurando pela promessa feita. Puxaram suas roupas, tentaram tirar-lhe o filho, até que o ombro da criança foi exposto, mas ele jurou nova-

---

43 A tribo Quraish é uma tribo que pertence ao profeta do Islã, Maomé. Os califas ortodoxos, os da dinastia Umayyad, os da dinastia Abbasid e os membros da família do profeta também pertencem a essa tribo. Muitas tribos e clãs árabes atuais também estão associados a ela e a maioria deles reside hoje na região do Hejaz, incluindo Taif e Meca.

mente. Somente quando eles lhe pediram com gentileza, ele concordou em consultar a adivinhação.

Abdul Al-Muttalib recorreu à adivinhação, mas ela o interrompeu. Aconselhou-o a redimir seu juramento e assim ele fez, oferecendo mil camelos como resgate e pedindo perdão a Deus.

Naquele dia, em meio ao sangue de mil camelos, Ibn Judan permanecia de pé, testemunhando a coragem de Abdul Al-Muttalib.

A questão pairava no ar: seria essa coragem suficiente para manter sua influência inabalada?

Dhuba'ah, qual é a força?
A quinta história de Naila

Disse Naila Al-Jurhumiyya:
Num cotidiano rotineiro na movimentada feira de Oqaz,[44] uma jovem interrompeu seu caminho para estar diante de mim. Seu semblante emanava uma luminosidade singular, assemelhando-se à lua que graciosamente adorna a Caaba. Seus olhos brilhavam como estrelas cintilantes no céu noturno e seu nariz esculpido rivalizava com a delicadeza das estátuas de Faw.

O vento parecia esculpir a beleza dela a cada carícia, enquanto seus cabelos, quando desenredados, assumiam a forma de um manto gracioso.

---

[44] Souk Oqaz, feira de Oqaz, antigo mercado árabe, remonta a 501 d.C., operando por vinte dias a partir de Dhu Al-Qi'dah. Revivido pela Arábia Saudita em 1.428 AH, tornou-se um ponto turístico com atividades culturais, competições literárias e a presença de artistas. O Ministério do Turismo agora supervisiona o Souk Oqaz após dez anos sob a administração do Emirado de Meca.

Ela compartilhou comigo: "Ó Naila, meu esposo, Hawdha ibn Al-Hanafi,[45] faleceu recentemente, deixando-me com recursos que, embora abundantes, não conseguem satisfazer-me plenamente. Faça com que eu me case, Naila, com um homem que possua rubis e safiras, algo que ultrapasse em grandiosidade até mesmo os tesouros dos reis do Iêmen, Canaã ou Roma...".

Encontrei-me espelhada nela, uma projeção de minha própria essência, apenas acentuando a ausência da hena do Iêmen em suas mãos e de um amado que entoasse poesias em sua homenagem. Determinada, decidi seguir seus passos, testemunhando-a percorrer os mercados de Meca com a graciosidade de um galho de árvore de incenso, explorando em busca de tecidos suntuosos, enquanto atravessava a localidade de Ibn Judan, agora transformado em um venerado sheik.

Em um sussurro suave, deixei escapar no ouvido de Ibn Judan uma sugestão, enquanto ele se voltava como um camelo selvagem em busca da fonte sonora: "Entregue-se ao casamento com Dhuba'ah".[46]

Naquele dia, ele ansiava por algo que restaurasse a nobreza em sua alma. Desejava provar às pessoas que ainda era objeto de desejo, mesmo diante da inevitável passagem do tempo. Almejava que os rumores árabes ecoassem sobre o ilustre senhor Ibn Judan, que, desafiando a própria idade, solicitou a mão da mulher mais deslumbrante entre todos os árabes.

Ao lançar o pedido de casamento, encontrou aceitação calorosa por parte dela. A elite de Quraish marcou presença na suntuosa celebração nupcial, enquanto caravanas vindas de todas as terras árabes convergiam para parabenizar Ibn Judan por sua escolha singular da mulher mais bela da região. Os jovens, observando à

---

[45] Hawdha ibn Ali ibn Thumama ibn Amr Al-Hanafi, descendente de Bakr ibn Wael, foi um líder da tribo Banu Hanifa em Négede antes do Islã, reconhecido por suas habilidades oratórias e como poeta influente durante a era pré-islâmica e na época do profeta. Governou a região de Iamama (atualmente, a área de Riade) como um monarca cristão e era um dos líderes proeminentes dos árabes.

[46] Dhuba'ah bint Amir ibn Qart ibn Salamah Al-Khair, dos Banu Qushayr, foi uma poetisa sahaba (companheira do profeta). Dhuba'ah abraçou o Islã em Meca nos primeiros dias da pregação islâmica e o profeta Maomé expressou interesse em se casar com ela. No entanto, devido à diferença de idade, cerca de dez anos, o profeta permaneceu em silêncio sobre o assunto. Dhuba'ah era conhecida por sua beleza durante a juventude.

distância, nutriam uma inveja silenciosa. Será que uma jovem se contentaria com a união a um sheik de idade avançada? Ele seria capaz de satisfazê-la plenamente ou o dinheiro seria o único atrativo aos olhos dela...?

Um ano se passou e ela retornou a mim com um semblante pálido e um rosto alongado, expressando: "Ó Naila, anseio por ser mãe, liberta-me dos encantos por prata e ouro. Desejo um esposo que não traga consigo o odor desagradável".

Lágrimas traçavam trilhas em seu rosto enquanto se movia diante de mim, suas tranças roçando o solo sob o manto.

Persistia em sua busca por um manto de seda quando Hisham ibn Al-MugAl-Hira[47] atravessou seu caminho.

Sua semelhança com Isaaf era notável — alto como uma palmeira e com um sorriso perene que iluminava seu rosto. A cada passo, ela vislumbrava um futuro de serenidade e alegria ao lado desse homem, cuja presença era uma promessa de uma vida plena e harmoniosa.

As tendas abrigavam um verdadeiro caleidoscópio de mulheres e escravas, e ela destacava-se de maneira singular entre todas as demais.

Ele se questionava como uma mulher tão excepcional poderia se resignar a unir-se a um sheik como Ibn Judan. Como alguém dotado de sua grandiosidade poderia caminhar pela terra com mera humanidade, sem possuir asas...?

Impulsionado por uma atração irresistível, ele a seguiu e fez-lhe a proposta de casamento, mas ela permaneceu em silêncio, recusando-se a dar resposta. Seu sentimento por ele era evidente, talvez fosse amor. Ela mesma não conseguia discernir se nutria sentimentos de ódio ou amor por Ibn Judan, mas, todas as noites, ela recordava os momentos em que ele falhava em satisfazê-la.

A cada retorno da caravana da Síria, carregada de seda, o passado ressurgia na memória dela quando alguém era enviado para lhe dizer: "Ele veio exclusivamente para você". A cada noi-

---

[47] Hisham ibn Al-MugAl-Hira era um líder politeísta árabe do clã Banu Makhzum da tribo coraixita. Ele era uma pessoa de alto escalão entre os coraixitas e foi um dos comandantes da Guerra Sacrílega. Ele era filho de Al-MugAl-Hira ibn Abd Allah, um dos líderes dos coraixitas.

te, ela se aproximava de mim e proferia as palavras: "Case-me com Hisham...".

A notícia se espalhou por toda Quraish, alcançando até mesmo os ouvidos do sheik, que, cedendo à fragilidade de suas noites, a seguiu disfarçado, como nas antigas caravanas. Foi então que ele a ouviu sussurrando sob meus pés: "Ó Naila, desejo me divorciar".

Ibn Judan, respondendo ao pedido, disse: "Eu concederei o divórcio, mas só aceitarei o casamento com Hisham mediante minhas condições. Deverá sacrificar cem camelos próximo a Isaaf e Naila, tecer um manto desde Safa até Marwah e dar uma volta nua ao redor da Caaba...".

Ao ouvir isso, Hisham ibn Al-MugAl-Hira riu e concordou em sacrificar os camelos. As mulheres dele empreenderam a tarefa de tecer o manto. Agora, só restava aguardar a chegada da noite...

Ela adentrou a praça, despojando-se das vestes e envolvendo seu corpo com seus próprios cabelos. No entanto, sua caminhada era curvada e manca. Hisham ibn Al-MugAl-Hira não pôde evitar os olhares curiosos, mas ela não percebeu a atenção, apesar de todos os olhos e estrelas direcionados a ela.

Naquela mesma noite, Hisham ibn Al-MugAl-Hira uniu-se a ela em matrimônio. Mas os dias transcorreram frios para o casal, pois, a cada toque, ele sentia como se toda Quraish tivesse sido testemunha. Cada olhar parecia arrancar um pedaço de sua beleza e ele se via diante de nada mais do que carne fria. Indagava-se: "Será que esta é Dhuba'ah...?".

Com o nascimento de um filho, os dias permaneceram igualmente gélidos. Ele voltou a questionar-se: "Será que esta é a mulher pela qual trouxe seda da Síria para adornar sua pele...?".

A incerteza persistiu por pouco tempo, pois no mesmo dia em que Ibn Judan, ex-marido de Dhuba'ah, faleceu, Hisham se divorciou.

Dhuba'ah, a Lua cheia dividida pelo tempo
A última história de Naila

Naila Al-Jurhumiyya declarou:
Dhuba'ah envelheceu significativamente desde então; seu rosto agora exibia as marcas entalhadas pelo tempo, registrando os anos da mesma forma que eu, Naila, registrava. Os dias se desenrolavam de maneira uniforme, todos parecendo iguais, até que um dia seu filho proferiu as palavras: "Vou migrar para Yathrib[48] com o profeta Maomé...".

A nova religião começou a se difundir e o profeta Muhammad ibn Abd Allah ibn Abd Al-Muttalib, o Abdul Al-Muttalib que escavou o poço de Zamzam do nada, emergiu como seu neto e um

---

[48] Yathrib era o nome anterior da cidade de Medina antes da migração profética. Recebia esse nome em referência a Yathrib, filho de Qainah, descendente de Mahlayil, Aram, Abil, 'Awad, 'Iram, Sam e Noé. No entanto, não era preferível chamar a cidade por esse nome, sendo mais apropriado chamá-la simplesmente de Al-Madina ou Al-Madinah Al-Munawwarah, além de outros nomes adotados após a migração profética. A cidade de Yathrib, no Hijaz, é uma das principais áreas agrícolas na região árabe.

profeta que convocava as pessoas a abandonarem a idolatria e a crerem no Senhor de Abraão.

Dhuba'ah acreditava que as pessoas haviam esquecido do profeta Maomé, julgando que o caminho para os céus também havia sido esquecido, e que só conheciam o meu caminho, percebi isso quando fiquei sozinha com minha estátua, aguardando sua demolição.

Contudo, sua vida tomou um novo rumo quando decidiu seguir seu filho na migração, e os dias deixaram de ser monótonos. A Península Árabe adquiriu uma nova e peculiar tonalidade, impregnada pela transformação espiritual que envolvia a região.

O acontecimento mais surpreendente ocorreu quando seu filho retornou um dia, transbordando de alegria, e anunciou: "O profeta deseja se casar contigo".

Ela respondeu calmamente: "Será que o Mensageiro de Allah tem tal intenção?". No entanto, a dúvida permeava seus pensamentos. Como poderia ele escolhê-la como esposa após tudo o que aconteceu? Com resignação, ela murmurou: "Ó meu Deus, aceitei a impotência e a solidão...".

O casamento não foi consumado da maneira que ela antecipava, deixando-a solitária como eu. Essa solidão persistiu até o final de sua vida, quando seguiu os passos do profeta. Testemunhou-o com seus próprios olhos, empunhando seu machado no dia da conquista de Meca, dirigindo-se à Caaba. Ao vê-lo diante da Jafna de ibn Judan, ouviu a esposa deste dirigir-lhe palavras. Corajosamente, ela indagou:

"Ibn Judan costumava alimentar os famintos e acolher os convidados. Isso será benéfico para ele no Dia do Juízo Final?". A resposta do profeta foi direta: "Não, pois ele nunca suplicou em um dia: 'Ó Senhor, perdoe os meus pecados no Dia do Julgamento'". Antes que a raiva pudesse eclodir, sacudindo o universo, ele ergueu seu machado e, com firmeza, o abaixou sobre a cabeça dela, proferindo as palavras: "Diga: 'A verdade chegou e a falsidade desapareceu. Certamente, a falsidade é sempre transitória'".[49]

Emergi de minha estátua como me vê agora, uma velha magra, contudo, minha felicidade era completa. Encontrava-me ju-

---

[49] Este é um hadith (narrativa) autêntico mencionado por Ayesha, a Mãe dos Crentes, e a esposa do profeta, quando Meca foi conquistada pelo Mensageiro de Deus, Maomé, e pelos crentes no livro Sahih muçulmano.

bilosa porque, finalmente, podia vê-lo, sentir o aroma dele. Isaaf aproximou-se de mim após o desmoronamento de sua estátua e regressarei com ele à forma que um dia fui, com o rosto radiante como o luar que ilumina a Caaba, olhos que brilham como estrelas, nariz esculpido à semelhança das estátuas de Faw ou de uma escultura de mármore, parecendo que o vento a adorna a cada toque.

    E quanto aos meus cabelos, se eu me despir, eles me vestirão. Ascenderei com ele aos céus, abandonarei esta terra e deixaremos Al-Harith sozinho, vagueando por aqui, carregando o peso daqueles que o seguiram. A incógnita persiste: se nossas almas ascenderão aos céus ou se perderão junto a Al-Harith, amaldiçoadas.

Fluxo espiritual

O servo de Imru' Al-Qays ibn Hujr disse:
Desde tempos imemoriais, eu tracei os passos dele, desde os momentos em que escapou das gélidas cavernas de Al-Hira, perpetuando minha jornada ao lado dele através de taças de vinho brindadas, nos recônditos dos corpos femininos, nas narrativas de amores infindáveis e nas exibições de força que o impeliram a brandir sua espada desafiadoramente contra os céus. Acompanhei-o, eu e Amr ibn Qamia,[50] nos ermos territórios do norte, onde não há presença paternal, nem amante apaixonada, nem filhos...

As vastas planícies se estendiam à nossa frente, emanando uma sensação assustadora, enquanto as enchentes implacáveis persistiam por três noites consecutivas. Buscando refúgio, subimos as imponentes montanhas, desejando a proximidade reconfortante das estrelas cintilantes. Na planície abaixo, reconhecíamos que descer significaria enfrentar a iminência de nossa própria destruição.

---

50 Amr ibn Qamia, poeta do período pré-islâmico, órfão criado em Al-Hira, destacou-se por sua habilidade poética e longevidade. Reconhecido por Bakr ibn Wael, foi levado em uma jornada aos romanos. Sua morte durante a expedição lhe rendeu o epíteto "O Perdido".

A ameaça que nos perseguia havia quinze anos, desde que partimos de Al-Hira, continuava a nos assombrar...

Como o tempo avançou, a destruição não nos deu trégua, persistindo em sua perseguição incansável.

Questionávamos, perplexos, como esses anos transcorreram e, ainda assim, a sombra da nossa iminente ruína não nos abandonava.

Em minha mente, reminiscências vivas se repetiam quanto àquele dia marcante quando abandonamos Al-Hira.

Às margens serenas do Eufrates, nos detivemos em contemplação. Ficou gravado em minha memória o momento em que o avô, o rei de Al-Hira, foi derrotado, forçando-nos a buscar refúgio nas terras do Banu Qalb.[51]

Um manto de nuvens pesadas se estendia pelo céu, obscurecendo toda a luz, exceto pela chama persistente da tocha segurada por Amr ibn Hind.

Naquele instante, Imru' Al-Qays[52] direcionou seu olhar em direção à Al-Hira com uma expressão que transmitia despedida, expressando sua gratidão à Amr.

Logo depois desse momento, a chuva começou a cair silenciosamente, como se até mesmo os céus compartilhassem da emoção do adeus.

Nós seguimos seus passos com determinação. Eu não tinha conhecimento prévio de Amr, mas fiquei intrigado ao descobrir que ele era, de fato, o filho do rei triunfante de Al-Hira — o glorioso. Sua reputação como Ibn Ma' Al-Sama', o Filho da Água do Céu,[53] precedia-o, um título que evocava grande prestígio e admiração.

---

51 Banu Qalb era uma tribo árabe proeminente que dominou a região central da Península Arábica no final do período pré-islâmico. Originária do ramo principal da tribo Banu Amir ibn As'as'a, provavelmente localizada no norte da Península Arábica ou Qaysiyya. Após a conquista islâmica da Síria, homens das tribos Banu Qalb migraram para o norte da Síria. Seu líder, Zufar ibn Al-Harith Al-Kilabi, liderou a Revolta Qaysiyya contra o Califado Omíada até alcançar um acordo em 691 EC.

52 Imru' Al-Qays ibn Hujir Alquindi foi um poeta árabe do século VI e também filho de um dos últimos monarcas do Reino de Quinda. Às vezes, é considerado o pai da poesia árabe.

53 O rei Mundhir ibn Imru' Al-Qais ibn Al-Nu'man, apelidado de Ibn Ma' Al-Sama', foi um dos reis de Al-Hira e governou em dois períodos (514-524 e 528-554). Sua mãe era Ma'wiya bint Jasham, conhecida como Ma' Al-Sama' devido à sua beleza. Mundhir governou um reino extenso, abrangendo sua base no Iraque, bem como as regiões do Bahrein e de Omã.

A ironia do destino se desdobrou diante de mim quando me deparei com a realidade de que o herdeiro de um rei vitorioso estava apoiando o descendente de um monarca derrotado em sua fuga. Que reviravolta notável nos acontecimentos!

Naquele dia memorável, cruzamos o rio, buscando refúgio nas sombras das majestosas montanhas, nos vastos desertos e nas terras desconhecidas que se estendiam diante de nós. Nossa jornada nos levou ao exílio temporário, até que finalmente retornamos às terras dos Banu Qalb. Contudo, mal tínhamos pisado em solo conhecido quando fomos mais uma vez alvo do assédio implacável das tropas lideradas pelo rei triunfante, Ibn Ma' Al-Sama'.

Não me estenderei na descrição detalhada do que se desenrolou; tudo o que ocorreu tem o poder de evocar lágrimas, pois ele foi ferido profundamente, sua alma desprendendo-se a cada dia como se estivesse morrendo lentamente. As tribos, em revolta contra seu pai, ceifaram-lhe a vida. Seus amores, outrora leais, voltaram-se contra ele, proferindo maldições amargas, enquanto as estrelas, antes aliadas, transformaram-se em testemunhas impiedosas, repetindo: "Vingança, ó vingador".

Diante do firmamento, ele ergueu sua espada, convocando todos os seus seguidores para uma causa que, embora nobre, estava impregnada de agonia.

As feridas o atormentavam, resultando em repetidas derrotas. As dores de suas feridas ressurgiam implacavelmente, enquanto seus seguidores diminuíam em número, como estrelas que se apagam no crepúsculo da desesperança.

Ele ergueu sua lâmina contra as rochas, incapaz de elevá-la aos céus, sua sede de vingança permanecendo inalcançável. As estrelas, testemunhas silenciosas do seu sofrimento, clamaram mais uma vez: "Vingança, ó vingador".

Eu lhe disse: "Não busque vingança; já é suficiente procurar sua própria destruição".

Ele contemplou suas feridas, apontou para seus seguidores e proferiu com determinação: "Se eu tivesse buscado apenas uma vida modesta, um pouco de dinheiro teria sido o bastante. Sabes que não pedi nem mesmo um centavo, pois almejo uma glória duradoura, uma que homens como eu possam alcançar".

Persistindo em sua busca para punir os assassinos de seu pai, ele foi derrotado repetidamente, suas feridas agravando-se ao ponto de não conseguir mais erguer a espada. Num olhar ao redor, percebeu apenas a presença de Amr ibn Qamia e eu. Como pode o filho de um rei perder sua força? Como pode aquele que nasceu sob a égide real testemunhar a mudança de sua sorte sem encontrar satisfação, mesmo na adversidade?...

A incredulidade tomou conta dele ao perceber que todos haviam o abandonado, incapaz de acreditar que estava sozinho. Sem derramar lágrimas, o auxiliamos a montar seu cavalo. Com uma voz tentando imitar os dias de sua força, pronunciou: "Sigamos em direção ao rei dos romanos".

O rei dos romanos, você acha que ele sozinho estenderá seu apoio! Desperte, erga-se, Imru' Al-Qays, agora você está solitário, pois partiu para o norte desprovido de pai, de amada e de filhos.

Imerso em sua solidão, manteve-se sereno ao longo de toda a jornada, contemplando as estrelas que pontuavam o firmamento, envolto em um silêncio profundo, sem proferir uma única palavra.

Então, olhando ao redor, deu um sorriso que suavizou as linhas de seu rosto marcado pelo destino. Apontou para uma estrela específica e disse com melancolia terna: "Ela se assemelha à Fatim bint Umayr".[54]

Nós quase derramamos lágrimas, perplexos diante do caminho aparentemente interminável que seguíamos. No entanto, ele enxerga além do que nossos olhos alcançam e depositamos nossa confiança na visão dele.

Ao chegarmos entre Al-Dakhul e Hoomel,[55] de maneira súbita, ele interrompeu nossa jornada e declarou: "Paremos aqui para chorar".

---

54 Fatim bint Al-'Ubaid Al-'Anziyyah era uma das mulheres árabes mais bonitas na era pré-islâmica (Jahiliyyah). Imru' Al-Qais, um poeta famoso da época, dedicou-lhe um dos seus poemas mais conhecidos, chamando-a de Fatim bint Umayr.

55 As montanhas de Adakhul e Hoomel estão localizadas aproximadamente a quinhentos quilômetros a oeste de Riade e cerca de 150 quilômetros ao norte de Rania. As montanhas de Adakhul estão a oeste das montanhas de Hoomel, distando delas cerca de dez quilômetros aproximadamente. Existe uma cadeia de montanhas ao sul de Hoomel chamada Montanhas de Hawda, com dunas de areia ásperas em forma de veias chamadas de Veias de Sabia. Antigamente, essa área era conhecida como Areias de Banu Calb.

Contudo, as lágrimas não umedeceram seus olhos; ele permaneceu erguido, como se estivesse testemunhando algo transcendental diante de seus próprios olhos. O tempo fluía incessantemente e a noite envolveu-nos enquanto ele permanecia de pé, imerso em profunda contemplação. Mais tarde, sentou-se no meio de nosso grupo e dirigiu seu olhar à estrela que anteriormente indicara.

Com uma voz vibrante, como se estivesse compartilhando sua narrativa não apenas conosco, mas também com as montanhas e a própria estrela, continuou entoando sobre os dias de sua juventude, quando conquistava os corações das mulheres e era acariciado pelo afeto das estrelas.

Sua narrativa viajava através do tempo, resgatando feitos de eras passadas, até que, de repente, sua voz enfraqueceu e ele ficou paralisado, como se não estivesse nos vendo. Fixando seu olhar naquela mesma estrela, proferiu: "Ó Fatim, sustenta a paciência, guarda um pedaço desse afeto. Mesmo que tenhas decidido me abandonar, então enfeita minhas vestes com as tuas, que fluirão graciosamente. Se porventura algumas criaturas me olharem com desdém, se dispa de suas próprias vestes e abraça-me. Será que consideras teu amor como meu algoz? Mesmo que esse amor governe meu coração, o que esperas que ele faça?".[56]

Lamentamos naquele momento diante de sua condição. Ele persistiu em sua melodia ao longo da noite, continuando a entoar até os primeiros raios do amanhecer. Foi nesse momento que Amr e eu retornamos para o sul, deixando-o isolado na direção norte, desprovido de pai, de amada e de filhos...

---

[56] Esse trecho da história foi realmente extraído da poesia de Imru' Al-Qais, conhecida como *Mu'allaqa de Imru' Al-Qais*. Essa obra é reconhecida como uma das mais destacadas da poesia árabe pré-islâmica e o texto citado destaca a significativa contribuição literária e artística de Imru' Al-Qais, que continua a ser uma fonte de inspiração ao longo das gerações.

O que significa arrependimento?

O escudo de Luqman ibn Aad[57] disse:
Eu sou um escudo de pedra leve, habilmente esculpido por Luqman ibn Aad com suas próprias mãos há centenas de anos nas montanhas voadoras do sul.

Represento o último vestígio dessas imponentes elevações, o derradeiro testemunho da cidade de Iram,[58] singular em sua existência nesta região.

---

57 A história de Luqman ibn Aad, associada à tribo 'Ad do Alcorão, destaca sua busca por imortalidade. Após escolher sete águias como opção para prolongar sua vida, Luqman percebe a efemeridade dessa decisão. A narrativa aborda a finitude da existência humana.

58 A cidade de Iram, conhecida como Iram de Pilares Elevados, é uma cidade perdida. Acredita-se estar no deserto do Rub' Al Khali. A existência dessa cidade não foi comprovada e algumas pessoas afirmam que Deus a destruiu, não deixando nenhum vestígio. Esta cidade seria o lar do povo de 'Ad e Iram de Pilares Elevados pode ser uma metáfora para a grandeza dessa civilização. Diz-se que Shaddad ibn 'Ad construiu essa cidade em algumas áreas desérticas próximas à cidade de Aden.

Imru' Al-Qais partiu do meu refúgio, deixando-me como guardião de suas espadas e tesouros na fortaleza de Samaw'al.[59] No entanto, cansado da passagem do tempo, permaneço imóvel, recusando-me a alçar aos céus até que o terceiro círculo se preencha com o derramamento de sangue. Foi assim que Luqman anunciou meu destino ao esculpir-me, traçando sobre mim três círculos, cada qual carregando sua própria narrativa única.

---

59 Samaw'al ibn 'Ādiyā' foi um poeta e guerreiro árabe estimado pelos árabes por sua lealdade, que foi comemorada por um idioma árabe: "awfá min as-Samaw'al". Ele viveu na primeira metade do século VI. Seu clã se converteu ao judaísmo quando estavam no sul da Arábia.

A história do primeiro círculo

Os dias escorrem, mesmo quando se arrastam como um falcão recém-nascido, desajeitadamente tentando dominar o voo. Nem mesmo monarcas majestosos ou predadores ferozes conseguem obstruir o inexorável curso do destino. Cada ser humano está destinado a seguir o caminho traçado, e sua jornada se desenrolará de acordo com o tempo, assim como a sabedoria do sábio Luqman ibn Aad do Iêmen, cujo conhecimento rivalizava com aqueles que deixaram sua marca nesta terra com passos tão firmes quanto colunas de ferro.

Ah, Luqman reinou como um monarca sábio e, no final, partiu para a solidão, tendo apenas sua águia Lubad como companhia. Ele foi esquecido pelas massas e abandonado por seu próprio reinado. Por que as pessoas negligenciam seus líderes enquanto ainda estão presentes? Por que esses líderes só são elevados à divindade após deixarem este mundo?...

Luqman, um espectador atento, presenciou cada cena diante de seus olhos, ladeado por suas sete águias leais. No início de sua jornada, ele contemplou o Iêmen tingido de amarelo, aprendendo os primeiros passos, esculpindo com dedos ásperos canais de água na terra, como um artífice moldando a própria história. Ascendendo aos ombros do reconhecimento, experimentou o Iêmen verde como um monarca recém-coroado, sendo o primeiro soberano a governar com dedos ásperos, testemunhando o Iêmen dourado desdobrando-se ao redor de suas mãos, agora tornadas suaves pelo peso do poder.

No entanto, o implacável curso do tempo negou-lhe a visão do Iêmen negro. À medida que sua vista enfraquecia e seu tronco se curvava com os anos, ele passava seus dias sobre a montanha ao lado de sua águia remanescente, Lubad. Ali, Luqman absorvia os aromas do Sedr[60] e sentia a suave brisa do mar, envolto na nostalgia dos dias dourados que se desvaneciam com a passagem do tempo.

Eu não teria embarcado na narrativa de Luqman se ele mesmo não tivesse me incumbido dessa sagrada tarefa.

Enquanto aguardava a chegada da morte em sua reclusa caverna no topo da montanha etérea, Luqman me confiou solenemente com as palavras que ele próprio pronunciou sobre si, o desafortunado. Ele instruiu-me: "Transmita às pessoas, ó meu escudo nas montanhas, as palavras que Luqman ibn Ad pronunciou sobre si mesmo".

Em um momento de profunda reflexão, ele suplicou ao seu Senhor pela dádiva de viver até alcançar a idade das sete águias. E, dirigindo-se a mim, seu fiel mensageiro, questionou-se: "Ó meu escudo, qual seria o benefício dessa longevidade?...".[61]

Lembrei-me do dia em que fui esculpido; o vi naquela noite fria, acendendo o fogo. Em seguida, cortou um ramo de Sedr, carbonizou-o e desenhou sobre mim três círculos negros.

---

60 Sedr, conhecida como espinho de Cristo, é uma árvore perene ou planta nativa do Levante, da África Oriental e da Mesopotâmia. Frutas e folhas dessa árvore foram usadas na preparação de alimentos e práticas culturais egípcias antigas.

61 A lenda narra que Luqman, ao encontrar um ninho de águia, escolheu um dos ovos, marcou-o e cuidou da águia que dele nasceu, chamando-a de Al-Masoon. Essa águia viveu cem anos, sendo sucedida por outras, como Awad, Khalaf, Al-Mughayyib, Maysarah, Unsah e, finalmente, Lubad. Cada águia representava uma fase da vida de Luqman, que, ao nomear a última de Lubad, expressava a esperança de prolongar sua própria existência. No entanto, nem Lubad nem Luqman escaparam da inevitabilidade da morte.

Estendeu linhas até as minhas bordas e escreveu nas minhas costas: "Ó Guardião do Escudo Rachado, para que não te arrependas, encha o círculo com sangue".

Em seguida, recitou orações estranhas enquanto me acariciava com as costas da mão rachada.

Depois, fechou os olhos e disse: "Eu guardei em ti, ó meu escudo, todo o meu conhecimento e arrependimento. Eu guardei em ti o significado da dor e do arrependimento. Por favor, Deus, pelo tanto que prolonguei minha vida, estende a minha visão".

Depois disso, o frio desapareceu subitamente, o Sedr queimou e a montanha tremeu até quase se desmoronar. Eu o vi chorar, chorar como se tivesse uma dor que não podia suportar.

Em seguida, ele me pegou, olhou para o círculo e disse: "Chegou a hora do primeiro círculo. Diga às pessoas, meu escudo, que Luqman não voltou ao palácio do rei, apesar de sua capacidade. Diga às pessoas, meu escudo, que Luqman se confinou em sua caverna no topo da montanha. Diga às pessoas que o melhor entre eles é aquele que se absteve de seus desejos mesmo que tenha caído neles. Diga a elas que Luqman nunca se arrependeu um dia, nunca se arrependeu um dia".

Nesse momento, Luqman amarrou a águia pelas asas com uma corda longa, segurou a ponta da corda e jogou a águia no ar.

A águia Lubad tentou estender suas asas, mas não conseguiu e caiu nas rochas irregulares da montanha. Caiu morta sob a luz da lua fraca, em meio a uma poça de sangue que não condizia com o seu tamanho, e Luqman arrastou-a pela montanha, desenhando uma linha vermelha de sangue.

Luqman sentou-se, sorrindo, colocou a mão no sangue vermelho da águia, coloriu o primeiro círculo com ele, em seguida enxugou as lágrimas e me instruiu a nunca esquecer a história.

Luqman morreu e a montanha foi elevada aos céus.[62]

---

[62] A lenda também afirma que cada águia viveu quinhentos anos, não cem. O historiador lamentoso Muhammad ibn Ishaq Al-Mutlabi disse: "O período de vida de Luqman ibn Ad foi de quatro mil anos; seis águias viveram quinhentos anos cada uma, totalizando três mil anos. Luqman viveu com a última águia, chamada Lubad, durante mil anos". Wahb ibn Munabbih acrescentou: "Quando chegou o dia em que Luqman estava prestes a enfrentar a morte, ele tentou se levantar, mas suas costas estavam enfraquecidas, embora ele não tivesse se queixado delas anteriormente".

A história do segundo círculo

Os dias deslizam imperceptivelmente, mesmo que tenham cambaleado como um bigode embriagado. Nem Imru' Al-Qais, com sua coragem indomável, nem a imponente espada de Amr, podem se opor ao inevitável destino. Um rei não partirá desta vida sem que Imru' Al-Qais ibn Hujr, o filho mais jovem do saudoso rei Hujr, tenha experimentado a cruel jornada da morte, sendo vítima de um assassinato que carrega consigo o único sangue real...

Fiquei imerso no cenário do monte de Luqman, o voador, testemunhando os eventos que se desdobraram até os dias da enchente de Arim e o subsequente colapso da grandiosa barragem de Ma'rib.

Diante dos meus olhos, observei as tribos do Iêmen abandonarem a terra outrora exuberante e verde que Luqman havia cultivado com tanto zelo. Foi a ação dessas tribos que removeu a bênção celestial que antes pairava sobre aquelas terras, convertendo-as de um oásis fecundo para um deserto árido e desolado.

Cotidianamente, multidões passavam por mim, alheias à minha presença, sem lançar um único olhar na minha direção, até que, após anos de abandono, o venerável avô de Imru' Al-Qais cruzou meu caminho.

Ele me descobriu, tomando-me como sua própria herança, e assim permaneci, uma testemunha silenciosa dos eventos que se desdobravam ao meu redor, até finalmente cair nas mãos do próprio Imru'Al-Qais...

A vida de Imru' Al-Qais era uma dança complexa entre os aduladores que o cercavam, as influências paternas que moldaram seu destino, os encantos femininos que tentavam sua alma e a poesia que fluía como uma corrente em seu ser. Ele vivia na corda bamba, equilibrando-se entre o reino de Quinda[63] e a cidade de Al-Hira e, talvez, até mesmo estendendo seus laços para regiões distantes, como o Sham.[64]

Recordo-me vividamente do dia fatídico da morte de seu avô; Imru' Al-Qais ficou completamente despedaçado nesse instante. Seus olhos, outrora vibrantes, agora buscavam desesperadamente um refúgio diante do olhar seco e vazio de seu avô, que parecia representar a frieza dos mortos.

Não pense que ele estava chorando, mesmo quando estava em seu leito de morte. O avô olhou para ele e disse: "Eu estou sentindo o cheiro de Sedr e este escudo não será retirado por ninguém além de você, o Faw embaixo de seus pés, meu filho. Você é o protetor dos palácios vazios e o guia dos caminhos verdes sob as areias de Quinda. Você devolverá Al-Hira para nós e matará Mundhir ibn Ma' Al-Sama' com suas próprias mãos, você matará Al-Harith ibn Abi Shamir[65] com suas próprias mãos. Você será o monarca singular destinado a reinar sobre Al-Hira e Sham, restaurando a magnificência do Iêmen e afastando as areias de Iram. No entanto, antes de se lançar na batalha por seu grandioso reino,

---

63 Quinda, também chamado de Quindate Maluque ou Quinda Real, foi um reino beduíno fundado pelos quindidas ou quindaídas, uma tribo oriunda do Hadramaute que, segundo evidências existentes, poderia ter existido desde o século II a.C.

64 Sham ou Síria é o nome de uma região histórica localizada a leste do Mar Mediterrâneo, na Ásia Ocidental, sinônimo de Levante. Outros sinônimos são Grande Síria ou Síria-Palestina. Os limites da região mudaram ao longo da história.

65 Al-Harith ibn Abi Shamir Al-Ghassani foi o rei dos Gassânidas na região da Síria. Ele pertencia à dinastia dos Jafinah, que governava os Gassânidas, uma comunidade árabe cristã na região antes do Islã. Harith era aliado do Império Romano.

é imperativo que preencha o círculo do escudo com o fluir do sangue. Essa ação é vital para evitar que o arrependimento o alcance, da mesma forma que me alcançou, e para assegurar que a maldição que nos expulsou do domínio da confusão permaneça adormecida, mesmo após a morte...".

Imru' Al-Qais segurou-me entre as palmas de suas mãos, fitando o círculo vermelho e os outros dois círculos com uma expressão perplexa e sem razão aparente. Posteriormente, ele me envolveu em seu braço esquerdo, momentos antes de seu avô soltar o último suspiro e partir desta vida.

Naquela fatídica jornada, Imru' Al-Qais mergulhou mais uma vez na melancolia, entregando-se ao consolo fugaz do álcool, enquanto Mundhir trilhava seu caminho em busca do pai dele. Desafiou as tribos que se curvavam a seus pés, persistindo em sua jornada, enquanto saboreava o líquido amargurado com a destreza de seu braço direito, empunhando com firmeza o escudo em sua mão esquerda. Imerso em suas próprias tribulações, foi nesse momento que um mensageiro sombrio adentrou e proclamou: "Ó portador do escudo, os Banu Asad[66] ceifaram a vida de teu pai. Agora, o senhor é coroado como rei e vingador".

Ele escaneou o ambiente com olhos atentos, avistou o cálice de vinho em sua mão e, num gesto impetuoso, amaldiçoou-o, lançando sua maldição sobre o próprio pai. Despiu-se das vestes de seda, erguendo firme o escudo, e empunhou a espada com destreza, convocando todos que cruzaram seu caminho e reunindo os cavaleiros de Quenda. Em alta voz, proclamou: "Soldados! Restauraremos a glória de nossos antepassados, reconstruiremos o Faw e erradicaremos Banu Asad, perseguindo-os em nome de Quenda...".

Eu, por minha vez, afastei mil golpes de espada direcionados a ele, assim como o mesmo número de lanças e flechas, protegendo-o em nome de Luqman. Testemunhei a chama da vingança em seus olhos e o orgulho ardente em seus flancos. À luz da lua, reci-

---

66 Banu Asad é uma antiga tribo árabe de linhagem Khalduniana, Madh'hijiana e Adnaniana. Originalmente localizada a oeste de Al-Qassim e a leste das montanhas Ajj' e Salma, sua região de assentamento se estendia desde Négede até o rio Eufrates. Na época pré-islâmica, compartilhavam fronteiras com tribos como Tayyi, Ghatfan, Hawazin e Kinana e possuíam cursos d'água como Samira, Ar-Rass e Ar-Rasis, além de montanhas como Al-Qina, Al-Qinan e Aban Al-Aswad.

tava poesias com fervor, preparando-se para os ataques contra os Banu Asad ao amanhecer. Ele persistiu incansavelmente, perseguindo-os até que seus cavaleiros se esgotaram.

Ao olharem para ele, seus soldados suspiraram em desespero, reconhecendo a inabalável determinação que queimava em seu interior e disseram em desespero:

— O que ocorrerá a seguir, Imru' Al-Qais?

— Continuaremos até que os aniquilemos e a Sham seja nossa.

— E depois?

— Os aniquilaremos e a Sham será nossa.

Ergueram as espadas ao seu redor e conquistaram porções da Sham. Triunfante, ele levantou sua espada com a mão direita, colocando-me sobre seu peito com a mão esquerda. Enviou mensageiros ao Iêmen, convocando seus irmãos para se unirem à causa.

Seu exército foi tomado pela surpresa: ele tinha irmãos? Onde estavam eles durante todas essas guerras? Onde se encontravam durante a vingança de seu pai e o reinado de Quenda? E onde estavam no meio do sangue das tribos e das espadas de Imru' Al-Qais? A perplexidade atingiu seu ápice quando Imru' Al-Qais os confrontou:

— Eu designarei meus irmãos para governar as cidades abertas.

Questionaram-no: "E quanto a nós? Nós lutamos ao seu lado, então para quem você está indo? Para seus irmãos que parecem ausentes em tempos cruciais? O que acontecerá depois, Imru' Al-Qais?".

— Vamos destruí-los e a Sham será nossa — respondeu Imru' Al-Qais.

Os soldados e líderes reagiram: "Então vá sozinho".

Pela primeira vez, enfrentaram-no com desafio e, pela primeira vez, Imru' Al-Qais se deparou com a solidão, observando, impotente, a queda das cidades abertas mais uma vez nas mãos de El-Harith ibn Abi Shamr.

"Esteja certo de que Al-Harith ibn Abi Shamr irá eliminá-lo, Imru' Al-Qais, fuja!"

A voz reverberava de todos os cantos, ressoando dos recantos das montanhas e das flores do vale, das abelhas que zumbiam nas montanhas e das flores que pontilhavam o vale, até mesmo das serpentes que o cavalo pisoteava após todos se afastarem.

"Fuja, Imru' Al-Qais, fuja!"

No entanto, ele deteve-se subitamente, virou-se e retornou ao campo de batalha. Em seguida, coletou todos os seus escudos e espadas e dirigiu-se à Samaw'al. Optou por abandonar todas as suas posses na fortaleza, uma estratégia para impedir que Al-Harith ibn Abi Shamr se apropriasse de suas riquezas.

Naquele dia, Imru' Al-Qais conduziu seu cavalo em direção à terra dos romanos, na direção de César. Antes de sua partida, Samaw'al fez um último apelo: "Viva comigo uma vida confortável e deixe para trás a busca por vingança pelo seu pai e seu reino".

Contudo, Imru' Al-Qais, segurando-me entre as mãos, emulando o gesto de seu avô, virou seu rosto como se visse o patriarca à sua frente e proclamou: "Busco uma glória substancial, e essa glória pode ser alcançada por alguém como eu".

Dessa forma, ele deixou o forte de Samaw'al em direção ao rei romano. No entanto, mal se passou um ano antes que recebêssemos notícias de sua morte. A dúvida pairava no ar: teria Imru' Al-Qais se arrependido de sua decisão?

A história do terceiro círculo

Eu permaneci no forte de Samaw'al após a morte de Imru' Al-Qais, entretanto, a tranquilidade foi abruptamente interrompida quando Al-Harith ibn Abi Shamr sitiou a fortaleza com avidez, buscando apossar-se das afamadas espadas indianas de Imru' Al-Qais, suas armaduras de pedra e toda a sua riqueza, incluindo a herança de seu avô...

Dizem que Samaw'al partiu, o judeu partiu, mesmo entoando poesias que descreviam o frio e narrando como as flores exalam seus aromas, assim como os gênios sussurram nos ouvidos das pessoas. Ele explicava minuciosamente como se protegia de ser afetado por eles. Contudo, essa situação era inédita para ele; a segurança, a família e a riqueza estavam todas ameaçadas. O forte encontrava-se cercado, as pessoas viviam em constante apreensão e, para complicar ainda mais, seu filho estava fora em uma caçada, podendo ser capturado por Al-Harith ibn Abi Shamr. Nesse cenário tenso, toda a riqueza e dinheiro perderam seu valor diante da urgência iminente...

Ele tentou apaziguar Al-Harith, recitando poesias que enalteciam suas virtudes e elogiando os feitos gloriosos de seus antepassados, os Ghassânidas,⁶⁷ que eram parentes de Imru' Al-Qais. No entanto, mesmo com essas palavras lisonjeiras que contavam as realizações notáveis da linhagem, Al-Harith permaneceu inflexível. A escolha diante dele era clara: ou abandonaria os bens valiosos de Imru' Al-Qais ou enfrentaria a perspectiva angustiante de seu filho sendo sacrificado...

Diante da pressão implacável de Al-Harith, Samaw'al recuou de suas poesias, acariciou sua longa barba e entregou-se ao pranto. Pela primeira vez, as lágrimas do resiliente Samaw'al foram testemunhadas pelas pessoas no forte, que observaram seus passos entre a porta do recinto e minha presença.

Al-Harith, incansável em suas demandas, enviou-lhe uma mensagem novamente, reiterando suas exigências. Contudo, Samaw'al, agora com uma decisão irrevogável, declarou pela última vez: "Não enviarei mais mensagens". Com firmeza, afirmou: "Não posso entregar os bens de Imru' Al-Qais, pois foram confiados a mim, e devo devolvê-los ao seu legítimo dono, mesmo que todos nós enfrentemos a fome e a morte...".

Al-Harith, insatisfeito com a resposta, escolheu um método mais cruel. Em uma caixa, enviou uma mensagem impactante. Quando Samaw'al a abriu, deparou-se com a cabeça de seu próprio filho e uma mensagem devastadora: "Você perdeu seu filho".

As mulheres começaram a chorar e o lamento ressoou por todo o forte, reverberando em meio à devastação que se desdobrava. A terra tremia sob os pés de Al-Harith, enquanto Samaw'al permanecia inabalável, uma figura de resistência diante da crueldade que se desvelava. Com a mão mergulhada no sangue de seu filho, ele desenhou o último círculo, marcando um ponto culminante de desespero e sacrifício.

Então, fui elevado aos céus, transportado pelo vento antes que pudesse tocar o solo.

Os soldados de Al-Harith, impactados e atônitos, se ajoelharam, tremendo diante do poder divino que se manifestava. Ao redor do forte, uma onda de reverência se espalhou, com aqueles que observavam curvando-se em respeito ao ocorrido.

Enquanto Samaw'al continuava a chorar pelo resto de sua vida, o peso da perda nunca o fez ceder ao arrependimento.

---

67 Os Ghassânidas são tribos árabes originárias dos Azd, um ramo de Kahlan, que migraram durante o século II d.C. devido às inundações resultantes do colapso da barragem de Ma'rib no Iêmen.

Derrota dos reis

Disse o servo de Al-Harith ibn Abi Shamr:
Quando Al-Harith ibn Abi Shamr sitiou o forte de Samaw'al, a situação tornou-se extraordinariamente desafiadora. O forte encontrava-se completamente isolado, com todas as suas saídas bloqueadas e mesmo os cavalos, em seus melhores esforços para saltar, não poderiam alcançar a metade da imponente muralha. Além disso, as flechas lançadas não tinham chance de ultrapassar as altas copas das árvores que adornavam os pátios no interior da cidade judaica.

Nesse cenário, o forte tremia sob a pressão e as notícias chegavam de todas as direções, todas indicando que Samaw'al havia realizado um planejamento meticuloso, armazenando uma quantidade abundante de comida. Essa provisão estratégica era suficiente para sustentar a fortaleza por vários anos, aumentando ainda mais a resistência do local diante do cerco implacável de Al-Harith...

A situação que se desdobrou apresentava-se mais constrangedora do que desafiadora. Era intrigante como Al-Harith, um rei de renome e astúcia, havia conseguido superar outro grande monarca como Imru' Al-Qais, mas, paradoxalmente, terminou a contenda sem os preciosos espólios da vitória. A ausência das cobiçadas espadas de pedra e dos arcos, símbolos de poder e prestígio, tornava o triunfo de Al-Harith uma vitória incompleta. Ainda mais espantoso era o fato de que esta derrota inesperada ocorreu sem a presença dos valiosos escudos de pedra e das famosas espadas indianas, itens que eram considerados de inestimável valor naqueles tempos. Como, então, poderia uma derrota tão significativa ter acontecido em meio a uma perseguição implacável pelo vasto deserto, onde tanto o perseguidor quanto o perseguido enfrentavam o risco de serem consumidos pela natureza impiedosa do deserto?

Ele até amaldiçoou Imru' Al-Qais, questionando-se por que, entre todas as extensas e diversas terras árabes, havia escolhido o forte de Samaw'al como o local para esconder seus tesouros. E, ainda mais desconcertante, por que havia decidido se expor tão vulneravelmente diante do rei dos romanos, despojando-se de suas defesas e de sua dignidade?...

Al-Harith e seus filhos permaneceram firmes às portas do forte. Eles aguardavam, imersos em uma tensa expectativa, até que, ao amanhecer, os soldados irromperam em gritos. Suas vozes ecoaram, vibrantes e triunfantes, como se tivessem capturado um coelho astuto. Eles proclamaram ao rei e aos seus filhos com fervor: "Nós conseguimos! O filho de Samaw'al está capturado e sob nosso domínio".

Naquele momento, a noite, antes um manto de escuridão e mistério, se transformou abruptamente. Al-Harith, tomado por um misto de surpresa e consternação, abriu a boca num gesto involuntário. Seus dentes, agora visíveis, refletiam a intensidade do seu espanto. Em seguida, com um movimento quase reflexivo, ele colocou as mãos sobre os ombros de seus dois filhos. Era um gesto que buscava força e apoio, enquanto ele se preparava para escrever uma mensagem decisiva para Samaw'al. A mensagem continha palavras de peso: "Os pertences de Imru' Al-Qais ou a vida do seu filho".

Agora, imagine Samaw'al, abalado profundamente, tremendo como uma cobra que esgotou seu veneno em uma caçada frenética a um rato. Ele enfrentava um dilema torturante: como poderia manter sua fidelidade, quando a vida de seu filho estava em jogo, ameaçada por uma espada afiada? A ideia de sacrificar seu próprio filho era inimaginável, um pensamento que ele repelia com cada fibra de seu ser...

Samaw'al, inflexível, rejeitava todas as mensagens enviadas. O cerco ao redor tremia sob a tensão crescente. Al-Harith, resoluto, colocava repetidamente as mãos sobre os ombros de seus filhos, escrevendo uma mensagem após a outra, mas todas eram recusadas por Samaw'al.

Por fim, Al-Harith redigiu sua última mensagem, dessa vez sem o toque reconfortante em seus filhos. Ele enviou a mensagem acompanhada de uma caixa sinistra que continha a cabeça decepada do filho de Samaw'al. As palavras gravadas na mensagem eram cortantes: "Você perdeu seu filho...".

Exausto com o prolongado cerco, mas ainda agarrado à esperança, Al-Harith fixava o olhar no sangue seco no pescoço do filho de Samaw'al. Ele contemplava aquela visão macabra como se ela justificasse sua presença obstinada à porta daquele forte e de todos os outros fortes dos árabes. Para ele, apenas um rei supremo, perante o qual todos se curvam, teria o direito de derramar tal sangue.

Enquanto Al-Harith contemplava o sangue que ia secando, seus ouvidos captaram o som de cavalos relinchando, vindo de todas as direções. O estrondo dos relinchos era tão intenso que quase fez sua tenda desabar. Em seguida, um vento fortíssimo começou a soprar, abalando a maioria das tendas dos soldados.

Os soldados, vestidos apenas com suas armaduras, ficaram expostos aos elementos, enquanto o vento aumentava sua intensidade, arremessando os corpos mais fracos pelo ar, como se fossem partículas de poeira.

O vento só acalmou quando Al-Harith, em um comando firme, gritou para todos se prepararem para levantar o cerco. Assim, seguindo sua ordem, levantamos o cerco, abandonamos o forte. Naquele momento, eu vi Samaw'al com lágrimas escorrendo pelo rosto, parado no topo da muralha do forte.

O servo de Harith ibn Abi Shimr disse:
Ao longo dos anos, Al-Harith persistiu incansavelmente em seu objetivo de tornar-se o monarca supremo dos árabes, almejando elevar as terras de Ghassan a um patamar de prestígio e poder comparável ao do vasto Império Romano. Este era o império onde Imru' Al-Qais, seu adversário, havia buscado refúgio em tempos de adversidade. Al-Harith, com uma determinação férrea, liderava suas tropas para a guerra, não apenas como um líder distante, mas como um guerreiro entre guerreiros, colocando suas próprias mãos sobre os ombros de seus filhos, que marchavam com ele. Ele não hesitava em envolver sua prole nas batalhas.

Entretanto, apesar de suas conquistas e esforços incessantes, Al-Harith enfrentava uma lacuna em seu legado: Al-Hira, o reino que, apesar de ser seu, ainda não havia alcançado a glória e o esplendor dos domínios de seus antecessores. Ele refletia com frequência sobre o motivo pelo qual, mesmo sendo o único rei dos árabes, seus ancestrais não haviam construído para ele um palácio tão grandioso quanto o Al-Khawarnaq,[68] a maravilha arquitetônica que simbolizava o poder e a majestade dos monarcas de Al-Hira...

Um dia, uma notícia urgente e inesperada alcançou Al-Harith, desencadeando uma sequência de eventos que mudariam o curso de seu destino. A mensagem era clara e direta: "O rei de Al-Hira partiu para Al-Mada'in,[69] deixando o reino de Al-Hira sem um governante".

Ao ouvir essas palavras, um sorriso astuto surgiu no rosto de Al-Harith, revelando seus caninos enquanto ele ria, percebendo a oportunidade que se apresentava diante dele. Era o momento que ele estava esperando, uma chance de expandir seu poder e talvez, finalmente, conquistar o que tanto almejava.

Rapidamente, Al-Harith ordenou que seus exércitos se preparassem para a marcha, levantando-se de seu trono com uma determinação feroz. Ele estava pronto para agir, para aproveitar o momento e reivindicar o que acreditava ser seu por direito. Com uma resolução inabalável, ele liderou seus exércitos em direção ao majestoso palácio de Al-Khawarnaq. Para Al-Harith, nada menos que a conquista de Al-Khawarnaq seria aceitável, mesmo que isso significasse enfrentar os maiores desafios e sacrifícios. Ele estava disposto a ir até as últimas consequências, mesmo que o vento inclemente do destino pudesse arrancar seus próprios filhos de seu lado.

Al-Harith, com sua determinação férrea, adentrou a cidade de Al-Hira, que estava despreparada para um ataque tão repentino e não possuía os meios para resistir ou combater a invasão. Ele avançou pelas ruas da cidade, saqueando e eliminando impiedosamente qualquer um que se opusesse à sua marcha. Seu avanço era implacável, marcado pela destruição e pelo caos. Entretanto, sua conquista não ficaria sem resposta, pois outra guerra estava prestes a começar, desta vez contra o rei de Al-Hira, Al-Mundhir ibn Ma' Al-Sama', que retornou de sua viagem inesperadamente, como se impulsionado pelo próprio vento...

---

68 Al-Khawarnaq era um castelo medieval construído pelos árabes lakhmides perto da capital de Al-Hira. O castelo é mencionado em fontes árabes e persas, embora seja difícil determinar quais informações são históricas e quais são mitos.

69 Al-Mada'in era uma antiga metrópole situada no Tigre, onde hoje é o Iraque. Localizava-se entre os antigos centros reais de Ctesifonte e Selêucia e foi fundado pelo Império Sassânida.

As tropas de Al-Hira, percebendo a gravidade da situação, reuniram-se novamente, reorganizando suas fileiras para enfrentar a ameaça iminente. Apesar das lacunas deixadas pelos caídos, esses espaços foram preenchidos com os filhos daqueles que haviam perecido em combate. As mulheres, chorando a perda de seus entes queridos, erguiam-se corajosamente atrás dos guerreiros, em um ato de apoio e resiliência. A batalha foi reacendida, mas agora as forças estavam equilibradas, criando um cenário onde qualquer lado poderia reivindicar a vitória.

Foi nesse momento crítico que o rei de Al-Hira, Al-Mundhir ibn Ma' Al-Sama', após reunir seus filhos e ajustar seu manto, confrontou Al-Harith. Os dois reis se encararam, e Al-Mundhir, com uma expressão séria, propôs uma solução alternativa ao conflito contínuo. Ele disse à Al-Harith: "Não desejamos mais derramamento de sangue. Proponho que seus filhos duelem com os meus, sob a condição de que a guerra termine com a vitória de um lado".

Al-Harith, com um riso que parecia emanar confiança e uma certa arrogância sobre a imortalidade, colocou as mãos sobre os ombros de seus filhos. Em um gesto simbólico de passagem de poder e legado, ele lhes entregou duas de suas próprias espadas, armas que carregavam não apenas o peso do metal, mas também o peso da tradição e da expectativa...

Os filhos de Al-Harith avançaram com determinação para o duelo, enquanto o rei de Al-Hira, optando por uma estratégia diferente, enviou dois dos mais fortes guerreiros de seu exército, homens não da sua linhagem, mas conhecidos pela sua extraordinária força. O duelo foi intenso e brutal. O filho mais velho de Al-Harith sofreu um ferimento profundo na bochecha e o segundo teve a perna quebrada. A luta estava longe de ser justa e, antes que houvesse chance de retaliação ou defesa, os filhos de Al-Harith caíram mortos.

Aproveitando o momento de desorientação e desespero, o exército do rei de Al-Hira lançou um ataque surpresa, forçando Al-Harith e seu exército a uma retirada apressada e humilhante. Al-Harith, que outrora marchava com a postura de um conquistador, agora retornava à sua terra derrotado e quebrado, desprovido do apoio e da força que seus filhos lhe proporcionavam. Seus ombros, antes erguidos como rochas inabaláveis, agora pareciam pesados e fragmentados, seu coração vazio e desprovido de esperança.

    Ao chegar a seu reino, Al-Harith foi recebido por uma mensagem cruel do rei de Al-Hira, que chegara antes mesmo dele. Não era uma mensagem verbal, mas sim uma caixa macabra contendo as cabeças decepadas de seus filhos, acompanhadas de uma nota implacável: "Você perdeu seus filhos".

Pelas minhas próprias mãos, não pelas de Amr

Disse o fabricante da gaiola dourada:
Naquela noite, sob um céu oculto por nuvens espessas e um frio penetrante, as ruas da periferia sul de Tadmor[70] estavam mergulhadas em um silêncio quase absoluto.

Não havia sinais de movimento, exceto pela minha presença solitária e a de um tocador de alaúde romano, companheiro inesperado naquela quietude.

As antigas rotas da seda e os caminhos da guerra, outrora pulsantes de atividade, agora jaziam esquecidos e abandonados, e ali nos sentamos, ele me acompanhando com sua melodia, até que, abruptamente, o som cessou.

---

70 Tadmor, também conhecida como Palmyra, é uma cidade arqueológica síria de grande importância histórica, com registros desde o segundo milênio a.C. Estrategicamente localizada no cruzamento de rotas comerciais antigas, prosperou como um centro comercial vital, destacando-se por sua arquitetura única. Seu auge ocorreu no século III d.C., mas foi destruída por Aureliano em 273 d.C. Após diversas fases, incluindo períodos sob domínio romano e bizantino, a cidade enfrentou desafios recentes devido à guerra civil na Síria, impactando seu patrimônio cultural.

Com um gesto curioso, reminiscente dos cães romanos, o tocador de alaúde inclinou-se e colocou suas orelhas contra o chão. Ele se movia com uma cautela que denotava um ouvido aguçado e uma percepção afiada do perigo iminente. Após alguns momentos tensos, ele ergueu o olhar, observando ansiosamente todas as direções. Com um sussurro temeroso, ele alertou: "Há seis homens vindo em direção à casa".

Intrigado e alerta, me aproximei da única janela de vime da casa. Esperei ver o reflexo de tochas ou algum sinal de fogo no horizonte que indicasse a aproximação de um grupo, mas nada vi. No entanto, a convicção em sua voz era inegável. Ele repetiu suas palavras com uma urgência que não podia ser ignorada e, então, sem mais delongas, ele se levantou e partiu rapidamente para o norte, em direção ao palácio arruinado da princesa...

Ah, coitada da nossa princesa Zabaa',[71] uma figura cuja vida foi marcada por uma melancolia profunda, sem conhecer um único dia de verdadeira alegria.

Lembro-me claramente da ocasião sombria quando o rei, seu marido, faleceu. Ela parecia uma noiva desamparada, cujo amado partiu um dia antes do casamento, sua aura tão murcha e desolada quanto as árvores que pontilhavam as paisagens áridas do deserto.

No entanto, para surpresa de todos, um vigor inesperado surgiu no dia seguinte. A princesa Zabaa', carregando consigo um espírito inquebrantável, ergueu-se e apareceu na varanda do palácio. Ela convocou todos os habitantes de Tadmor com uma voz firme e uma presença que desafiava a sua recente tristeza. Naquele momento, ela não era apenas a imagem da realeza; ela era a própria encarnação da autoridade e do poder reminiscente do rei falecido.

Suas sobrancelhas franzidas denotavam determinação e ela estava adornada com um traje de guerra preto que cobria seu peito, simbolizando força e resolução.

Um murmúrio de surpresa e admiração se espalhou entre os súditos reunidos. "Será que a rainha está vestindo a armadura de ferro?", questionavam em sussurros incrédulos.

---

71 Zabaa', filha de Amr, rainha da região entre o Eufrates e Palmyra, se tornou governante após a morte de seu pai e de seu tio. Seu reino se estendia do Eufrates até Palmyra. Quando chamada para a guerra contra Juzaima Al-Abrash, sua irmã a aconselhou a buscar a paz e usar artimanhas em vez de travar uma batalha.

A rainha, então, ergueu a mão em um gesto majestoso e, com palavras que ressoaram com a força de um decreto real, anunciou: "Hoje começamos a guerra, nosso povo de Tadmor. Hoje começamos uma revolução contra todo opressor. Hoje é a liberdade".

A multidão aplaudiu com fervor e eu me juntei ao coro de vozes, gritando com todos. Parecia que até os pássaros, cuja beleza e liberdade muitas vezes lembravam a princesa Zabaa', uniram-se ao nosso clamor.

Mas naquele momento, a rainha não se assemelhava mais aos pássaros graciosos ou mesmo aos corvos astutos. Ela havia se transformado em algo inteiramente diferente, uma figura de poder e resolução implacável.

Havia uma incerteza palpável entre nós. Ficaria difícil imaginar como seria o futuro sob o reinado de Zabaa'. Questionávamos se ela se tornaria um monstro como tantos outros que haviam ascendido ao trono, corrompidos pelo poder e pela guerra, ou se manteria a misericórdia e a gentileza que a caracterizavam antes desses eventos tumultuados...

A guerra, como ela havia proclamado, começou de maneira implacável. Rainha Zabaa' não somente entrou no campo de batalha, mas também alcançou uma vitória retumbante sobre o rei de Al-Hira, Juzaima Al-Abrash. Em um ato de força e autoridade surpreendentes, ela capturou e matou Juzaima Al-Abrash com suas próprias mãos, um feito que ressoou por todo o reino e além. Também ela perseguiu seu sobrinho Amr incansavelmente, chegando perigosamente perto de ceifar também a sua vida.

A jornada de Zabaa' como governante e guerreira levou-a a enfrentar os próprios romanos, um embate que culminou em mais uma vitória surpreendente para ela e seu povo.

As pilhagens resultantes da batalha trouxeram riquezas inesperadas, enriquecendo a cidade e seus habitantes. O momento mais simbólico dessa vitória foi quando testemunhamos o comandante romano, uma figura antes imponente e poderosa, rendendo-se aos pés de Zabaa'. Essa cena, ocorrida na varanda da princesa, agora tingida com as marcas da guerra, era um espetáculo de humilhação e submissão. O comandante romano, sentado aos pés dela, parecia simbolizar a supremacia de Zabaa' e a queda dos romanos.

Essa imagem de poder e dominação se repetiu em nossas mentes. Sob o reinado de Zabaa', vivíamos uma realidade diferente da paz e tranquilidade anteriores. Em meio a esse ambiente de conquista e poder, as trombetas soaram por toda a cidade, convocando o povo para o palácio de Zabaa'. Quando a vimos, sua aparência tinha mudado novamente; agora ela se assemelhava ao próprio rei romano, uma transformação que nos deixou confusos e incertos. "É essa a nossa princesa Zabaa'?", perguntávamos em meio à dúvida e ao assombro...

Zabaa' levantou a mão mais uma vez, um gesto que assustou os pássaros e pareceu fazer o próprio sol se esconder, trazendo uma súbita escuridão. Com o rosto ruborizado, ela proclamou da varanda: "Hoje lutamos contra os romanos novamente". Suas palavras caíram como um trovão sobre os ouvintes que sussurraram: "E a trégua, por que a guerra, rainha da misericórdia?".

No auge de sua autoridade, Zabaa' agiu com uma determinação severa. Após seu anúncio surpreendente de retomar a guerra contra os romanos, ela apontou para seus guardas e, um após o outro, começaram a prender pessoas entre a multidão. Primeiro foi uma pessoa, depois duas, e o número cresceu rapidamente para dez, depois mil, até que um silêncio pesado se abateu sobre todos. Zabaa', sem responder ou justificar suas ações ao povo, retirou-se da varanda com a cabeça erguida, em um gesto que transmitia poder e intransigência...

As notícias do exército logo começaram a chegar, relatando uma série de vitórias retumbantes sobre os romanos. Zabaa' estava conquistando territórios com uma eficácia impressionante. As vitórias se sucederam, primeiro na costa, depois com Zabaa' estendendo seu controle por toda a Síria. O avanço continuou com o exército de Zabaa' entrando no Sinai, onde enfrentaram os romanos com brutalidade, derrotando-os e jogando seus corpos ao mar. O ímpeto das conquistas de Zabaa' não parou por aí; seu exército avançou ainda mais, estendendo seu domínio até o Delta do Nilo.[72]

---

[72] Delta do Nilo, localizado no norte do Egito, é formado pelos ramos de Damietta e Rosetta, que se ramificam a partir do rio Nilo e desembocam no Mar Mediterrâneo. É um dos maiores deltas do mundo, estendendo-se de Port Said à Alexandria. Conhecido pela fertilidade de suas terras agrícolas, o delta abrange cerca de duzentos e quarenta quilômetros ao longo da costa.

A queda de Alexandria, a cidade mais importante dos romanos na região, marcou um momento decisivo. No entanto, a virada mais chocante e inesperada veio logo depois: Zabaa', a rainha formidável que havia levado suas forças até Alexandria, foi capturada por Aureliano.[73]

Essa notícia caiu como um raio sobre o povo de Tadmor, deixando todos em estado de choque e descrença. "Zabaa' caiu, a rainha? Aquela que conquistou Alexandria?!", ecoava em meio à incredulidade e ao desespero da multidão...

Nas ruas, as pessoas vagavam como estrelas desorientadas, almas mortas caminhando em um turbilhão de desalento e confusão.

A derrota de Zabaa' trouxe uma escuridão que envolvia tudo e todos. O povo de Tadmor estava dividido entre a tristeza por sua rainha capturada e a preocupação com o que Aureliano poderia fazer a ela. Alguns questionavam se não deveriam tomar uma ação drástica antes que o imperador romano decidisse o destino de Zabaa'.

Durante aqueles dias sombrios, o palácio de Zabaa' permaneceu abandonado, um símbolo melancólico de um reinado que parecia abruptamente ter chegado ao fim. Eu me sentava sozinho, contemplando o silêncio que havia se abatido sobre a cidade, depois que o tocador de alaúde romano partiu, levando consigo a última reminiscência de uma era que parecia estar se desfazendo.

Foi nesse cenário de desolação que ouvi um sussurro se aproximando, uma presença que me deixou paralisado. O destino incerto que me aguardava parecia não menos sombrio do que o da rainha capturada ou da própria Tadmor, a cidade que outrora fora um farol de civilização e agora enfrentava seu momento mais sombrio.

A invasão repentina interrompeu meus pensamentos melancólicos. A porta foi arrombada e lá estava eu, ainda sentado, agora encarando seis homens cuja aparência remetia à Zabaa' em seus dias de glória, antes de seu último e fatídico ataque. Esses homens possuíam uma aura quase sobrenatural, como demônios persegui-

---

[73] Lucius Domitius Aurelianus, conhecido como Aureliano em inglês, foi um imperador romano (270-275) que desempenhou um papel crucial na restauração do Império Romano após um período de rebeliões, perdas territoriais e invasões bárbaras. Seu governo marcou o início do fim da crise do terceiro século.

dores do romano tocador de alaúde, ou como as rochas de Petra, que haviam sido esculpidas em palácios magníficos.

Eles me escoltaram até que me vi diante de Aureliano, o homem que havia derrotado Zabaa'. Ele não exibia a aparência de um guerreiro invencível, mas a realidade era inegável: ele havia derrotado Zabaa'. Sua vitória, aparentemente, se devia mais ao orgulho dela do que à sua própria força. E apesar da misericórdia que Zabaa' costumava demonstrar, ali estava Aureliano, que também parecia possuir um traço de misericórdia.

Foi então que ele me fez um pedido inusitado e cruel: construir uma gaiola de ouro para exibir Zabaa' como troféu na capital romana. A ideia de nossa rainha, outrora tão poderosa e benevolente, ser exibida como um objeto derrotado diante do povo romano, provocou em mim um grito interno de revolta e desespero. "Zabaa', nossa rainha misericordiosa, reduzida a isso? Não, não pode ser", eu pensava. Mas então, o orgulho de Zabaa' ressoava em minha mente, criando um conflito interno. "Será que ela merece tal destino?", eu me perguntava. "Sim, ela merece... Não, definitivamente não".

Envolto em meus pensamentos, fui abruptamente arrancado de minhas reflexões por um golpe forte nas costas. Lá estava, diante de mim, o ouro brilhante destinado à construção da gaiola para Zabaa'. Eu estava determinado a fazer uma gaiola espaçosa, imensa, para que ela nunca se sentisse confinada. As barras seriam maciças, projetadas para que os espectadores nas ruas não vissem os olhos da rainha, que eu sabia, no fundo, que nunca estariam realmente refletindo humilhação...

No dia do desfile, uma cena de que jamais esqueceria se desenrolou. Zabaa' estava diante da porta da gaiola. Quando os guardas se aproximaram para forçá-la a entrar, ela revelou uma pequena garrafa escondida em seu cabelo e a bebeu rapidamente. Com palavras finais de desafio, ela declarou: "Pelas minhas próprias mãos, não pelas de Aureliano". E então, diante dos olhares atônitos de todos, Zabaa' caiu morta...

Nos anos que se seguiram à morte de Zabaa', uma narrativa diferente começou a se formar nas ruas. Se você perguntasse a alguém quem foi o responsável por sua morte, não diriam que foram os romanos. Em vez disso, apontariam seu irmão árabe, o rei de Al-Hira, Amr ibn Adi.[74]

As pessoas até distorciam suas últimas palavras, acreditando que ela havia dito: "Pelas minhas próprias mãos, não pelas de Amr". Essas palavras se transformaram em um ditado, um exemplo em que as pessoas passaram a acreditar fervorosamente, convencidas de que Zabaa' havia sido traída e morta por seus próprios compatriotas árabes e não pelo inimigo romano.

---

[74] Amr ibn Adi Al-Lakhmi, o terceiro rei de Tanukh, governou o Iraque após a partida de seu tio para a Síria, restaurando a estabilidade após tumultos. Buscou vingança pela morte de seu tio e fortaleceu alianças com os sassânidas. Seu governo, confirmado por inscrições reais, é marcado por unificação e estabilidade. Após sua morte, seu filho Imru' Al-Qays ibn Amr o sucedeu. Amr também ofereceu proteção aos maniqueus durante a perseguição sassânida. A data exata de sua morte é incerta, mas seu reinado estimado em trinta anos foi crucial para a estabilidade no Iraque.

O dia em que o cavalo de Dhu Nawas caiu

Al-Ghaida', a escrava do rei, disse:
Naquele dia tumultuado, a cidade foi tomada por uma onda de medo e desespero. Os abássidas, como ratos saindo das sombras de Mari'b, invadiram a cidade, espalhando caos e terror. O rei, outrora poderoso e temido, agora se via despojado de tudo que simbolizava seu poder e autoridade. Restava-lhe apenas seu fiel cavalo árabe, Shahba',[75] e eu, uma mera observadora das sombras de sua glória passada. Até mesmo sua espada negra, símbolo de sua força e comando, jazia quebrada, um eco da derrota e da desolação.

Naqueles momentos de desespero, o sol parecia ter se afastado do Palácio de Ghumdan.[76] O rei, agora vestido em trajes co-

---

[75] Cavalo Shahba' refere-se a cavalos árabes cuja cor predominante é a branca com alguns pelos pretos. O Shahba' pode variar em tons, podendo ser vermelho ou marrom.

[76] Palácio de Ghumdan, também conhecido como Alcácer de Gundã ou Palácio de Gandã, é um antigo palácio e fortaleza em Saná, Iêmen. Tudo o que resta de Gundã é um campo de ruínas emaranhadas em frente à primeira e segunda portas orientais da Mesquita de Jami.

muns, mal se reconhecia como o monarca que um dia fora, olhava ao redor com um olhar perdido e incerto.

Parecia procurar algo, mas era impossível discernir o que seria. Eu sabia que, se os invasores o vissem, não hesitariam em matá-lo. O mesmo destino aguardaria seu cavalo e, se porventura encontrassem sua espada quebrada, talvez a consertassem apenas para usá-la contra ele em um ato final de humilhação e vingança...

Foi então que o rei, com um olhar distante, voltou-se em direção ao palácio de cor turquesa. Ele apontou para o canto direito do recinto e falou com uma voz pesada de lembranças: "Aqui, ordenei a execução dos cristãos de Najran.[77] O ministro tentou, mas falhou em me deter. Até Deus, em Sua onipotência, não colocou obstáculos em meu caminho. Nem mesmo a aparente fragilidade daqueles ao meu redor foi suficiente para impedir minha resolução de desencadear um fogo devastador sobre eles. Foi então que me trouxeram os ossos de Habsa bint Hayyan,[78] extraídos das profundezas sombrias de uma prisão. Com uma força avassaladora, arranquei uma pedra maciça do próprio palácio e desci sobre ela, até que ela foi despedaçada...".

Ele montou no seu cavalo, parou majestosamente diante do esplendoroso palácio dourado e me disse:

"Ali, diante daquela magnífica estrutura, convoquei todos os mercadores do Iêmen. Interroguei-os sobre as oferendas que traziam. Eles, por sua vez, responderam com aplausos, convocando seus escravos para apresentar caixas repletas de tesouros: ouro cintilante, hena aromática, incenso exótico, ládano raro e uma variedade de especiarias exuberantes. Todos se retiraram, deixando para trás uma quietude pungente, exceto você, que permaneceu. Por que você não partiu?..."

Seu cavalo desacelerou ao se aproximar do elegante palácio prateado. Apontando para o nono andar, recordou um momento

---

[77] Najran ou Najrã é uma cidade da Arábia Saudita, capital da região de Najrã. Está a 1.293 metros de altitude e, segundo o censo de 2010, havia 298.288 habitantes.

[78] Habsa bint Hayyan, uma mulher cristã dedicada se orgulha da tradição de sua família na disseminação do cristianismo. Em sua eloquência, confronta o rei, recusa a violência contra seguidores de outras crenças e demonstra confiança na justiça de Jesus Cristo. Ela prevê o florescimento do cristianismo e aconselha Dhu Nawas a buscar o arrependimento.

íntimo nosso: "Foi aqui que nos encontramos a sós pela primeira vez. Eu estava indeciso sobre a correção de me casar com uma incrédula ou abandonar uma serva. Naquele sábado, tudo mudou. Beijei você, compartilhamos uma refeição de carne e eu desafiei todas as convenções daquele dia. Agora, percebo que as mesmas convenções se voltaram contra mim hoje...".

Ele se voltou para o último ponto, onde o cavalo se agitou brevemente diante da escuridão, mas logo foi acalmado por um gesto firme do rei. O cavalo, então, abaixou a cabeça, como se contemplasse algo distante, invisível aos meus olhos. O rei falou com uma voz carregada de tristeza: "Aqui, montei este cavalo pela primeira vez. E foi aqui que enviei meu exército para se posicionar na porta de Bab Al-Mandab,[79] uma tentativa desesperada de deter os abássidas, de proteger meu trono e o deus que adorávamos. Aqui, ordenei a construção do meu último templo, na esperança de que o deus nos protegesse. E foi também aqui que recebi a notícia devastadora de nossa derrota...".

Havia um silêncio pesado e prolongado, um momento de reflexão profunda. O rei não chorava, sua expressão era de resignação, uma aceitação sombria do fim de seu reinado e das esperanças que ele alimentava. Eu, ao lado do cavalo, não pude conter as lágrimas, chorando pela perda iminente e pelo fim de uma era, enquanto os abássidas continuavam a avançar e a se espalhar ao nosso redor.

Finalmente, nós voltamos para a estrada de areia que contornava a cidade, uma via que levava a um único destino: Bab Al--Mandab. Curiosamente, era para lá que os próprios abássidas se dirigiam, tornando a jornada perigosa e inevitavelmente destrutiva e talvez fatal.

Naquele caminho solitário, sob uma árvore de incenso que ele havia plantado em um ato de desafio após a queima de Najran, encontrava-se um cavaleiro imponente, cuja presença lembrava o rei em seus dias de glória, antes da amarga derrota que agora o consumia. Foi ali que senti o peso da derrota pela primeira vez,

---

[79] Bab Al-Mandab ou Babelmândebe é o estreito que separa os continentes da Ásia e África, ligando o Mar Vermelho ao Oceano Índico via Golfo de Adém. O seu nome deriva dos perigos que rondam a sua navegação ou, de acordo com uma lenda árabe, da quantidade de pessoas afogadas pelo sismo que teria separado a Ásia da África.

quando ele me entregou a esse cavaleiro gigante e partiu sozinho, sem olhar para trás nem uma vez...

O rei não sabia que eu o seguia secretamente. Abandonando o cavaleiro gigante, o segui silenciosamente. Ele não sabia que, ao deixá-lo, eu enfrentaria minha morte, e que o seguir, apesar do perigo iminente, era uma centelha de esperança. Ele não tinha consciência de nada, exceto a crença de que eu era apenas uma escrava, embora notável; sob a superfície, porém, eu era nada mais do que uma sombra quebrada...

Chegando ao mar, sob a luz do crepúsculo e a presença solitária de uma única estrela no céu, um silêncio profundo sobressaía acima de tudo. Os ventos, os corvos e até o rugido do mar pareciam ter cessado. As ondas batiam contra a barriga do cavalo, que mostrava medo, mas o rei o encorajou com um toque firme ao lado e o cavalo se estabilizou.

Neste momento, o rei exibia uma imponência diferente, uma postura que ele não havia mostrado durante toda a jornada. Parecia uma espada desgastada, uma montanha rachada pela força do tempo. Quando as ondas atingiram o cavalo novamente, causando mais temor, ele o cutucou duas vezes com determinação, assumindo a postura da própria deusa Ishtar.[80]

Por fim, com um movimento resoluto, ele golpeou fortemente o cavalo com sua vara. O animal, sobrecarregado pelo peso do golpe, curvou-se sob a água e, junto com o rei, desapareceu na imensidão do mar, engolidos pela última luz do crepúsculo.

---

80 Deusa Ishtar é uma figura multifacetada nas civilizações da Mesopotâmia e regiões adjacentes. Ela é conhecida como Inana entre os sumérios, Astarte entre os fenícios, Afrodite na Grécia Antiga e Vênus entre os romanos. A divindade representa aspectos como o amor, a beleza e, ao mesmo tempo, está associada à guerra e ao sacrifício nas batalhas.

Algumas histórias de Al-Hira

O Professor Abdul Malik disse:
    Encontrei-me em um cenário surreal, algo que só poderia ser comparado às visões nebulosas de um sonho. Estava ao lado de um muro colossal, erguido majestosamente na escuridão envolvente, onde a única luz vinha de luas dispersas iluminadas por tochas afixadas sobre o muro. A estrutura imponente dava a impressão de cercar uma vasta e antiga cidade. Em uma dessas luas, avistei a silhueta de um homem, com uma espada em punho, observando o horizonte. Movido pela curiosidade, chamei por ele, perguntando: "Onde estamos, nobre homem?".
    O homem virou-se para mim, um olhar de surpresa atravessando seu rosto endurecido pelo tempo. Com um tom de incredulidade, ele respondeu: "Como você pode estar aqui sem conhecer esta cidade?".
    Sua resposta apenas adicionou mais mistério à minha situação. Sem uma resposta clara para oferecer, continuei a caminhar ao longo do muro, guiado pela esperança de encontrar a entrada da cidade e talvez pessoas que pudessem esclarecer minhas dúvidas.

Depois de um tempo que parecia uma eternidade, me deparei com um portão colossal. Era uma obra de arte em si, mas estava firmemente fechado, como se guardasse os segredos da cidade. Tentei decifrar as inscrições gravadas na madeira, mas a escuridão impiedosa tornava impossível qualquer leitura.

Foi então que ouvi o som urgente de cascos de cavalos atrás de mim. Instintivamente, afastei-me para o lado, me abrigando na sombra do muro...

Uma tropa de cavaleiros surgiu, iluminando a noite com tochas que tremulavam violentamente ao vento. Nos olhos de cada cavaleiro vi refletido um medo palpável, como se estivessem fugindo de um perigo invisível.

Um dos cavaleiros, agindo com pressa, desceu de seu cavalo e abriu o portão maciço com movimentos rápidos. Assim que a passagem foi liberada, eles galoparam para fora da cidade, desaparecendo na extensão sombria que se estendia além do muro, uma vastidão que me lembrava um deserto sem fim. Não consegui dizer se algum deles me notou em sua fuga apressada, pois pareciam consumidos pela necessidade de escapar para algum lugar além daqueles muros antigos.

Surpreendido com a cena, decidi então adentrar o coração da misteriosa cidade, deixando para trás o muro que até então tinha sido minha única companhia.

Mal havia dado alguns passos, percebi mais soldados se aproximando ao longe, também iluminados pelo brilho vacilante de tochas. Rapidamente, me afastei do portão para evitar ser visto, mas não foi o suficiente. Um dos cavaleiros notou minha presença e veio em minha direção montado em seu cavalo imponente. A luz da tocha que ele segurava lançava sombras que faziam sua figura parecer ainda maior e mais intimidadora. Me encolhi diante dele e ele me perguntou para onde os outros tinham ido. Sem pensar e, com uma voz que revelava tanto surpresa quanto medo, apontei na direção que eles haviam tomado e respondi: "Por ali".

Os cavaleiros seguiram rapidamente naquela direção, desaparecendo logo do meu campo de visão. Eu me perguntava ainda onde estava, perdido em pensamentos, quando uma luz tênue começou a vazar no horizonte, prenunciando o amanhecer.

Enquanto tentava juntar os fragmentos de minha memória sobre o que sabia de Al-Hira através de leituras passadas, a imagem do grande Palácio de Al-Khawarnaq emergiu em minha mente. Curioso, perguntei às pessoas locais como poderia encontrar tal maravilha. Notei, no entanto, uma tristeza profunda em seus olhos, o que me intrigou.

Eles apontaram a direção, mas todos pareciam estar se preparando para partir, carregando bagagens e pertences, criando uma atmosfera de despedida inesperada. Apesar disso, prossegui em direção ao palácio...

Ao me aproximar, o Palácio de Al-Khawarnaq surgiu majestosamente atrás do alto muro. Sua presença era imponente, com uma fachada grandiosa adornada por uma porta colossal e flanqueada por janelas que revelavam os quartos interiores. Entre o palácio e o muro, jardins exuberantes se espalhavam, repletos de árvores frutíferas e um caleidoscópio de flores de variadas cores e espécies. Um oásis de beleza em meio a uma cidade que parecia estar se esvaziando de sua alma.

Para minha surpresa, o palácio estava quase deserto, exceto por três presenças solitárias: uma pedra quebrada que jazia à frente da entrada, um cavalo que relinchava ocasionalmente, e um homem, aparentemente um dos últimos habitantes, recolhendo pedaços de madeira quebrada nas ruínas do palácio.

Me aproximei deles, impulsionado pela curiosidade e pela necessidade de compreender. Perguntei sobre o palácio e seus reis, sobre Al-Hira e seu povo. Por que todos estavam partindo? Onde estavam os exércitos e os governantes de outrora? Eles então começaram a contar-me a história dos reis de Al-Hira, desde a construção do Al-Khawarnaq, descrevendo como eles eram, a magnitude de seu poder e, finalmente, o trágico desenlace que levou ao fim de seu domínio.

A maldição de Sinmar
A primeira história da pedra quebrada diante do grandioso Palácio de Al-Khawarnaq

Tenho muitas histórias desde a construção deste palácio até hoje e vou contar a você a história de toda a Al-Hira.

No início de uma era marcada por grandezas, o engenheiro do rei Al-Nu'man,[81] conhecido como Sinmar, empreendeu a monumental tarefa de construir este palácio esplendoroso, um palácio que parecia esconder-se atrás do próprio sol.

Eu, uma pedra oriunda dos céus, fui testemunha e parte desse feito. Os gênios, em sua sabedoria, haviam me colocado no Palácio do Profeta Solimão. Lá, presenciei os últimos momentos do profeta, seu cajado pairando sobre mim. Após o seu falecimento,

---

[81] Al-Nu'man ibn Munda, também conhecido como Abu Qabus, foi um líder cristão do século VI na região de Al-Hira, no Iraque, antes da chegada do Islã. Ele fundou a cidade de Nômaniyah e era conhecido por sua coragem e realizações. Al-Nu'man se destacou na criação de cavalos, camelos e gado, além de mostrar interesse na agricultura e nas flores. Seu governo terminou devido a uma trama liderada por Zayd ibn 'Adi Al-'Ibadi, resultando na captura e humilhação de Al-Nu'man por Khosrow II. A morte de Al-Nu'man desencadeou conflitos entre árabes e persas, culminando na Batalha de Al-Qadisiyyah, na qual os árabes emergiram vitoriosos.

fui levada pelos gênios até Sinmar, destinada a ser a pedra fundamental de uma nova era.

Sinmar tinha uma visão extraordinária. Ele desejava erigir um palácio sem paralelo, um santuário para poetas e elogiadores, um local que incorporasse a grandiosidade do governo e rivalizasse com os lendários palácios de Iram, que ele conhecia apenas por meio de histórias antigas.

Com uma habilidade inigualável, Sinmar me dividiu meticulosamente ao meio e, sobre a metade superior, ergueu-se o palácio. Ele posicionou essa parte exatamente no centro da construção, criando uma simetria perfeita. Sob meu olhar de pedra, o palácio foi tomando forma: quartos majestosos, suítes luxuosas e um pátio vasto se ergueram, cada um contando uma história de esplendor e arte.

Após a magnífica conclusão da construção do palácio, Sinmar, o engenheiro visionário, aproximou-se da minha outra metade que jazia solitária. Com os olhos fechados, num gesto que lembrava os adivinhos da antiga porta do sul, ele começou a esculpir cuidadosamente uma cadeira com suas próprias mãos habilidosas. Esta cadeira não era uma simples peça de mobiliário; era um símbolo, uma extensão de mim mesma, da pedra que sustentava todo o palácio.

Com reverência, ele prendeu a cadeira à minha metade superior, completando-me de uma maneira que eu jamais imaginaria. Eu era agora uma entidade única, parte visível e parte oculta, um mistério perfeito aos olhos dos habitantes do palácio. Sinmar, com os olhos ainda fechados, como se estivesse em um transe, proclamou: "Eu confio a você o segredo do governo, ó minha pedra de sorte. Se você se mover de seu lugar, o palácio inteiro desabará sobre seus habitantes. Meu palácio, você é o governo, e sem você a força é inútil...".

Essas palavras ressoaram através das salas e corredores, ecoando uma verdade profunda. Mas, então, questionei-me e questionei Sinmar, mesmo em seu estado de transe: "Onde está a felicidade? Qual é o verdadeiro significado da felicidade, Sinmar?".

Foi então que Al-Nu'man, o rei, apareceu diante de mim, trazendo uma mão vermelha — um símbolo misterioso e poderoso. Confidenciei-lhe o segredo que Sinmar havia confiado a mim, revelando: "Ó meu rei afortunado, todo este grandioso palácio foi construído sobre esta pedra, sobre esta cadeira. Se ela se mover de seu lugar, tudo entrará em colapso e o esplendor que você vê se transformará em ruínas".

Al-Nu'man, com um sorriso irônico que apenas um rei poderia ostentar, riu diante da revelação. "Como poderia eu, o soberano dos árabes, basear todo o meu palácio, todo o meu governo, em uma única pedra?" A incredulidade em sua voz era palpável, um misto de desdém e surpresa. Essa ideia, para ele, parecia absurda, quase uma afronta à sua própria magnificência e ao poder que exerce.

Então, em um gesto de traição inesperada e brutal, Al--Nu'man condenou Sinmar, o arquiteto de sua grandeza, à morte. "Em vez de lhe conceder a recompensa que você merece, eu devo eliminar você, Sinmar",[82] disse ele, com palavras que eram como uma lâmina afiada. E com isso, Nu'man ordenou que Sinmar fosse jogado do alto do próprio palácio que havia construído. Essa era sua maneira cruel de garantir que o segredo do palácio permanecesse conhecido apenas por ele.

O grito de Sinmar enquanto caía ecoou pelas paredes do palácio, um som que se eternizaria nos corredores da história. Sua cabeça encontrou o chão com um baque surdo, selando seu destino e deixando uma mancha sombria na história do palácio.

Naquele momento, enquanto refletia sobre as últimas palavras de Sinmar, questionei-me com uma melancolia profunda: "Será que eu sou realmente a sua pedra da sorte?...".

---

[82] A expressão árabe que ainda é usada até agora, "Sua recompensa é como a recompensa de Sinmar", refere-se a essa história que é frequentemente citada para descrever situações em que alguém é inadequadamente recompensado por um trabalho bem-feito.

A segunda história da pedra quebrada

O rei Al-Nu'man, portador da enigmática mão vermelha, encontrava em mim, a pedra, um refúgio. Sentava-se sobre mim, em sua cadeira esculpida, e sua vida se desenrolava sobre essa base singular. Ele dormia, realizava suas refeições e compartilhava momentos íntimos com sua esposa, tudo sobre a pedra que eu era. No entanto, sob essa aparente normalidade, escondia-se um medo pungente. Al-Nu'man temia que o segredo da pedra fosse descoberto, temia que até o vento pudesse ser portador de ouvidos e levar a verdade sobre Sinmar para além dos muros do palácio.

Seu medo se estendia para além da pedra; ele temia que sua posição como único rei dos árabes fosse questionada ou ameaçada. Em suas interações com as delegações, seu grito era lançado com força: "As pessoas se submeterão a alguém além de mim?". Esse era um homem consumido pela necessidade de controle absoluto, temido por seu povo, que se curvava diante do poder de seu palácio que eclipsava o sol.

Al-Nu'man detinha um palácio sem igual, o Al-Khawarnaq, e um reino que superava em magnitude a própria Al-Hira.

Todos em Al-Hira se dobravam à sua vontade, exceto uma figura notável, a adivinha do portão do sul. Ela, desafiando o poderio do rei, lhe disse com uma voz firme: "Não se alegre demais, dono da pedra. Cuidado com as montanhas curdas de Aleppo,[83] pois lá aqueles com coração cruel encontrarão sua derrota...".

A adivinha era uma mulher idosa, frágil como uma teia de aranha, mas detentora de uma sabedoria que transcendia sua aparência. Sobre sua sobrancelha direita, três distintos pontos davam a ela um ar enigmático, um ar quase de loucura aos olhos dos desavisados. Sua aparência enganadora era sua proteção; ninguém ousava levantar espada ou punho contra ela, mas em sua fragilidade residia uma força oculta.

O Rei Al-Nu'man, no entanto, perturbado pelas palavras proféticas da adivinha e temendo a possibilidade de sua influência crescer, ordenou que seus soldados a aprisionassem dentro dos muros de seu palácio.

Paralelamente, enviou espiões à Síria, com instruções específicas para investigar as montanhas curdas de Aleppo e trazer notícias que pudessem esclarecer o mistério por trás das palavras da adivinha...

Os espiões, após uma busca extenuante, retornaram com uma descoberta surpreendente: nas elevações das montanhas curdas de Aleppo, habitava um santo conhecido como Simeão,[84] a quem as delegações de Al-Hira e da Al Jazeera[85] peregrinavam em busca de orientação e bênçãos. Essa revelação atingiu Al-Nu'man como um trovão, despertando nele uma inquietude que se estendia muito além das fronteiras de seu reino.

---

83 A Montanha Curda, ou Kurd Dagh, é uma região montanhosa no noroeste da Síria e sudeste da Turquia. Situada nas províncias de Aleppo, na Síria, e Kilis, na Turquia, a Montanha Curda é distinta da vizinha Jabal Al Akrad, que se encontra mais a sudoeste, na província de Latakia.

84 Simeão, o Estilita (389-459), foi um santo e eremita sírio que viveu na região de Aleppo. Ele se destacou ao praticar o ascetismo em cima de uma coluna de pedra, uma prática que se espalhou pelo norte da Síria e, posteriormente, para a Europa. Após sua morte, o imperador construiu uma igreja em torno da coluna, tornando-se um local de peregrinação cristã.

85 Al Jazeera, também conhecida como península Arábica ou Árabe, é uma península no sudoeste da Ásia e situada ao nordeste da África na placa árabe. De uma perspectiva geológica, é considerada um subcontinente asiático.

Com sua voz ressoando até a Síria, Al-Nu'man questionou em tom desafiador: "As pessoas se submeterão a alguém além de mim?...".

Consumido por uma raiva que borbulhava em seu íntimo, o Rei Al-Nu'man empunhou sua espada e partiu com o intuito de eliminar o santo Simeão e seus seguidores. No entanto, ao olhar para trás, um medo visceral o tomou. Sua mente estava atormentada pela possibilidade de alguém descobrir o segredo da pedra ou, pior ainda, alguém ousar movê-la. Na tentativa de salvaguardar seu segredo e seu reinado, Al-Nu'man tomou medidas extremas. Trouxe seu filho e dez de seus guardas mais confiáveis e imponentes para me vigiar constantemente. Além disso, ele libertou a adivinha da prisão, reconhecendo a profundidade de sua sabedoria...

A adivinha, ao encontrar-se com o filho do rei, proferiu palavras enigmáticas: "Nenhum ser humano pode alcançar o status de profeta. O dono da pedra não terá paz e o senhor do trono não durará, mesmo que vença". O filho do rei, com um sorriso de incredulidade, perguntou: "Você se refere ao meu pai?". Ela, sem responder diretamente, pegou a mão dele, apontou para as estrelas e disse em voz abafada: "Você ri hoje, mas não estará aqui no dia de seu choro...".

Enquanto isso, Al-Nu'man retornou de sua missão sangrenta, tendo sacrificado os seguidores de Simeão. Voltou para dormir sobre mim, mas seu sono era turbulento. Ele tremia incessantemente, despertando inúmeras vezes durante a noite, cada vez gritando: "Eu não lutarei contra eles novamente, nunca mais lutarei, juro por Deus".

Após esse evento, o rei se fechou para o mundo. Ele parou de receber delegações, afastou-se de sua esposa e seu tremor incessante continuava. Sua outrora imponente força física e mental agora parecia se esvair diante da fraqueza e da devoção dos seguidores do santo.

Ele erguia sua espada contra os seguidores do santo Simeão, que enfrentavam a morte com sorrisos serenos em seus rostos, abraçando o martírio pelo bem de Cristo.

Em meio a esse caos, uma noite, o próprio Simeão apareceu a Al-Nu'man em um sonho. Eu testemunhei a visão: Simeão, com um rosto tão branco e longo como as montanhas do norte, comandava seus diáconos para golpear Al-Nu'man.

Acordando de seu sonho, Al-Nu'man estava tomado pelo pavor. Ele se levantou, fugindo de seus próprios demônios e, em um ato de desespero, agarrou um machado enorme e tentou me destruir. Ele queria derrubar o palácio e aniquilar a si mesmo como rei.

Com toda sua força, ele tentou me mover, mas foi em vão. Sua tentativa falhou e, nesse momento de desespero, ele se despiu de todas as suas roupas reais, vestindo uma simples túnica de lã, e saiu do palácio, gritando: "O que está com Deus é melhor, o que está com Deus é melhor".

Naquele dia, Al-Nu'man abandonou o Al-Khawarnaq, perambulou pela terra, deixando para trás sua força e o trono do reino. Ele nunca mais retornou ao palácio.

Naquele dia, você sorriu, Sinmar.

A terceira história
da pedra quebrada

Após partir, Al-Nu'man, o rei outrora poderoso, vagou pela terra como se fosse uma sombra, invisível aos olhos dos homens, deixando o palácio de Al-Khawarnaq sem um soberano. O vazio do trono retumbava pelas salas vazias do palácio, provocando sussurros e questionamentos entre os habitantes da cidade. "Como pode o palácio existir sem seus reis? Como o trono pode permanecer desocupado?" Essas perguntas pairavam no ar, carregadas de incerteza. Havia dúvidas se Al-Nu'man retornaria ou se seu filho assumiria seu legado.

Em meio a essa atmosfera de dúvidas e esperanças, o filho do rei Al-Nu'man teve um sonho revelador, um sonho no qual você, Sinmar, apareceu novamente. Vi você sussurrando em seu ouvido com uma voz que carregava o peso de segredos antigos: "Sente-se no trono, seu pai se perdeu na terra e não retornará. Você é agora o governante e em suas mãos está o segredo do Al-Khawarnaq, o coração do reino. Lembre-se, qualquer poder que não se origine do Al-Khawarnaq é fraco, não importa sua aparente força...".

O jovem, então, assumiu o lugar de seu pai, não por desejo de poder, mas por reconhecer sua própria fragilidade diante do legado do Al-Khawarnaq. Ele via seu pai, um homem que, apesar de suas vitórias em batalhas, tornara-se um peregrino perdido na terra, um mero mendigo em busca de significado. "Como pode alguém ser rei sem seu palácio?", ele ponderou.

Assim, Sinmar, você nunca mais visitou os sonhos dele, nem os dos filhos do novo rei. Eles eram como ele, compreendendo profundamente a importância e o mistério do Al-Khawarnaq, tal como você havia ensinado.

Os sucessores do trono sabiam bem que os poetas não cantariam seus louvores se eles virassem as costas para o Al-Khawarnaq. Assim, Al-Hira permaneceu sob seu domínio, até que chegou a era de Al-Mundhir ibn Maa Al-Samaa', um homem que, ao contrário de seus predecessores, era imprudente em sua visão e compreensão do poder.

Al-Mundhir ibn Maa Al-Samaa' era um homem tolo, acreditando erroneamente que sua força residia unicamente em seus braços musculosos e não no segredo milenar da pedra sobre a qual o trono havia sido construído. Foi então que você, Sinmar, apareceu para ele em um sonho. Eu testemunhei sua aparição: você carregava sobre sua cabeça uma pedra circular que mudava de cor refletindo as diversas eras dos reis que passaram. Em sua sabedoria eterna, você o advertiu: "Se mover o trono de seu lugar, se a pedra tremer, seu reino inteiro ruirá...".

Al-Mundhir ibn Maa Al-Samaa' acordou sobressaltado desse sonho profético e virou-se em seu leito como alguém que sente um escorpião rastejar sobre seu rosto. Ele gritou em negação: "Mentiroso, mentiroso! Eu sou a força, mesmo que o Al-Khawarnaq desmorone mil vezes". Sua arrogância e descrença o cegaram para a verdadeira fonte de poder que o Al-Khawarnaq simbolizava.

Durante todo o dia, Al-Mundhir permaneceu absorto em seus pensamentos, alheio às tribos que se aglomeravam diante dele, aguardando ansiosamente por suas ordens de vitória. Em um impulso de frustração e desafio, ele ordenou que seus servos lhe trouxessem um machado de pedra pesado e se posicionou ao meu lado. Ele bufava com uma fúria desmedida, como se estivesse prestes a arrancar uma montanha de seu leito.

Com determinação cega, Al-Mundhir tentou me quebrar, atacando em seguida o trono e a pedra que sustentava o legado do Al-Khawarnaq. Ele percorreu o palácio naquele dia, com um olhar perplexo em seu rosto, incapaz de entender por que suas tentativas de destruição falhavam. Em um acesso de ira, ele chegou a esbofetear o rosto de seu próprio filho, Amr, provocando um afastamento das tribos e a zombaria dos poetas...

Ninguém ousou se mover ou falar. O trono permaneceu intacto, imóvel. Eu não me revelei às pessoas, me mantendo como uma testemunha silenciosa dos eventos. Frustrado e vencido, Al--Mundhir abandonou o palácio Al-Khawarnaq, deixando para trás toda Al-Hira. No entanto, enquanto partia, os sons da mudança já ressoavam em seus ouvidos. Ele ouviu o relinchar dos cavalos nas soleiras de Al-Hira e o som dos cascos dos cavalos de Al-Harith Al-Kindi[86] batendo nas portas de seu palácio. As notícias não tardaram a chegar: Al-Hira agora tinha um novo rei.

Al-Mundhir, em um gesto desesperado de reafirmar seu poder, convocou seu exército, mas logo se viu abandonado por seus líderes. Como poderiam continuar leais a um rei que procurava destruir o próprio Al-Khawarnaq, o símbolo da força e estabilidade de seu reinado? Como poderiam confiar em um soberano que acreditava erroneamente que a força de seu governo residia apenas em seus braços? Al-Harith Al-Kindi, aproveitando-se da situação, assumiu o comando, sentando-se sobre mim, a pedra, e se tornou o novo governante de Al-Hira, tomando o lugar de Al-Mundhir.

Naquele tempo tumultuado, a pergunta que se repetia nas mentes de todos era: por que Al-Mundhir quis me quebrar? Como um rei poderia reinar sem o seu palácio, sem o símbolo de seu poder? Sinmar, você não o havia advertido em seus sonhos? Não lhe disse que o verdadeiro governo residia em mim, na pedra que sustentava o palácio e o trono? Não lhe revelou que, por mais forte que se julgasse, sua força era fraca sem o apoio do Al-Khawarnaq?

---

[86] Al-Harith Al-Kindi foi o último rei da tribo Quenda, conhecida por sua força. Ele governou por quase sessenta anos, consolidando seu poder, expandindo a influência de sua tribo e desempenhando um papel crucial na paz entre tribos árabes. Destacou--se por sua liderança forte, domínio militar e estabelecimento de paz na região. Sua história é marcada por conquistas, independência de Sharhabil bin Hasan e sucesso em campanhas militares no Sham e Iraque.

Vi você novamente, Sinmar, na noite em que Al-Mundhir e seu filho Amr, derrotados e humilhados, se infiltraram de volta no palácio e pararam diante de mim na escuridão. Com vozes trêmulas, juraram não tentar me mover novamente. Eles confessaram: "Somos fracos sem o seu poder, nossa governança depende do trono que você sustenta".

Naquele dia, você, Sinmar, permaneceu inalterado, um observador silencioso dos eventos tumultuados. Você deixou Al--Mundhir às voltas com seu destino e visitou seu filho Amr em um sonho. Com uma voz que carregava o peso do inevitável, você lhe disse: "Vocês voltarão a governar Al-Hira, mas saiba que o trono será sua ruína após a morte de seu pai. Será um poeta que selará seu destino...".

Com essa premonição assombrosa, Al-Mundhir reconquistou seu trono em Al-Hira. Seus guerreiros e poetas, que haviam se dispersado, agora retornavam ao seu lado, restabelecendo-o como o rei do Al-Khawarnaq. Em um ato de retaliação e para garantir que nenhum desafio futuro surgisse, ele perseguiu Al-Harith e sua linhagem até as distantes terras de Banu Calb, assegurando-se de que eles jamais voltassem a Al-Hira. Em sua mente, a linhagem de Al-Harith nunca mais pisaria em Al-Hira, mesmo que Al-Mundhir enfrentasse a morte mil vezes.

Entretanto, as palavras do sonho assombravam Amr, que se viu consumido por uma paranoia crescente. Ele passou a procurar obsessivamente entre os poetas, buscando identificar aquele que, segundo a profecia, seria seu assassino. "Qual deles seria?", ele se perguntava incessantemente. "Quem entre esses mestres da palavra carregaria em suas linhas o poder de determinar o meu fim?".

A quarta história
da pedra quebrada

Amr, a cada manhã que despertava, confrontava-se com a mesma pergunta inquietante: "Qual poeta irá me matar? Será Imru' Al-Qays, o neto de Al-Harith Al-Kindi?". Ele refletia, confuso, sobre a ironia do destino. "Imru' Al-Qays é meu amigo, um companheiro que eu ajudei a escapar de Al-Hira. Eu o poupei, não o condenei! Como ele poderia me trair, depois de ter depositado nele minha confiança?..."

Enquanto isso, os poetas circulavam ao redor de Amr, buscando sua associação e favores. Ele os recebia com uma mistura de temor e admiração, consciente tanto de suas línguas afiadas quanto de suas espadas letais.

Em um esforço para ganhar sua lealdade, Amr os acolhia em seu conselho, distribuindo suas riquezas entre eles com generosidade. No entanto, em seus sonhos, você, Sinmar, permanecia zombando dele com risos enigmáticos, aumentando sua insegurança e seu medo.

Com a morte de Mundhir, o antigo rei, Amr ascendeu ao trono, tornando-se o novo soberano. Mas seu reinado sobre mim, a pedra, não lhe trouxe paz. Por que ele passava as noites em claro, tremendo de medo? Por que ele havia colocado a espada preta de seu pai sobre o trono, como um símbolo de poder e uma lembrança constante da ameaça que pairava sobre sua cabeça?

Com o passar dos anos, a espada de seu pai permanecia sobre mim, um símbolo do legado e das responsabilidades de Amr. Seus tremores, embora persistentes, começaram a diminuir gradativamente.

Os poetas, outrora objetos de seu temor, tornaram-se seus amigos e conselheiros. Amr retomou o cuidado com os assuntos das tribos, seguindo os passos de seu pai, e encontrou uma certa tranquilidade, apesar das marcas do antigo machado que ainda marcavam o trono.

Você, Sinmar, todavia, voltou a visitá-lo em seus sonhos, sempre com um sorriso zombeteiro, reiterando a sombria previsão: "Um poeta irá matá-lo".

Essas palavras reacenderam o antigo medo em seu coração. Assustado, Amr enviou mensageiros em busca de notícias de Imru' Al-Qays, temendo que a profecia se referisse a ele. Contudo, soube que Imru' Al-Qays havia falecido, vítima de ferimentos infligidos pelo rei dos romanos...

Essa notícia trouxe um novo alívio a Amr, que se sentiu mais seguro em seu trono. Ele retomou suas responsabilidades com renovada confiança, tratando dos assuntos das tribos com uma nova assertividade. As tribos, por sua vez, passaram a vê-lo como um líder unificador e respeitável. Com a morte de Al-Harith e o desaparecimento de sua linhagem, Amr consolidou-se como o único rei dos árabes, um monarca absoluto em Al-Hira.

Amr, embriagado pelo poder que detinha, começou a acreditar que ninguém teria coragem ou força para desafiá-lo. Ele se via mais poderoso do que você, Sinmar, mais forte do que o próprio trono que simbolizava seu reinado. Em um arroubo de arrogância, ele desafiou a todos no palácio, com o rosto inflamado de orgulho: "Quem entre os árabes tem uma mãe que se recusa a servir a minha mãe?".

Enquanto você ria, Sinmar, zombando de sua presunção, uma resposta tímida veio dos presentes: "Amr ibn Kulthum,[87] um poeta da tribo Tag'lub, cuja mãe é Layla, Layla bint Al Muhallil".[88]

Essas palavras pareceram abalar o rei Amr. Com um gesto brusco, ele agarrou o trono com as mãos e ordenou: "Tragam os Banu Tag'lub[89] e especialmente Layla".

Os cortesãos se dispersaram rapidamente e Amr ficou sozinho diante de mim. Em um ato de desafio, ele pegou o machado de pedra de seu pai e golpeou o trono no mesmo local de antes, proclamando com uma voz cheia de desafio: "Eu sou a força, não você".

O trono permaneceu imóvel, e eu, a pedra, continuei oculta, uma observadora silenciosa dos acontecimentos.

Amr, consumido pela ansiedade, não encontrou descanso até que os Banu Tag'lub finalmente chegaram ao palácio...

Layla, com uma postura digna, foi conduzida ao quarto da mãe do rei Amr, enquanto Amr ibn Kulthum ocupava um lugar ao lado do rei. O palácio estava envolto em uma calma tensa, que foi subitamente rompida por um grito vindo do quarto da mãe do rei. Lá estava Layla, em um estado de profundo desespero, gritando: "Que desgraça e humilhação para os Banu Tag'lub!".

Foi nesse exato momento que Amr ibn Kulthum, tomado por uma fúria súbita, levantou-se abruptamente. Ele correu na direção

---

87 Amr ibn Kulthum foi um poeta árabe, autor de um dos Mu'allaqat. Nada, ou quase nada é conhecido de sua vida, salvo que foi um cavaleiro e líder da tribo dos taglíbidas, famoso no Jahiliyyah por sua glória, bravura e comportamento impiedoso na batalha. Algumas histórias sobre ele são contadas no *Livro das Canções*.

88 Layla bint Adi ibn Rabi'ah foi uma talentosa poetisa e distinta dama entre as mulheres árabes durante o período pré-islâmico. Ela é considerada uma das mulheres mais notáveis dos árabes, conhecida por sua estatura, dignidade e nobreza. Seu pai era o cavaleiro Muhallil Adi ibn Rabi'ah e seu tio era o rei Kulaib ibn Rabi'ah. Leila se casou com o chefe Tughlab Kalthum ibn Malik e de seu casamento nasceu o renomado poeta conhecido como O Poeta Suspenso, Amr ibn Kulthum. Seu neto foi chamado de Sayyid Qawm Al-Aswad ibn Amr ibn Kulthum.

89 A tribo Banu Taghlib, originária da linhagem árabe, surgiu na península Arábica no século III d.C. Participaram da Guerra de Al-Basus contra a tribo Banu Shayban, de seus parentes, e conseguiram remover seu domínio sobre Tihama, direcionando-os em direção ao Iraque. Estabeleceram-se na região central do Eufrates, conhecida como Diar Rabi'a, onde tiveram uma forte influência, muitas vezes associada ao cristianismo.

do rei, agarrou sua cabeça e, com um movimento rápido e decisivo, o lançou do alto do trono. Sem hesitar, ele se apoderou da espada preta do rei e, com um golpe certeiro, decapitou Amr.

A pergunta que repercutia nos corredores do palácio era: "Por quê, Amr?".

Agora, sem o trono, o rei estava morto, sua cabeça separada do corpo.

A última história da pedra quebrada

Ao longo dos anos, o último Al-Nu'man, um dos descendentes do primeiro rei Al-Nu'man, assumiu seu lugar sobre mim, a pedra, diante das delegações das tribos. Ele não possuía uma aparência marcante, tinha um rosto suave e uma estatura modesta, mas suas palavras ressoavam com sabedoria e perspicácia. Ele se destacava por sua habilidade em conversar com poetas e anciãos, e seu reinado era marcado pela eloquência e pelo entendimento.

Curiosamente, o trono revelou uma proximidade com ele que não se tinha visto em nenhum outro rei de Al-Hira. Parecia quase como se o trono reconhecesse em Al-Nu'man uma qualidade especial, um rei digno de sua herança. Seu ministro, um homem de grande sabedoria, o aconselhava fielmente, enquanto um poeta elogiador entoava versos em minha honra, reconhecendo o papel fundamental que eu, a pedra, desempenhava no reino.

Em um sonho, contudo, você, Sinmar, surgiu diante de Al-Nu'man. Sua figura era a de um homem idoso, curvado pela carga de muitos anos, como se desejasse o fim de uma longa e árdua jornada. Com uma mão firme, você tocou seu ombro e, com uma voz que parecia emanar das profundezas da história, revelou o segredo antigo: a grande pedra sobre a qual toda Al-Hira estava construída e não apenas o Al-Khawarnaq.

Você, Sinmar, disse para o Al-Nu'man com palavras proféticas que semearam o medo em seu coração:

"O amor vai te matar", você avisou. Em resposta, Al-Nu'man, dominado pelo pavor, expulsou sua esposa do palácio, acreditando que assim evitaria seu destino.

"Um companheiro irá matá-lo", você continuou. Desesperado para desafiar a profecia, Al-Nu'man agiu com brutalidade, assassinando seu próprio ministro e banindo o poeta da corte.

"Khosrow irá matá-lo", foram suas últimas palavras.

Tomado por uma fúria cega, Al-Nu'man pegou um machado de pedra e me atacou, repetindo a ação desesperada do primeiro Al-Nu'man. Ele golpeou com a convicção de que era mais forte do que Khosrow,[90] mais poderoso do que o próprio Al-Khawarnaq.

Com cada golpe do machado, Al-Nu'man quebrou o trono e, finalmente, conseguiu me arrancar da terra do palácio. No entanto, ao contrário do esperado, nada aconteceu. Nenhuma catástrofe imediata se abateu sobre ele ou sobre o reino...

Nesse momento, o último Al-Nu'man, percebendo que suas ações não haviam desencadeado nenhum desastre imediato, levantou as mãos e riu. Ele ria, talvez aliviado, talvez enlouquecido pela complexidade e imprevisibilidade do destino. Ele havia desafiado as advertências, quebrado as tradições e, ainda assim, permanecia de pé...

Com um decreto surpreendente, o último Al-Nu'man ordenou que ouro fosse distribuído a todos que passassem pelo Al-Khawarnaq. Contra todas as expectativas, o palácio permaneceu de pé, desafiando as profecias e as crenças antigas. O último Al-Nu'man parecia ter superado o palácio em força. Ele convocou o povo de Al-Hira, empunhou novamente o machado de pedra e me golpeou com tal fúria que acabei me despedaçando, como

---

[90] Khosrow I, também chamado Cosroes, o Justo ou Cosroes da Alma Imortal, foi o vigésimo xá do Império Sassânida, governando de 531 a 579. Reinou por 48 anos, sendo antecedido por seu pai Cavades I e foi sucedido por Hormisda IV. Fundou muitas cidades e construiu majestosos palácios.

você me vê agora. Meus fragmentos, levados pelo vento, dispersaram-se pelo mundo...

Eu vi, então, a adivinha do portão do sul, perambulando pelo deserto, clamando por você, Sinmar. Ela vagava, uma figura solitária em meio à vastidão, como se buscasse algo que se perdeu no tempo. Vi também um homem com mãos manchadas de vermelho parado na entrada deste palácio, derramando lágrimas, como as estrelas costumavam chorar nos céus antigos.

E, em um ato final de renúncia, vi o último Al-Nu'man, aquele que desafiou o destino e o legado, caminhando por sua própria vontade em direção a Khosrow. Ele deixou para trás seu poder, seu trono e tudo o que Al-Hira representava. Com sua partida, o esplendor de Al-Hira desvaneceu e o reino nunca mais se ergueu como antes.

A última viagem de Al-Nu'man

O cavalo choroso do Rei Numan disse:
Eu escuto o vento sussurrando, os suspiros dos mortos, as histórias entrelaçadas das almas. Leio as areias do deserto e percebo as batidas dos corações.

No entanto, os dias da despedida de Al-Nu'man foram mais intensos do que qualquer descrição pode capturar.

Estava acima de mim quando uma mensagem de Khosrow chegou para ele e, pela primeira vez, percebi sua agitação.

Al-Nu'man, que havia enfrentado e derrotado vinte leões em minhas costas, temeu uma simples mensagem escrita. Naquele dia, ele reuniu toda a sua família, incluindo sua esposa que o traiu.

Ele carregou consigo toda a riqueza que pôde sobre seu corcel vermelho. Diante do majestoso palácio de Al-Khawarnaq, ele se deteve como se estivesse o contemplando pela última vez e proferiu palavras pesadas: "Khosrow virá me ceifar".

Testemunhei Al-Nu'man chorar pela primeira vez. Aquele que havia eliminado o marido de sua própria filha e seu ministro agora chorava...

Ele emergiu pelo grande portão do sul de Al-Hira, deixando a vidente incrédula por sua presença.

Eu a vi franzir a testa e proclamar: "Chegou o fim da era das profecias, nossa era desaparecerá". E então ela sumiu, correndo pelo deserto, como se engolida pela vastidão.

Al-Nu'man estava perdido, mudando sua postura sobre mim a cada pedra que cruzávamos.

Eu ouvi suas súplicas aos céus e, pela primeira vez, o vi olhando para o alto.

Dois dias depois, alcançamos as grandiosas montanhas de Aja' e Salma.

Al-Nu'man, ao olhar para o céu, sorriu. Em seguida, avançou serenamente para se encontrar com o rei de Tayy.

Nesse momento, o vento nos atacou, a noite se adensou sobre sua escuridão, e uma nuvem negra passou diante da Lua crescente.

Mesmo assim, Al-Nu'man permaneceu sereno até entrarmos para encontrar com o rei de Tayy...

Com um semblante sombrio, o rei disse, cercado por todos os homens de sua tribo: "Se não fosse por seu genro, teríamos matado você. Pois não precisamos de hostilidade com Khosrow, nem temos poder para enfrentá-lo".

Al-Nu'man retornou com sua calma habitual.

Eu vi em seus olhos todas as tribos que se prostraram diante de seu trono em busca de apoio.

Eu o vi enviar exércitos para silenciar seus oponentes. E eu vi as estrelas desenharem uma espada e uma lança diante de seus olhos. O vi no meio de tudo isso, afundando-se. O caminho estava barulhento ao seu redor, nós ouvimos vozes de todos os lados, com risos das montanhas, espadas de Khosrow atrás de nós, e até mesmo os camelos nos evitaram...

Passamos pelos Banu 'Abs,[91] onde ele desmontou e minha agitação diminuiu.

---

91 Banu 'Abs é uma antiga tribo beduína originária da Arábia Central. Forma um ramo das poderosas e numerosas tribos Ghatafan. Ainda habita a península Arábica e o Norte da África, mas também se espalhou por muitas outras regiões do mundo.

As vozes ao nosso redor também se acalmaram. Ele desceu lá e ficou entre eles em sua fraqueza após a guerra com os Banu Shayban.[92]

Eu não acredito que buscava sua vitória; ele queria uma trégua. Eles o honraram e o povo da tribo Banu Rawaha ibn Qutaymah ibn 'Abs[93] disse a ele: "Se quiser, lutaremos ao seu lado".

Ele olhou para mim, suspirou e disse a eles, desanimado: "Não quero destruí-los".

Naquele dia, eu ouvi os passos dos corcéis vermelhos que ele concedeu para 'Antarah Al-'Absi.[94]

Eu vi isso em seus olhos, em seu sorriso, em sua saída tranquila de sua terra, e vi que ele não se incomodou com os sons que nos acompanharam novamente...

Diante de nós, apareceram as terras de Bakr[95] e, de repente, os sons ao nosso redor se calaram.

Ele suspirou e sentimos que a vitória finalmente chegara. Descemos e encontramos Hane' ibn Mas'ood Al-Shaybani.[96]

Ele cumprimentou Al-Nu'man como se estivesse olhando nos olhos dele pela primeira vez.

---

[92] Banu Shayban ibn Tha'labah é uma tribo árabe que faz parte das tribos de Bakr ibn Wa'il. Residem nas regiões da Jazira Eufratiana, no Iraque, na Síria e no sudeste da Turquia. A tribo teve uma presença significativa no início da era abássida e mantém presença até hoje no Iraque e em outras regiões. Eles são conhecidos pela generosidade e têm uma linhagem ampla, abrangendo várias tribos e regiões a leste do rio Tigre.

[93] Banu Rawaha é uma tribo árabe antiga conhecida na região de Négede e Hijaz. Originária de uma linhagem que remonta a Rabi'ah ibn Al-Harith, ramifica-se em várias subtribos e famílias. Estima-se que a tribo tenha cerca de vinte mil membros. A linhagem remonta a Adnan, migrando inicialmente para Hijaz e Négede, com parte da tribo se estabelecendo em Omã e alguns membros emigrando para o Magrebe Árabe.

[94] Antarah ibne Xadade Alabeci foi um cavaleiro e poeta árabe pré-islâmico, famoso tanto por sua poesia quanto por sua vida de aventuras. Ele era o homem mais forte da terra naquela época, seu poema principal faz parte da Mu'allaqāt, uma coleção de sete "odes penduradas" que dizem terem sido suspensas em Caaba.

[95] Diyarbakir é a capital de uma das províncias na Turquia e é considerada uma das áreas com maioria curda. Localizada no sudeste do país, a cidade é cortada pelos rios Tigre e Eufrates. Ela representa um ponto histórico de conexão entre a Anatólia, Irã, Iraque e Síria.

[96] Hane' ibn Mas'ud ibn 'Amr al-Shaybani foi um líder proeminente entre os nobres e heróis árabes durante a era pré-islâmica. Ele desempenhou um papel de liderança no Dia de Qadisiyyah, quando liderou as forças árabes.

Eu vi em seus olhos uma inversão de fraqueza, o fazendo sorrir de vez em quando. No entanto, ele disse: "Embora eu me esforce para evitar danos a mim, meu filho e minha família, percebo que suas ações estão prejudicando não apenas você mesmo, mas também impactando negativamente a todos nós. É preocupante testemunhar essa autodestruição e seus efeitos em nosso círculo".

Al-Nu'man perguntou: "O que você vê?".

"A morte chegará para todos e morrer honradamente é melhor do que aceitar a humilhação. Então, vá até Khosrow. Ou ele te perdoa e você retorna como um rei respeitado ou ele o atinge e a morte é melhor do que ser jogado nas mãos dos árabes trapaceiros."

Os olhos de Al-Nu'man se fecharam nesse momento. Ele não olhou mais para o céu, nem mesmo quando Hane' ibn Mas'ood saiu, ele caiu de joelhos e chorou.

Eu chorei ainda mais quando Al-Nu'man partiu a pé em direção a Khosrow.

Quando Al-Nu'man partiu, ficamos com a tribo Banu Shayban e não se passou um mês até ouvirmos sobre sua morte.

Caixa quebrada de poema

Disse o neto da casa dos carpinteiros em Al-Al-Hira: A madeira é minha arte. Eu faço uma pequena caixa com um colar de cobre e um poema para um amante especial. Eu crio o trono que comporta o maior governante na face da terra. Que as ferramentas não me traiam e que a madeira me obedeça como os corações...

Um dia, o rei Al-Nu'man entrou com seu rosto que se assemelhava à casca do ébano,[97] rachado como se não provasse água, como se estivesse sedento por qualquer coisa que encontrasse.

Ele me ordenou que fizesse uma grande caixa e a decorasse com toda a minha habilidade artística, embelezando-a com ouro e prata, e queimasse incenso em seus lados.

Ele disse: "Se a monja não ficar impressionada, você morrerá".

Era a mesma caixa em que a monja havia escondido seu amante. Coitado de Al-Nu'man!...

---

[97] Ébano é a designação comum às árvores do gênero *Diospyros*, da família das ebenáceas, em particular as pertencentes à espécie *Diospyros ebenum*. Estas árvores produzem uma madeira nobre e, na maior parte das vezes, muito escura e densa.

Em outro dia, nosso rei, Ebn Maa' Al-Samaa', ordenou que eu fizesse uma espada de madeira para seu filho Amr.

Eu ri no início, lembrando de Amr parado diante de mim uma semana atrás, esperando que eu fizesse uma caixa para sua amada. Eu fiz a caixa e a espada, mas a caixa foi quebrada e sua amada foi expulsa de Al-Hira, enquanto a espada permaneceu gravada com "Eu batalho em seu nome".

Meu Deus, que dias são esses?!...

Um malandro veio até mim, metade do rosto coberto por um pano preto, com uma voz estranha, como se estivesse fugindo de montanhas que estavam correndo atrás dele, e disse: "Eu quero uma lança adequada para caçar veados e, às vezes, humanos".

Eu indaguei, perplexo: "Uma lança feita de madeira?".

Ele confirmou: "Sim, escapei de minha tribo, roubei deles e alimentei pessoas semelhantes a mim. No entanto, a adivinha do sul previu: 'Você será morto por sua própria arma', então desejei que minha morte fosse piedosa...".

Passados dois dias, me deparei com os soldados o carregando para arremessá-lo diante do palácio de Al-Khawarnaq, sua lança de madeira perfurando-lhe o coração.

O boato entre as pessoas era: "Ele é o amante da monja...".

Em um dia que se assemelhava às grandiosas montanhas de Tayy, um dia que acreditávamos que jamais passaria, eu permaneci perplexo diante de minhas madeiras antes que o mensageiro viesse me chamar para encontrar o rei Amr, portador da espada de madeira.

Eu adentrei o palácio, ainda perplexo sem razões aparentes, com o rei ao meu lado e delegações tribais, incluindo o renomado poeta Amr ibn Kulthum.

O rei Amr estava sentado em seu trono, com duas espadas sobre ele: a espada preta de seu pai e sua antiga espada de madeira. Ele me ordenou que fabricasse um trono ainda maior. Nesse instante, nós ouvimos gritos vindos da suíte da mãe do rei.

Descobrimos que era a voz da mãe de Amr ibn Kulthum, Layla, gritando: "Que desgraça, que humilhação para nosso povo Banu Tag'lub! Eles querem nos humilhar, ó Amr!".

Então, Ibn Kulthum agarrou o rei Amr pela cabeça, jogou-o do seu trono e pegou a espada preta, matando o rei com a arma de seu pai, antes de atirar a espada de madeira sobre ele.

O Professor Abdul Malik disse: "Foi quando acordei do meu sono, com o coração cheio de intriga e a mente repleta de reflexões sobre as reviravoltas do destino".

Ouros ou braços

O Professor Abdul Malik disse...
...com maestria, recontou a experiência como se estivesse revivendo-a.

Montado graciosamente em um majestoso cavalo azul, encontrei-me diante de uma vasta e exuberante planície, onde os cavalos aguardavam ansiosos na extremidade, prestes a participar de uma emocionante corrida.

Na multidão equina, destaquei a imponente presença de Dahis, o corcel destemido, e Al-Ghabraa,[98] a esplêndida égua, ambos circundados por cavaleiros cuja reputação imbuía temor nas montanhas.

O início da corrida foi saudado por aplausos efusivos, especialmente para Dahis, o cavalo aclamado como invencível. Contudo, surpreendentemente, Al-Ghabraa emergiu como vencedora da competição.

---

98 Dahis e Al-Ghabraa são nomes de dois cavalos cujo movimento não levantava pó. Ambos pertenciam à linhagem dos cavalos Qais ibn Zuhair Al-Absi Al-Ghatafani. Diz-se que Al-Ghabraa era de propriedade de Hudhaifah ibn Badr Al-Zubayani Al--Ghatafani.

Nesse instante, Hudhaifah Al-Dhubayani[99] interrompeu o silêncio que se seguiu e esboçou um sorriso astuto, declarando com satisfação: "Agora, temos o direito de zelar pelas caravanas do ilustre Rei Al-Nu'man".

Naquele momento, um cavaleiro se aproximava rapidamente com brilho nos olhos e, antecipando a voz de Hudhaifah, gritou dizendo: "Traição, traição, eles obstruíram o caminho de Dahis para que ele fosse derrotado!!!".

Os sons das espadas soaram e conflitos surgiram entre os Banu A'bs e os Banu Zabyan, resultando na morte de Malik ibn Zuhair Al-Abbsi...[100]

Eu montei meu cavalo em direção à cidade de Al-Hira para informar o Rei Al-Nu'man sobre os acontecimentos.

No caminho, fui abordado por um cavaleiro imponente, conduzindo os majestosos camelos vermelhos de Al-Nu'man. Perguntei: "Quem és tu e de onde vens com todos esses camelos?".

Ele declarou com orgulho, tentando imitar o rei: "Eu sou Antara ibn Amr Al-Abasi e este é o dromedário vermelho da tribo de Al-Nu'man, concedido a mim no seu dia de alegria".[101]

Eu retruquei, saltando do meu cavalo: "Abasi! Malik ibn Zuhair Al-Abasi foi assassinado, Antara, ele foi traído pelos Banu Zubyan!!!".

A fúria tomou conta de Antara, a ponto de o rubor do sangue se evidenciar em seu rosto. Ele deixou para trás os camelos e disparou com seu cavalo para investigar o que estava acontecendo...

---

99 Hudhaifah Al-Dhubayani era líder e rei dos Banu Zabyan nesta guerra e os Bani Tha'laba, Bani Fazara, e Mura são tribos árabes que se originaram deles.

100 Malik ibn Zuhair, um líder da tribo árabe de Zubyan, participou da guerra de Dhaat Al-Ghabraa contra a tribo de Abs. Conhecido por sua piedade, compaixão pelos escravizados e forte vínculo com sua mãe, Tamadhir bint Al-Sharid, Malik era próximo do famoso poeta árabe Antara ibn Shaddad. Ele morreu durante a guerra, atingido por uma flecha lançada por um guerreiro de Zubyan, antes da missão profética de Maomé.

101 Al-Mundhir ibn Maa' Al-Samaa' ordenou a escavação de duas covas para Khalid ibn Al-Mudallal e Amr ibn Mas'ud Al-Asadi, com quem tinha desavenças. Após a morte deles, ele se arrependeu, construiu túmulos sobre as covas e estabeleceu dois dias anuais para sentar-se junto a eles: um chamado de "Dia de Alegria", onde presenteava com cem camelos quem o cumprimentasse primeiro, e o outro chamado de "Dia de Aflição", quando se oferecia uma doninha negra sacrificada para ungir as tumbas. Essa prática perdurou por um tempo.

Depois disso, eu segui o trajeto até esgotar a água de minha bolsa. Fiquei procurando por um poço, os beduínos me indicaram um local entre as montanhas de Tayy.

Quando eu cheguei lá, deparei-me com um homem imponente vestindo seda. Ele estava parado próximo ao poço, segurando as rédeas de seu cavalo. Eu avancei lentamente, porque eu percebi algo estranho sobre ele, como se estivesse sentindo a traição dele. Ao me aproximar, ouvi-o perguntar com confiança, sem se virar: "Por que você demorou?". Perguntei: "Você me reconhece?". Ele riu e me disse: "Você é meu inimigo!".

Em seguida, ele se apresentou dizendo: "Eu sou Al-Nabigha, eu não mudo e os seres humanos também não mudam. O tempo passa, pessoas morrem e pessoas nascem como se fossem as mesmas".

Eu respondi, batendo uma mão na outra: "Al-Nabigha Al-Dhubyani![102] Por que você abandonou seu povo em sua guerra e fugiu???".

Ele riu novamente com escárnio e disse: "Os políticos não participam da guerra. Proteger meu povo dos excessos da Al-Hira com política e a companhia do rei é melhor do que participar com eles. Garantir-lhes uma aliança com os Banu Asad por meio da minha poesia é melhor do que lançar flechas em seus inimigos por aí afora. Entendeu alguma coisa?...".

Eu fechei os meus olhos para pensar sobre suas palavras e, quando os abri, ele havia desaparecido.

Em seguida, eu tentei seguir as pegadas de seu cavalo, quando um homem surgiu no topo da montanha à minha direita e disse: "Volte para Meca e não deixe que os reis te enganem, pois você ou é aliado ou é morto!".

Eu lhe perguntei: "Quem é você?". E ele respondeu, enquanto eu percebia que havia sangue escorrendo de seu coração e facadas em seu pescoço, como se estivessem se expandindo: "Eu sou Ajaa', o crucificado em redenção à minha amada".

---

102 Ziyad ibn Muawiya, conhecido como Al-Nabigha Al-Dhubayani, foi um poeta excepcional da era pré-islâmica, conhecido por sua eloquência e destreza na poesia. Pouco se sabe sobre sua vida inicial, mas ele ganhou destaque ao ser associado à corte de Al-Mundhir ibn Ma'sama'. Seu relacionamento com as autoridades enfraqueceu após a Batalha de Mawiya. O título Al-Nabigha reflete seu talento notável na poesia. Sua vida e interações continuam enigmáticas, contribuindo para sua figura misteriosa na história árabe.

Eu perguntei, perplexo: "E quem é a sua amada?...".

Ele desapareceu, a noite caiu repentinamente e uma luz brilhou sobre a montanha a leste. Não se parecia como a luz da Lua, era mais delicada, e nem se parecia com o planeta Vênus, pois era mais ampla.

Eu olhei mais atentamente e vi uma mulher, seus olhos pareciam afundar em seu rosto redondo, sua cor era como azeitona, mas mais doce, tornando-se uma cor única para ela, e seu cabelo caía atrás de suas orelhas até a clavícula. Ela olhou para mim e disse com uma voz suave que ressoava por todos os vales ao meu redor: "Eu sou ela, eu sou Salma...".

Eu fechei meus olhos com medo da tentação e mudei a direção de meu cavalo para o sul em direção à Meca, seguindo as palavras de Ajaa'.

A escuridão envolvia todos os lados, exceto o caminho à minha frente, iluminado pela luz de Salma...

Eu me aproximei de Meca, onde se desdobrava o vibrante mercado de 'Ukaz e os vendedores se agrupavam, representando cada tribo em conjuntos provenientes de toda a península Arábica.

As tendas foram erguidas para abrigar as riquezas do mundo, desejadas pelos reis da Al-Hira. Eu vi açafrão iemenita, pérolas de Omã, óleos levantinos e hena de Ascalão.[103]

Eu testemunhei um padre buscando refúgio junto à Mãe da Paixão e de Seu Filho, pregando boas novas...

Também avistei uma imponente cúpula vermelha no centro do mercado, diante da qual mil camelos vermelhos foram sacrificados.

Ao entrar na tenda, deparei-me com Antara em pé diante do poeta Al-Nabigha Al-Dhubyani.

Consultei um espectador sobre os camelos sacrificados e ele respondeu: "Antara os sacrificou após ser abandonado por Ablah".[104]

---

[103] Ascalão é uma cidade do Distrito Sul da Palestina, situada ao norte da Faixa de Gaza, na costa mediterrânea.

[104] 'Ablah bint Malik ibn Qarad Al-'Absiyyah era prima do famoso poeta árabe 'Antara ibn Shaddad al-'Absi. 'Antara, conhecido por sua poesia equestre, expressou em seus versos um amor intenso por 'Ablah. No entanto, enfrentou várias dificuldades devido às tradições que impediam um homem liberto de se casar com uma mulher totalmente livre. Após um longo esforço, 'Antara conseguiu superar esses desafios e casar-se com 'Ablah.

Observei Antara olhando para todas as pessoas ao redor, esforçando-se para reunir sua força, mas a tristeza transparecia em sua voz: "Eu me lembrei de ti e os ventos carregam suspiros meus... E as pombas brancas derramam meu sangue como o leite de coco...".

Emocionei-me diante da situação de Antara, sentindo uma mão em meu ombro. Ao me virar, lá estava ela, Salma, surgindo no topo da montanha a leste.

Eu abandonei a cúpula e fugi de Salma, fiquei correndo até que encontrei um local onde sua luz não me atingisse.

Nesse instante, o poeta Al-Nabigha Al-Dhubyani aproximou-se em seu cavalo e eu disse ironicamente: "A guerra ainda persiste e sua política não trouxe resultado nenhum". Ele ficou irritado, sem mencionar uma palavra.

Foi então que Salma percebeu onde eu estava, me entreguei à sua tentação e ela segurou minha mão...

Caminhei seguindo-a até que ela parou e ergueu a mão.

Vi Antara inconsciente em meio ao seu próprio sangue, com uma flecha cravada em suas costas, enquanto o sol se punha acima dele.

Salma segurou minha mão novamente e caminhamos em direção à imponente colina a leste de 'Ukaz.

O sol se pôs na nossa frente e o mercado parecia mergulhar em um oceano de sangue. Nesse momento, Al-Nabigha Al-Dhubyani saiu da cúpula e tombou morto.

Eu gritei e Salma cobriu meus olhos com sua mão, retirando-a em seguida. Deparei-me com um grupo de Abas, outros de Dhubyan, e uma reconciliação foi concluída entre eles.

Nesse momento, ela me deixou e subiu em direção ao sol poente. Eu estendi minha mão em sua direção e ouvi uma voz suave. Eu virei-me para ver um homem chamando as pessoas para adorarem a Deus, mas, antes de vislumbrar seu rosto, despertei.

Prestígio e arrogância

O cavalo de Salik proferiu suas últimas palavras neste mundo:

"Não tenho pai, não tenho esposa, não tenho filho. Assim como vim, partirei. Quanto à dignidade, ela não tem importância...", disse Salik.[105]

Quatro dias após sua partida, me aproximei de sua mãe, ainda com o sangue de Salik fresco sobre mim.

Ela disse: "Você o lamentou e juro por Deus que eu sabia que ele foi morto antes mesmo de você vir até mim, amado cavalo de meu filho...".

Eu sou o amado cavalo dele, ele me amou muito por ser parecido com ele.

---

[105] Salik ibn Amr ibn Sinan Al-Saadi Al-Tamimi, conhecido por sua descendência materna Salika, foi um poeta e cavaleiro árabe na era pré-islâmica. Ele se destacou por sua velocidade e agilidade, sendo considerado um corredor invencível. Conhecido por suas incursões motivadas pela pobreza, atacou tribos vizinhas, capturando prisioneiros e saqueando gado, principalmente no sul da península Arábica. Suas ações eram frequentemente mencionadas em expressões como "mais rápido que o Salik". Essas informações são baseadas em relatos históricos da época pré-islâmica.

Ele sempre acariciava meu dorso e dizia que a coragem de um cavalo não está na aparência. Ele falava sobre si mesmo, não sobre mim.

Ele via em minha aparência feia a negritude de seu rosto e os ossos de sua terra natal.

Ele via em minha juba despenteada as suas roupas penduradas ao lado das minhas. Ele via em mim seu amigo, que ele não encontrou durante toda sua vida, sua companhia ao longo de sua existência.

Ele viu tudo isso nos momentos em que foi expulso e nos momentos em que foi exaltado, nos momentos em que foi espancado por suas palavras e nos momentos em que o fizeram seu poeta, nos momentos em que foi lançado na guerra e nos momentos em que pilhou e alimentou os necessitados...

Eu saqueava com ele. Ele me alimentava com o feno da Al-Hira e trazia para mim açúcar de seu grande mercado. Mesmo Al-Hira não escapou de suas invasões, mesmo quando estava acima de seu trono um grande rei, como o rei Al-Nu'man com toda a sua majestade.

Ele poderia entrar na presença de Al-Nu'man e elogiá-lo, tirando dele o suficiente para si e seus companheiros.

No entanto, ele amava o saque tanto quanto amava a mim e amava o céu, assim como amava a matança e detestava os prazeres mundanos.

Ele via seu fim diante de seus olhos. Eu via a morte diante dele em tudo; em sua espada que nunca descansava, nas estrelas para as quais ele apontava, em sua recusa em matar seres vivos e no enterro que fazia daqueles que ele assassinava. Mesmo quando eles estavam prestes a tirá-lo de nós, mesmo quando, extenuado, ele os provocava, rasgando suas próprias roupas e escavando a terra com as mãos como se estivesse infligindo punição a si mesmo, desafiando-os e lançando terra sobre seu próprio corpo... Embora fosse ávido pelo saque, ele nutria um profundo respeito por Meca.

Me recordo de uma noite em que a Lua iluminava as pedras e, com escassos mantimentos, ele saiu em busca de comida nos arredores de Meca durante a escuridão. Ele ficou extremamente exausto, em seguida adormeceu ao meu lado, só para despertar com um homem o segurando.

Era Anass ibn Madrak[106] e, quando Salik o viu, o homem ofereceu que se unisse a ele para saquear Abdullah ibn Al-Harith Al-Wadi'i,[107] que estava presente em Meca.

Nesse instante, Anass ficou diante dele com sua espada, semelhante à Lua, e propôs:

— Vamos saquear juntos, Salik.

— E Meca?

— O prestígio é mais importante! A riqueza abundante é mais importante!

Ao olhar para o céu, Salik respondeu:

— A noite é longa e você está iluminado. Quanto ao prestígio, ele não tem importância.

Deixou-o ir saquear sozinho, mesmo estando faminto. Além disso, informou os cavaleiros de Meca sobre os planos de Anass, até que eles o perseguiram e quase o alcançaram.

Salik os encarou rindo, como se os controlasse com suas mãos, movendo-os a seu bel-prazer.

Ele contornou o santuário, circulou chorando, enquanto se ouvia as murmurações do povo:

"Salik, o saqueador, está chorando."

No entanto, ele ignorava os comentários, dirigindo suas palavras chorosas para o céu: "Ó Allah, Tu preparas o que quiseres para quem quiseres, quando quiseres. Ó Allah, se eu fosse fraco, seria servo. Se eu fosse uma mulher, seria serva. Ó Allah, eu busco refúgio em Ti da desgraça. Quanto ao prestígio, ele não tem importância".

À medida que suas lágrimas secavam, ele atravessava os céus e as terras em cima de mim, entre Al-Hira e Khath'am,[108] atacando

---

106 Anss ibn Mudrik Al-Khath'ami foi um notável poeta e cavaleiro árabe que liderou Khath'am antes de se converter ao Islã. Ele testemunhou eventos significativos, como o Dia de Fai'var-Rih e, mais tarde, apoiou Ali ibn Abi Talib, sendo morto na Batalha de Siffin. Sua longevidade é registrada como 154 anos.

107 Abdullah ibn Al-Harith ibn Abdul Aziz Al-Saadi era um irmão de criação do profeta Maomé, que a paz esteja com ele, e fazia parte de sua família. Ele foi um dos companheiros que se converteram e contribuíram para a construção da comunidade islâmica durante a época do profeta Maomé. Sua história e legado possuem uma importância especial para a compreensão do desenvolvimento do Islã nas fases iniciais.

108 Khath'am é uma tribo árabe com sua origem na península Arábica. Suas residências estavam situadas nas terras altas entre Bujaylah e Azd, ao longo da rota caravaneira que se estendia do Iêmen ao Hejaz, estendendo-se até a região de Bisha, a leste.

às vezes os sírios, às vezes passando pelo ídolo Dhu Al-Khalasah[109] e comendo o que as pessoas davam para o ídolo, e às vezes ele ia para o Iêmen para nós brincarmos lá.

Lembro-me de um dia em que uma mulher se aproximou dele com seus filhos. Os filhos estavam chorando. Ele olhou para mim como se estivesse pedindo permissão para me sacrificar, mas reconsiderou, circulou durante a noite e alimentou a mulher e seus filhos.

Em um dos dias de Saad Al-Dzabih,[110] o abastecimento era escasso, o frio apagou o fogo e ele atacou Banu A'wara.[111]

Eles quase o capturaram, se não fosse por uma mulher que nos acolheu. Ele acariciou meu dorso e disse: "Ajudamos a outra mulher, por isso essa mulher nos ajudou, meu amigo, meu amigo...". Em seguida, ele elogiou a mulher dizendo um poema e partiu...

Ele era um asceta em todos os aspectos, mesmo que sua vida também incluísse atividades de saque.

Em uma ocasião, quando uma mulher se ofereceu para ele, sua resposta foi enigmática: "Eu não tenho pai, não tenho esposa, não tenho filho. Assim como eu vim, partirei...".

Contudo, apesar de suas incursões saqueadoras, ele nunca abandonou sua mãe durante sua estadia em Banu Sa'ad.[112]

Diariamente, ele a supria com alimentos, mesmo quando ela já possuía o suficiente, mesmo quando ele mesmo estava faminto. Ela insistia e dizia para ele: "Escolha alguém que o aceite e viva ao seu lado". Ele respondia com risos, prometendo partir, mas jamais a deixava, a menos que fosse para saquear o Iêmen ou Al-Hira.

---

109 Dhu Al-Khalasah era uma kaaba com um ídolo reverenciado na era pré-islâmica, onde as pessoas buscavam adivinhação. Com a chegada do Islã, o ídolo foi destruído e a estrutura nivelada ao solo pelos seguidores de Muhammad ibn Abd Al-Wahhab. Atualmente, as rochas dispersas no local ocupam uma área de cerca de trezentos metros quadrados.

110 A fase Saad Al-Dzabih geralmente começa em 1º de fevereiro e termina em 13 de fevereiro.

111 Banu A'wara é uma tribo árabe antiga e distinta por sua destreza na equitação, habitando as regiões desérticas. Muitos deles migraram para as terras árabes e agora estão presentes no Egito, Arábia Saudita, Iêmen e Jordânia.

112 Banu Sa'ad é uma antiga tribo árabe conhecida por sua eloquência e destaque na linhagem Hawazin, Qaisiyya, Mudariyya e Adnaniyya. Membros notáveis incluem Halima bint Abi Dhuayb, a enfermeira do profeta, e o poeta Sahaba Zuhair ibn Sard Al-Saadi Al-Jushami. Seus descendentes incluem tribos como Banu Al-Harith Al--Ta'ifi e a tribo Atiyya, também conhecidos como Banu Atiyya.

Ele pedia permissão a ela para "destruir o mundo", cavar a terra e colher o mel das abelhas das montanhas.

Apesar de ser um saqueador, ele sempre concedia grande respeito às opiniões de sua mãe, mesmo que herdasse dela a escuridão de seu rosto e sua miséria.

Que dias infelizes, Salik! Você veio ao mundo para alimentar os necessitados e partir? Por que não se tornar um rei, assim como mereceria?...

Ele partiu deste mundo de maneira peculiar, em um dia como os dias de Saad Al-Dzabih, um dia frio mesmo que estivéssemos no calor da areia.

Naquele dia, ele saqueou mais de Al-Hira do que em toda a sua vida e ainda planejou atacar um grupo de Khath'am que cruzara seu caminho.

A notícia que ele saqueou o Khath'am se espalhou; naquela noite, ele dormiu ao meu lado e ao lado do seu grande saque.

Ao acordar, encontrou um homem sobre ele. Era Anass ibn Mudrik, que, antes mesmo de pegar o saque e fugir, já havia cravado sua espada no peito de Salik.

Salik caiu no chão e disse apenas: "Não tenho pai, não tenho esposa, não tenho filho. Assim como vim, vou partir. Quanto ao prestígio, não tem importância". E em seguida, Anass pegou os despojos e fugiu.

Eu passei a noite ao lado dele, cavando a terra com minhas unhas, colocando-o em seu túmulo que revelava suas costelas e cobrindo-o com terra, ainda ouvindo sua voz em meus ouvidos: "Não tenho pai, não tenho esposa, não tenho filho. Assim como vim, partirei. Quanto ao prestígio, não tem importância".

A fabricação de deuses

O ídolo conhecido como Dhu Al-Khulasah proclamou com firmeza:
"Eles dependem de mim; os seres humanos precisam se curvar perante a minha suposta divindade. Eu me considerava a autoridade máxima, a ligação entre os mortais e os deuses, e até acreditava ser, eu mesmo, um deus entre eles. Ishtar, Al-Rahman,[113] Al-'Uzzā[114] e Dobran, eternamente permanecerão como divindades mesmo que suas formas se desintegrem, pois sua essência transcende o mero colapso físico...".

Esta é a minha narrativa, que começou no dia fatídico da morte do Dhu Al-Khulasah.

Desde a infância, ele viveu toda a sua existência em uma praça ao ar livre, permanecendo perpetuamente como uma criança, com estatura baixa e com uma voz robusta que lembrava os sons de

---

[113] Al-Rahman era um deus monoteísta adorado pelos iemenitas no século IV d.C. Tornou-se a religião oficial do Reino de Sabá por volta de 380 d.C.

[114] Al-'Uzzā era uma divindade adorada em Meca antes do Islã, fazendo parte de uma tríade divina com Al-Lāt e Manāt. O Alcorão minimiza sua importância, destacando a superioridade de Allah e rejeitando atributos femininos a Deus. Isso reflete a rejeição das crenças politeístas dos habitantes de Meca em relação à divindade.

uma cabra. Desde o seu nascimento, ele foi verdadeiramente peculiar, pois sua mãe, uma abissínia, afirmou que um espírito vermelho apareceu a ela em um sonho antes do parto e disse: "Chame-o de 'Dhu al-Khulasah'...".

Seu nascimento envolveu sua vida em mistério. A morte prematura de sua mãe ocorreu logo após o parto e uma incógnita pairava sobre como ele conseguiu sobreviver sem receber amamentação de qualquer mulher.

Ninguém conseguia entender como Dhu Al-Khulasah, com apenas um dia e meio de vida, começou a andar e a proferir advertências alarmantes. Suas palavras surpreendiam a todos com uma urgência inusitada: "Preparem-se para a guerra! Há uma crise além da montanha, devorando cada planície e cada caminho".

As pessoas ao seu redor ficaram perplexas, trocando olhares confusos, incrédulas diante de tudo que ouviam e viam diante deles.

Uma voz assustada se fez ouvir: "Uma criança falando e fazendo advertências!!! Juro pelo Senhor de Abraão, isso não pode ser senão uma criança caída do céu. Contudo, nos diga, ó Dhu Al--Khulasah, você disse que há uma crise além da montanha. Quem está além da montanha, pequeno?!".

Dhu Al-Khulasah manteve-se enigmático, sem oferecer resposta, mas alguns, movidos pela curiosidade e pelo temor, ousaram subir a montanha.

Lá, eles testemunharam uma visão surpreendente: um grupo de cavaleiros em um número tão grande quanto as estrelas, cada um empunhando sua espada em direção ao céu.

Alertados por essa visão, todos da tribo de Dhu Al-Khulasah rapidamente montaram em seus cavalos, armaram-se com suas espadas e fortificaram suas posições. Até mesmo mulheres e crianças se prepararam para a iminente batalha. E quando os invasores chegaram, caíram na armadilha preparada.

Após a batalha, a tribo inteira se prostrou diante de Dhu Al-Khulasah, reconhecendo sua previsão e sabedoria. Os vitoriosos e os derrotados, agora subjugados, se renderam a ele. Todos se curvaram perante o jovem vidente, proclamando: "Nos ordena e obedeceremos, nos prostraremos aos teus pés para que estejas satisfeito, por amor do Senhor de Abraão, queremos que fique satisfeito conosco!...".

A presença de Dhu Al-Khulasah, uma criança com um dom de visão além do comum, havia se tornado um sinal de esperança e direção para seu povo, um farol em meio à incerteza e ao tumulto dos tempos.

Dhu Al-Khulasah encontrava um prazer simples e genuíno quando lhe ofereciam alimentos, e sua satisfação crescia ao ver a prata ser derramada aos seus pés.

Um dia, sua influência cresceu a tal ponto que foi carregado nos ombros das pessoas e conduzido a um espaçoso pátio aberto, um local descoberto, cercado por pedras vermelhas de todos os lados, evocando a majestade da Caaba de Abraão em Meca...

Dhu Al-Khulasah permaneceu durante toda a sua efêmera existência entre aquelas paredes vermelhas, sentando-se no epicentro, com os olhos fechados, emergindo para o público a cada alvorada, declarando: "Ataquem os descendentes de tal pessoa". Eles não o questionavam, simplesmente obedeciam cegamente, montavam em seus cavalos, organizavam-se em formação de batalha e partiam para a guerra, retornando com despojos, rubis, pérolas brancas e prata.

Cada vitória era seguida de uma prostração diante de Dhu Al-Khulasah; eles juravam lealdade e o veneravam como um ser celestial, dizendo: "Pelo Senhor de Abraão, ele só pode ser um anjo caído do céu...".

Porém, Dhu Al-Khulasah, longe de ser um anjo, ria de sua própria astúcia. Ele acumulava sacrifícios, prata e rubis dentro das paredes vermelhas do santuário.

Todas as noites, ele saía com a esperança de encontrar um peregrino perdido ou um fugitivo de sua própria tribo para oferecer abrigo. Foi em uma dessas noites de Lua cheia que Shanfara Thabit ibn Awas,[115] banido de sua tribo, encontrou refúgio sob a proteção de Dhu Al-Khulasah.

Assim como Shanfara, Dhu Al-Khulasah tornou-se um refúgio para outros marginalizados pela sociedade. Entre eles, estava

---

115 Shanfara Thabit ibn Awas (não Awas, mas Ous) Al-Azdi, poeta pré-islâmico, pertencia à elite da segunda classe. Era renomado entre os árabes e um desafiante. Ele era um dos desterrados dos quais suas tribos se dissociaram. Ele foi morto pelos Banu Salaman. Suas habilidades atléticas na noite de sua morte foram medidas com um salto próximo a vinte passos.

a esposa de Al-Qais ibn Hujr, que, fugindo de Al-Hira, repudiou a autoridade de seu pai e avô.

Um após o outro, os desfavorecidos buscavam abrigo em Dhu Al-Khulasah, transformando sua cabana vermelha em um santuário para suas noites solitárias e escuras, longe dos olhos vigilantes de suas tribos...

Dhu Al-Khulasah cuidava deles com generosidade. Ele os alimentava com os sacrifícios acumulados, suas mãos mergulhando no sangue seco das oferendas. Com um gesto de bondade, colocava prata nos bolsos deles e alimentava seus cavalos com comida reservada para os nobres...

Antes do amanhecer, esses renegados se dispersavam silenciosamente de volta ao deserto, desaparecendo nas sombras antes que alguém suspeitasse da presença deles em torno de Dhu Al-Khulasah.

A compaixão de Dhu Al-Khulasah pelos excluídos talvez se devesse à sua própria condição de desfavorecido. Ele compartilhava uma conexão íntima com aqueles que haviam sido rejeitados por suas tribos, já que, apesar de ser venerado, Dhu Al-Khulasah carregava a dor da perda de sua mãe, mas os despojados ainda tinham suas tribos, mesmo que delas tenham sido exilados. E a diferença é que eles eram excluídos em meio a suas comunidades, enquanto as pessoas se prostravam perante Dhu Al-Khulasah; eles roubavam para sobreviver, enquanto ele, com suas próprias mãos, providenciava o sustento deles...

Em um dia sombrio, quando as nuvens ocultavam Al-Uzza e Al-Dubaran, Dhu Al-Khulasah partiu deste mundo. Apesar de ter vivido quarenta anos, ele nunca ultrapassou a infância em aparência ou estatura.

Naquela noite, um grupo de bandidos aproximou-se, encontrando-o inerte em um canto do pátio abandonado, sob a sombra de um gênio vermelho. Eles não entraram em pânico, e o gênio, em contraste com sua habitual aura de força, chorava inconsolavelmente. Suas lágrimas caíam e o fogo que sempre ardia em seu corpo começava a se extinguir. Quanto mais o gênio chorava, mais seu fogo se apagava, até que, finalmente, ele também encontrou seu fim. Dhu Al-Khulasah havia morrido, o gênio se extinguira e os bandidos observavam a cena, perplexos, como se testemunhassem uma revelação do céu e do inferno...

Os bandidos permaneceram atordoados por uma hora, até que, superados pela emoção, começaram a chorar. Eles saíram lentamente, ainda em choque, até que Thabit ibn Aws, num rompante, gritou para os outros: "Ajudem-me a carregar esta imensa pedra de mármore". No entanto, Imru' Al-Qais ibn Hujr, conhecido por suas flechas de caça, permaneceu sentado, imóvel em sua desobediência. Em sua mente, ouvia um pensamento orgulhoso: "Como um filho de rei — mesmo um exilado — poderia se submeter a outro foragido?".

Os bandidos, unidos em grande esforço, tentaram em vão erguer a imensa pedra de mármore. Suas tentativas se repetiram, mas a pedra parecia enraizada no solo, desafiando sua força coletiva. Frustrados, eles adentraram o pátio de Dhu Al-Khulasah, parando todos no local onde as últimas lágrimas do gênio vermelho haviam caído. Thabit, com uma determinação inabalável, apontou para o lugar onde jaziam Dhu Al-Khulasah e o gênio e exclamou: "Venham, ajudem-nos a erguer esta pedra!...".

Inspirados pela presença do gênio e de Dhu Al-Khulasah, os bandidos uniram suas forças novamente. Desta vez, para surpresa geral, a pedra branca levantou-se com uma leveza inesperada, como se uma pomba tomasse voo. Com um esforço conjunto, eles a colocaram no centro do pátio.

Thabit, então, subiu até o topo da pedra, olhando para o corpo de Dhu Al-Khulasah no canto. Com uma expressão de respeito e reverência, começou a esculpir a forma de Dhu Al-Khulasah na face da pedra branca. Por dois dias inteiros, ele trabalhou na escultura, imortalizando a imagem de Dhu Al-Khulasah no mármore...

Após completar a minha escultura em homenagem a Dhu Al-Khulasah, os bandidos o enterraram ali mesmo e Thabit não conseguiu conter as lágrimas que brotavam dos seus olhos. Com o coração pesado, ele deixou o pátio, seguido pelos outros bandidos, exceto Imru' Al-Qais. Este último permaneceu ali, imerso em pensamentos, diante da escultura recém-finalizada. Com gestos lentos e deliberados, Imru' Al-Qais retirou três flechas de seu alforje e rasgou três pedaços de seu manto. Em ato contínuo, mergulhou a mão no sangue seco de Dhu Al-Khulasah, que ainda manchava o chão, e escreveu nos pedaços de tecido as palavras "O Admoestador", "O Mandante" e "O Perseguidor".

Imru' Al-Qais colocou os três fragmentos em uma bolsa, fechando-a cuidadosamente. Então, com uma solenidade incomum, ajoelhou-se diante da minha escultura, expressando um desejo sincero de retornar ao seu pai. Com a bolsa em mãos, ele invocou o espírito de Dhu Al-Khulasah para fazer uma escolha. Ao retirar um dos pedaços, "O Mandante" foi revelado. Nesse momento, um sorriso raro e genuíno iluminou o rosto de Imru' Al-Qais, como se a escolha feita tivesse renovado seu propósito e sua esperança...

Com uma alegria que não se via há tempos, Imru' Al-Qais levantou-se e partiu do pátio, desaparecendo na vastidão do deserto. Essa foi a última vez que eu o vi...

Eu, que uma vez já fui uma simples rocha e que depois fui transformada no ídolo Dhu Al-Khulasah.

Após o misterioso desaparecimento de Dhu Al-Khulasah, que se prolongou por um mês inteiro desde o nascer do sol, as pessoas começaram a se reunir, tomadas pela curiosidade e pela esperança. Inicialmente, muitos acreditavam que ele havia alcançado um estado de iluminação ou até mesmo ascendido temporariamente aos céus. Contudo, à medida em que os dias se passavam sem qualquer sinal de seu retorno, a incerteza e o desespero começaram a tomar conta.

Finalmente, decidiram adentrar a Kaaba Vermelha em busca de respostas. Lá dentro, não encontraram Dhu Al-Khulasah, mas sim eu, uma rocha transformada em ídolo, erguida à semelhança dos grandes ídolos de Meca, como os venerados por Amr ibn Luhay.[116]

As pessoas se entreolharam, confusas, mas logo uma exclamação ressoou: "Agora temos um deus dos céus, tal como Meca!". Eles se prostraram diante de mim e, naquele dia, senti o peso de ser considerada uma divindade.

---

[116] Amr ibn Luhay Al-Khuza'i, também conhecido como Abu Al-Asnam, "padrinho dos ídolos", pertencia à tribo de Khuza'a e era o líder de Meca, sendo assim um dos nobres entre os árabes. É considerado o primeiro a desviar-se da religião de Abraão, a qual se fundamentava na adoração exclusiva a Deus. Ele introduziu a adoração de ídolos na península Arábica, substituindo a adoração monoteísta por práticas politeístas.

Após longas prostrações, levantaram-se e proclamaram reverentemente: "Pelo Deus verdadeiro de Abraão, esta é uma pedra branca caída do céu".

Eu, silenciosa e imóvel, queria gritar a verdade para eles: "Despertem, ó ignorantes, sou apenas uma pedra branca". Mas eu não tinha língua nem voz para expressar minha essência inerte. Eles, ignorando a realidade de minha natureza, lançaram sortes com as flechas de Imru' Al-Qais diante de mim, buscando orientação e respostas em minha presença silenciosa...

À medida que minha fama como o ídolo Dhu Al-Khulasah crescia, tornei-me um ponto de convergência tanto para os bandidos quanto para os devotos. De noite, os bandidos vinham secretamente, jogando com as flechas diante de mim, buscando orientação para seus atos furtivos. Durante o dia, as pessoas me visitavam para realizar suas adivinhações e buscar respostas aos seus dilemas.

Recordo-me claramente do dia em que Jabir ibn Malik Al--Bajali,[117] com os olhos marejados, entrou no templo com seu filho Abdullah e uma cabra. Com uma voz embargada pela emoção, ele suplicou: "Pelo Deus verdadeiro de Abraão, cure meu filho, ó Dhu Al-Khulasah".

Após sacrificar a cabra aos meus pés, partiu silenciosamente, as lágrimas ainda escorrendo por seu rosto.

Não apenas Jabir ibn Malik Al-Bajali, mas muitos outros buscavam minha intercessão. Uma mulher infértil, um líder ambicioso planejando um ataque a uma tribo vizinha, todos vinham a mim em busca de uma palavra: "O Admoestador", "O Mandante" ou "O Perseguidor"?

Com o tempo, os bandidos, que antes me reverenciavam, passaram a temer minha presença. Eles sabiam que serem vistos ali pelas pessoas, seja de dia ou de noite, significaria morte certa para eles. Gradualmente, os bandidos começaram a se esquivar de mim, desaparecendo das noites que antes compartilhávamos. Assim, fiquei sozinha sob as estrelas, exceto pela presença ocasional de Thabit, cujo pai havia sido cruelmente assassinado. Ele

---

[117] Jabir ibn Malik Al-Bajali era um dos dignitários de Meca e avô de Jarir ibn Abdullah Al-Bajali, um companheiro ilustre do profeta Maomé.

não encontrava consolo em lugar algum, exceto na minha presença silenciosa.

Thabit encontrou em mim, o ídolo Dhu Al-Khulasah, seu único consolo em toda a península. Noite após noite, ele se aproximava com sua espada ainda manchada de sangue, confiando em mim suas façanhas e desejos de vingança. "Eu os aniquilarei, ó Dhu Al-Khulasah, me ajude. Hoje eu matei tal pessoa", dizia ele, revelando a cada visita um novo nome, uma nova vítima de sua lâmina vingativa. Eu era um mero ídolo de pedra, mas gostava dele.

Por noventa e nove noites seguidas, ele veio até mim e, por noventa e nove vezes, sua espada ceifou uma vida. Mas na centésima noite, o destino de Thabit tomou um rumo trágico. Dez homens, movidos pelo desejo de vingança, esconderam-se atrás de mim. Assim que Thabit entrou, eles o atacaram impiedosamente, matando-o e decapitando-o ali mesmo. A cena foi brutal e rápida; eles o assassinaram diante de mim, cortaram sua cabeça diante de mim e enterraram seu corpo ao lado dos ossos de Dhu Al-Khulasah. Contudo, sua cabeça foi deixada ao meu lado, um lembrete macabro de seu trágico fim...

Essa visão nunca me deixará. Enquanto eu, Dhu Al-Khulasah, permanecer, a memória de Thabit estará gravada em minha existência. Mesmo que todas as tribos árabes venham a mim com suas aflições e orações, jamais esquecerei Thabit e a noite de sua violenta morte.

Com o passar do tempo, a cabeça de Thabit transformou-se apenas em ossos e a percepção das pessoas sobre mim, Dhu Al-Khulasah, começou a mudar. Já não era mais visto como uma entidade sagrada, mas como um enganador. Eles vinham me perguntando, buscando minha orientação: "Ó Dhu Al-Khulasah, o Mandante, devemos atacar a tal tribo?". Mas, quando suas investidas resultavam em derrotas, começaram a questionar meu poder e minha autoridade.

O líder do povo, um dia, veio até mim com a intenção de me destruir, estava tomado por raiva e desilusão profundas. Ele foi contido pelas pessoas, mas a desconfiança em relação a mim já estava semeada. Minhas "profecias" falharam uma após a outra; esperanças de gravidez apenas prolongavam a esterilidade e ataques a outras tribos culminavam em derrotas. Até as doenças, que antes pareciam ser curadas pela minha presença, agora persistiam.

Abdullah ibn Jabir Al-Bajali, em um ato de desespero e dor, veio até mim com seu filho morto. "Por que você não o curou, assim como me curou quando eu era criança? Se seu irmão Jarir crescer, ele com certeza te destruirá", ele me ameaçou.

Sua raiva era palpável, uma mistura de desespero e decepção. Em um ato de fúria, ele chutou a cabeça de Thabit, mas o resultado foi trágico — ele fraturou sua própria perna e faleceu ali mesmo. Sussurrei ao espírito de Thabit: "Você alcançou a marca de cem almas, ó Thabit, mas a vingança pela morte de seu pai não trouxe cura nem paz...".

Após aquele trágico episódio, fui abandonada por todos. Apesar de manter minha majestade imponente como ídolo, a fé das pessoas em mim havia se esvaído. Ninguém mais ousou me destruir, mas tampouco me reverenciavam. Então, em uma noite silenciosa, alguém entrou furtivamente no templo, como se estivesse fugindo de todos os árabes. Aos poucos, ele revelou seu rosto: era Imru' Al-Qais, o outrora rei de Quenda. Coitado de você, ó rei de Quenda, pensei. Como você mudou desde sua juventude. Que feridas são essas marcando seu corpo? Você não pode me ouvir e nunca poderá.

Você sabe que Thabit morreu e os desafortunados me abandonaram, por favor, não me abandone!...

Imru' Al-Qais, diante de mim, confessou que os Banu Asad haviam assassinado seu pai e o derrotado. Seus olhos, com lágrimas secas, refletiam uma mistura de desespero e resolução. Ele não se prostrou, mas ficou parado, encarando-me desafiadoramente.

"Qual é a sua visão sobre uma nova batalha contra os Banu Asad, ó Dhu Al-Khulasah?", perguntou ele, estendeu a mão para a bolsa e de lá retirou "O Admoestador".

Rugiu, como se tentasse me ameaçar, e questionou: "Qual é a sua visão sobre a batalha contra os Banu Asad, ó Dhu Al-Khulasah?". E novamente, "O Admoestador" foi a resposta.

Ele rugiu mais uma vez, repetindo a pergunta: "Qual é a sua visão sobre a batalha contra os Banu Asad, ó Dhu Al-Khulasah?".

Em seguida, ele pegou uma pedra e a ergueu em minha direção e, mais uma vez, "O Admoestador" foi selecionado. Ele me lançou um olhar carregado de raiva, proferiu maldições e, com lágrimas nos olhos, exclamou: "Se o morto fosse seu pai, você não teria me impedido". Então, ele partiu, brandindo sua espada...

Em meio à minha solitária existência, um novo grupo de foras da lei emergiu, seguindo o trágico legado de Imru' Al-Qais. Entre eles, destacava-se Ibn Jud'an, um nobre que, assim como Imru' Al-Qais, tinha escolhido o caminho da desobediência tornando-se um transgressor. Em uma de suas visitas noturnas, curioso sobre o destino de Imru' Al-Qais, perguntei-lhe o que aconteceu. Com um tom sombrio, Ibn Jud'an revelou: "Imru' Al-Qais morreu. Ele desafiou você, enfrentou a derrota e encontrou seu trágico fim no reino dos romanos".

As palavras de Ibn Jud'an reverberaram no silêncio do templo, enquanto os novos foras da lei, que o acompanhavam, exclamaram em coro atrás dele: "Longa vida à Dhu Al-Khulasah, nosso Deus compassivo!...".

Com o passar dos anos, testemunhei a aparição de Jarir ibn Abdullah ibn Jabir Al-Bajali.[118]

Ele veio até mim acompanhado por um enorme número de soldados, armados com machados poderosos que poderiam remover uma montanha...

As pessoas, ao vê-los, recuaram, proclamando com temor: "Em nome de Deus, o Senhor de Maomé". O medo e a ansiedade eram palpáveis no ar.

Quando Jarir se aproximou, ele tentou me destruir. Com golpes ferozes, ele conseguiu quebrar minha cabeça, que caiu sobre o túmulo de Thabit. Pude sentir os lamentos de dor retinindo ao meu redor. Jarir, com determinação, tentou destruir-me completamente, mas seus esforços foram em vão; minha essência permaneceu. Em um ato final de desespero, ele ateou fogo em mim. Ardi por dois dias, até ficar completamente negra.

---

118 Jarir ibn Abdullah Al-Bajali foi um eminente companheiro do profeta Maomé, muito estimado por ele. Jarir era o chefe de sua tribo, os Bajila, e destacava-se por sua aparência atraente e boa forma física.

Agora, me transformaram em uma relíquia carbonizada, mas minha existência como ídolo perdurou. E, curiosamente, as pessoas começaram a me venerar novamente, mesmo em minha forma enegrecida. Minha presença, mesmo alterada, continuava a atrair adoração e reverência. E eu sabia, com uma certeza inabalável, que se um dia me destruíssem por completo, eles me esculpiriam novamente. Sem dúvida![119]

---

[119] Conforme os hadiths islâmicos, está previsto que Dhu Al-Khulasah será adorado nos últimos tempos. O profeta afirmou: "O Dia do Juízo não chegará até que as mulheres da tribo de Daws, no Iêmen, se encontrem impossibilitadas de adorar Dhu Al-Khulasah".

Nós lhe demos os dois caminhos (o bem e o mal)[120]

Fragmentos das páginas finas do Mosteiro de Hind.
Primeira página:
Hoje, com a caneta em mãos e o coração pesado, inicio a narrativa dos acontecimentos. Sou plenamente consciente de que as lágrimas que molham estas páginas não se transformam em palavras e que aqueles que lerão este relato no futuro não poderão ver as marcas da minha emoção. No entanto, persisto em escrever.

Tudo começou na Escola de São Simão. Havia lá um jovem, uma criança de uma natureza notável e impetuosa, cuja semelhança às pedras brancas do Palácio de Al-Khawarnaq não passava despercebida — rígido em sua determinação, ainda que belo em sua juventude. Este jovem era incapaz de se fixar em um único lugar por muito tempo; suas manhãs eram dedicadas a nove aulas rigo-

---

[120] Este é um verso do Alcorão, da Surata Al-Balad, versículo 10, que esclarece que Deus nos deu livre arbítrio para escolher nosso destino, seja para o bem ou para o mal.

rosas na escola, mas, sob o calor abrasador do sol, ele vagava pelas ruas de Al-Hira em busca de algo que permanecia um mistério para todos nós.

Os rumores que me chegavam eram de que ele frequentemente se detinha em frente ao palácio e, ao entardecer, assumia uma postura contemplativa diante do sol poente, com os olhos cerrados e o rosto banhado pela luz dourada.

Recordo-me vividamente da primeira vez em que avistei Akider em sua contemplação ao amanhecer; ele possuía a aura dos deuses dos templos sírios, imerso em sua devoção única que perdurava até o nascer do sol.

No retorno às aulas, Akider mostrava uma intensidade que excedia o habitual; suas canetas se partiam sob a força de suas mãos e sua vestimenta branca, um símbolo de pureza, estava invariavelmente manchada de tinta. Seus colegas, desatentos à profundidade de seu ser, o apelidaram jocosamente de "o tintureiro", sem reconhecer que ele era Akider ibn Abdul Malik Al-Kindi,[121] cuja estatura e presença evocavam as terras de Hadramaut,[122] destinado a ser o próximo rei árabe, mas um rei marcado pela infelicidade.

Um dia, após uma aula, Akider levantou-se, tinha seu olhar penetrante fixo em mim. Com uma voz firme e clara, ele declarou: "Sua explicação supera sua presença". Seus olhos brilhavam com uma intensidade que lembrava o próprio sol, infundindo temor e admiração. Incapaz de repreender um espírito tão vibrante, entreguei-lhe um bastão e convidei-o a assumir meu lugar, instigando-o a explicar a matéria.

Naquele momento, meu afeto por ele floresceu, ultrapassando até mesmo o amor por meu próprio filho. Akider não era apenas um estudante; ele era um rei em formação, possuindo aquele encanto inato que somente os reis têm.

Em outra ocasião, após sua caminhada habitual pelas ruas de Al-Hira, Akider retornou acompanhado por um menino desconhecido. Com uma convicção inabalável, ele anunciou: "Adi deve ser

---

[121] Akider ibn Abdul Malik ibn Al-Harith Al-Kindi foi o rei de Dumat Al-Jandal e um dos árabes cristãos que concordaram em pagar o tributo (jizya) ao profeta Maomé. Ele era um monarca cristão que auxiliou os romanos em suas batalhas contra os muçulmanos.

[122] A região de Hadramaut é a maior das seis regiões federais do Iêmen.

instruído, ele é cristão e tem o dever de glorificar a palavra do Senhor". O menino, com uma expressão de curiosidade e confiança, parecia pronto para embarcar em uma jornada de aprendizado e fé.

Aquele dia na Escola de São Simão destacou-se como incomum, marcado por um evento que revelaria a profundidade do caráter de Akider.

Enquanto o sol se movia lentamente pelo céu, Akider não parecia mais uma simples criança, nem mesmo um ancião sábio; ele transpirava a aura de um rei nato. Sua presença era magnética, atraindo a atenção de todos ao redor.

No entanto, antes mesmo que o dia terminasse, um homem adentrou a escola. Seus olhos examinavam meticulosamente cada rosto jovem em busca de um específico, procurava pelo garoto chamado Adi.

Observei a cena com um misto de curiosidade e apreensão. Akider, percebendo a situação, sorriu com uma compreensão que parecia ir além de sua idade. Com uma gentileza surpreendente, ele conduziu Adi de volta aos braços de seu pai. Em agradecimento, o pai de Adi entregou-me cinquenta dirhams, uma soma generosa que refletia sua gratidão.

Porém, o que mais me surpreendeu foi a reação de Akider. Ele interveio, colocando-se entre Adi e seu pai, numa demonstração de liderança e maturidade que desafiava sua juventude. Akider falou com uma autoridade que parecia emanar de sua alma, não apenas de suas palavras. Apesar disso, o pai de Adi, talvez perplexo ou impelido por uma urgência maior, continuou seu caminho, partindo com Adi e deixando Akider para trás com sua vestimenta manchada de tinta.

Segunda página:
Entre as muitas lembranças que guardo de Akider, uma se destaca com um toque de humor. Recordo-me do dia em que tentei ensiná-lo a arte de barbear-se. Com a confiança e a audácia típicas de sua juventude, ele me ridicularizou, lançando um desafio: "Por que deveria fazer isso, velho? Com minha barba, sou um rei".

Outra memória que me traz sorrisos é a de observá-lo encantado por Thamama, a filha de um poeta do palácio. Com uma paciência e determinação notáveis, Akider a esperava ao lado do grande portão sul de Al-Hira. Ele dedicava-se a ajustar meticulosamente seus dias e versos de poesia, almejando o momento perfeito para encontrá-la. Era comum vê-lo consultando uma adivinha, buscando revelações sobre o futuro que ele desejava compartilhar com Thamama. Nas sombras dos becos de Al-Hira, ele preparava presentes extraordinários para ela, demonstrando uma paixão juvenil misturada com a maturidade de um rei.

Al-Hira tornou-se mais um lar para ele do que Dumat Al--Jandal,[123] seu local de nascimento. Ali, ele reunia amigos de todas

---

[123] Dumat Al-Jandal, também conhecida como Al-Jawf ou Al-Jouf, é uma antiga cidade em ruínas e a capital histórica da província de Al Jawf, no noroeste da Arábia Saudita.

as regiões árabes, criando uma esfera de influência que ultrapassava as fronteiras geográficas.

Entre esses amigos, estava Adi, que frequentemente visitava Al-Hira com seu pai e sempre fazia questão de passar pela escola para ver Akider, que em cada olhar e em cada ação era, sem dúvida, um rei em formação, traçando um caminho que o levaria a um destino grandioso e complexo...

Akider, desde jovem, cresceu sob minha vigilância e orientação, exceto nos momentos em que retornava brevemente para o seio de sua família.

Ao atingir a idade de dezesseis anos, uma mudança significativa ocorreu em sua trajetória. Ele deixou a escola e as ruas familiares de Al-Hira, embarcando em uma jornada que o afastaria por longos períodos. No entanto, mantinha o hábito de me visitar uma vez a cada estação, sempre antes de se apresentar ao rei, trazendo consigo presentes cuidadosamente selecionados.

Nessa época, começaram a circular notícias sobre mensageiros de Yathrib que visitavam todas as tribos árabes. As histórias que ouvíamos eram variadas e conflitantes. Alguns falavam de um novo rei surgindo, enquanto outros sussurravam sobre um profeta. Essas notícias trouxeram um ar de expectativa e curiosidade, mas nossa vida no mosteiro e na escola continuou praticamente inalterada. Jamais imaginamos que o profeta mencionado em tais rumores pudesse um dia atravessar os portões de nosso mosteiro e escola.

Na primavera seguinte, Akider buscou-me com uma urgência que raramente demonstrava. Com uma expressão carregada de conflitos internos, ele começou a relatar sua experiência mais recente: "Participei com a delegação da minha tribo em um encontro com Maomé. Admito que antipatizei com ele antes mesmo de vê-lo. Contudo, não posso negar a força de sua presença, a determinação de sua espada e a coragem inabalável de seus homens diante da morte. Eles repousam na terra ao seu redor, como testemunhas de sua fé. Juramos fidelidade à sua fé e à caridade. Mas que fé é essa que ergue a espada? Será que o Messias levantou uma espada? Fiz tratado com ele como um rei, não como um profeta. Se não fosse por minha fraqueza, teria tirado sua vida. Se fosse rei de Dumat, jamais teria feito tal acordo... Mas essa era a vontade da tribo. Até a tribo de Tai se rendeu a ele. Lembra-se de Adi ibn Hatim?[124] Aquele que trouxe para a escola? Ele também fez um acordo com Maomé".

Diante de seu relato, tentei acalmá-lo, mas confesso que naquele dia não o entendi completamente. Era difícil discernir suas verdadeiras intenções e aspirações. Não estava claro se Akider buscava o poder sobre sua tribo, sobre Quenda, ou se almejava um domínio mais amplo sobre todos os árabes. Será que desejava governar em nome de sua fé ou por ambição pessoal? Seu rosto, avermelhado como um sol que se põe, refletia a complexidade de seus sentimentos, antecipando uma era de mudanças e desafios.

---

[124] Adi ibn Hatim ibn Abdullah ibn Sa'ad Al-Tai era filho de Hatim Al-Tai, notoriamente conhecido por sua generosidade e nobreza, sendo seu pai um dos mais generosos e honrados árabes. Seu avô era Imru' Al-Qais. Adi assumiu a liderança de sua tribo, os Tai, após o falecimento de seu pai na região das montanhas de Ajaa' e Salma, atualmente parte da área de Hail. Originalmente cristão, ele se converteu ao Islã e foi um dos companheiros do profeta Maomé.

Terceira página:
Já se passara um ano desde a última vez em que vi Akider e a saudade de sua presença era uma constante em meus dias. Em minhas orações, eu pedia ao Senhor pela segurança dele, ansiando por notícias que acalmassem meu coração. Até que, em um dia inesperado, encontrei Adi. Ele estava quase irreconhecível, suas vestes de lã cobrindo metade do rosto, conferindo-lhe um ar de mistério e urgência. Inicialmente, temi por sua presença, mas logo ele me tranquilizou com sua voz familiar.

Curioso sobre o motivo de sua visita inesperada à Al-Hira, descobri que ele estava fugindo das forças do novo profeta que haviam começado a mudar a ordem estabelecida na região. Quando perguntei sobre Akider, Adi hesitou por um momento e então uma onda de tristeza e preocupação passou por seu rosto. "Akider", ele começou com um tom de voz baixo, "veio até mim questionando se nos uniríamos em nome de Cristo para enfrentar esse novo rei. Eu estava paralisado, sem saber como reagir. Nossa tribo foi atacada depois de quebrarmos um acordo com as forças do profeta e minha irmã foi capturada. Sem olhar para trás, nem mesmo para Akider, decidi fugir para a Síria, escolhendo um caminho mais longo para evitar ser perseguido".

Adi continuou, seus olhos refletindo a dor de sua jornada: "Akider não compreendia o verdadeiro poder desse rei. Ele falava com uma força e uma convicção que teriam feito qualquer um hesitar. Se Akider tivesse enfrentado esse homem, por mais forte e resoluto que fosse, teria reconhecido nele um adversário formidável. Ele não era apenas um rei, era algo mais, algo que Akider, em toda a sua bravura e sabedoria, ainda não estava pronto para entender ou enfrentar...".

Comecei a sentir o mundo girando à minha volta e as paredes do recinto pareciam encolher, refletindo a contração de nosso mundo. A escola, outrora um lugar vibrante de aprendizado e discussão, agora surpreendia com o silêncio de corredores vazios. O esvaziamento de Al-Khawarnaq, o palácio dos Lakhmides, havia deixado um vazio tangível, como se o próprio coração de Al-Hira tivesse sido arrancado.

A cidade, que antes pulsava com o ritmo vibrante do comércio e da vida cotidiana, agora se encontrava em um estado de abandono crescente. O mercado, que costumava ser um ponto de encontro para comerciantes e clientes de todas as partes, estava agora minguando, suas barracas se esvaziando uma após a outra. O poço central, outrora uma fonte de vida e sustento, secou, como se simbolizasse o esgotamento do próprio espírito da cidade.

Até as adivinhas, que sempre se encontravam nos portões de Al-Hira, oferecendo previsões e conselhos aos que passavam, haviam desaparecido. Elas agora vagavam pelas casas abandonadas, suas vozes silenciadas pelo vento que soprava pelas ruas vazias.

Sentado em meu lugar na escola, olhava para fora, perguntando-me: "Quando foi que o tempo mudou tanto assim? Quando tudo mudou dessa maneira?". Parecia que num piscar de olhos a cidade que conhecia e amava havia se transformado.

Quarta página:
Adi se aproximou de mim em um estado de desolação, seu rosto exposto aos olhares do mundo, detendo-se diante do mosteiro, mas sem ousar cruzar seu limiar. Seu semblante carregava uma mistura de tristeza e resolução, como se estivesse prestes a descarregar um fardo que lhe pesava nos ombros há muito tempo.

Com uma voz embargada pela emoção, ele me revelou uma notícia que abalou meu ser: "Akider foi assassinado e os árabes se renderam ao profeta".

Minha reação foi de puro espanto. "Ao profeta?", questionei, buscando clareza. Adi assentiu, sua voz carregada de um novo entendimento: "Sim, agora acredito nele...".

Após essa revelação, um silêncio pesado se instalou entre nós. Adi, então, continuou a descrever os eventos finais da vida de Akider. Narrava a fuga desesperada de Akider e sua perseguição implacável por Khalid,[125] o comandante do exército do profeta.

---

[125] Abu Suleiman Khalid ibn Al-Walid, conhecido como "Espada de Deus", foi um destacado comandante militar e companheiro do profeta Maomé. Converteu-se ao Islã e participou de importantes campanhas islâmicas, nunca sendo derrotado em batalha. Faleceu em Homs após uma vida de notáveis conquistas militares.

Falou sobre como Akider, em seu desespero, matou membros de sua própria tribo que se opunham a ele, sobre sua jornada angustiante em busca de apoio dos cristãos na Síria e sobre suas últimas palavras, proferidas com a força de um rei caído: "Eu sou o rei de Quenda, eu sou o rei dos árabes".

Adi tentava me fazer entender que o Akider de outrora, o jovem inocente que conheci, havia se transformado em alguém irreconhecível. Ele falava com uma mistura de tristeza e resignação, mas eu permaneci em silêncio, incapaz de oferecer qualquer resposta...

Três anos depois desse encontro, o mosteiro foi visitado por uma presença imponente: Khalid, com um vasto exército. Ele se erguia diante do mosteiro como uma montanha, seu porte e presença ocultando o céu atrás de si. De onde eu estava, não conseguia mais avistar Al-Hira ou o céu que se estendia por detrás das fileiras de soldados. Apesar de ter a promessa de segurança, um frio de medo percorreu meu ser.

Foi então que, para minha surpresa e alívio, vi Adi entre os soldados de Khalid. Ele se aproximou com um sorriso que iluminava seu rosto, um contraste bem-vindo ao semblante severo de Khalid e de seus homens.

Com um gesto de carinho e respeito, Adi beijou minha cabeça. Naquele dia, finalmente, tive a oportunidade de conversar com ele. Perguntei-lhe: "Por que passou a acreditar?".

Adi olhou para mim com um brilho nos olhos, cheio de uma convicção recém-descoberta, e começou a compartilhar a mudança em sua perspectiva. "Minha irmã veio até mim", ele começou, "e falou sobre como o profeta a tratou com gentileza e sobre a segurança que ele lhe ofereceu. Fiquei refletindo por um tempo, pensando em como abordaria essa nova fé. Para os outros, ele pode ser um profeta, mas, para mim, ele sempre será um rei".

Adi descreveu seu encontro com o profeta, um encontro que desafiou todas as suas preconcepções. "Quando o encontrei, ele estava sentado no chão, em um gesto de humildade que nunca esperaria de um rei. Ele tirou sua capa e a ofereceu para que eu me sentasse. Fiquei perplexo. Um rei, talvez, mas que tipo de rei faz isso?".

As palavras do profeta, segundo Adi, foram profundas e reveladoras. "Adi, talvez o que te impeça de abraçar esta fé seja a pobreza e a necessidade que vês entre os muçulmanos. Mas, juro por Deus, em breve o dinheiro transbordará entre eles, de tal modo que não haverá quem o receba. Ou talvez seja o reduzido número de muçulmanos e a multidão de seus inimigos que te desencorajam? Juro por Deus, em breve ouvirás falar de uma mulher que viajará sozinha de Al-Qadisiyah[126] até esta casa sagrada em seu camelo, temendo apenas a Deus. E agora os dias corroboram as palavras do profeta. Se ele não fosse um profeta verdadeiro, eu não estaria aqui diante de ti. Creia comigo".[127]

Eu ri, balançando a cabeça, mas sem abandonar minha fé. "Não abandonarei a fé de Cristo", respondi, "e seguirei os passos de Akider até o fim. Ah, Akider, como uma mente tão brilhante como a sua se desviou?".

---

[126] Al-Qadisiyah é uma cidade histórica no Iraque, situada a oeste de Kufa, a uma distância de vinte e sete quilômetros dela. É notória por ser o palco da Batalha de Al-Qadisiyah em 636, quando as forças muçulmanas árabes enfrentaram e venceram o exército do Império Sassânida.

[127] Este é um hadith autêntico dito pelo profeta Maomé, a paz esteja com ele, para Adi quando ele se converteu ao Islã.

Chorando na presença de Hoopoe

Hoopoe de Abu Dhuaib disse:
Naquela noite especial, decidi ir ao encontro de Abu Dhuaib. A Lua, no céu do décimo segundo dia de Rabi' Al-awwal,[128] parecia suspensa em uma hesitação misteriosa, como se resistisse à plenitude de sua forma habitual.

O deserto ao meu redor estava estranhamente calmo, tão silencioso que parecia que seus gênios haviam desaparecido ou que alguma antiga maldição havia silenciado suas areias. Era uma noite em que tudo ao redor parecia imóvel, suspenso no tempo, onde até o menor grito de uma cabra ecoaria sem fim, cruzando o horizonte sem encontrar obstáculos...

Aproximei-me sorrateiramente da tenda de Abu Dhuaib,[129] movendo-me com cuidado para não perturbar o silêncio da noite.

---

128 Rabi Al-Awwal é o terceiro mês do calendário islâmico. Neste mês, acontece a celebração do Mulude, que comemora o nascimento do profeta Maomé.

129 Abu Dhu'aib Khawlid ibn Khalid Al-Hudhali foi um renomado poeta e cavaleiro da tribo Hudhail na era pré-islâmica e islâmica. Convertido ao Islã na época do profeta Maomé, destacou-se como um dos mais famosos poetas de sua época. Participou das conquistas islâmicas do Egito, Magrebe e regiões bizantinas.

Ao chegar perto, percebi que ele dormia de maneira desconfortável, revirando-se como se estivesse sendo atormentado por sonhos inquietantes ou preocupações que não lhe permitiam descansar. Havia uma aura de inquietação ao redor dele, uma tensão que parecia se estender para além dos limites de sua tenda.

Aproveitando o manto da noite e a quietude do deserto, aproximei-me ainda mais, voando silenciosamente próximo aos seus ouvidos. Com uma voz suave, quase um sussurro, proferi as palavras que carregavam um peso imenso: "Grandes notícias, ó Abu Dhuaib, o profeta Maomé foi tomado, nossos olhos derramam lágrimas por ele em profunda tristeza, e você perdeu seu encontro marcado".

Abu Dhuaib despertou abruptamente, com um sobressalto que lembrava alguém que inadvertidamente se apoia em um porco-espinho. Seus olhos se arregalaram, buscando compreender o que havia acabado de ouvir. Ele se levantou rapidamente, olhando ao redor em todas as direções, como se esperasse encontrar algo ou alguém no vasto e silencioso deserto que pudesse confirmar ou desmentir as palavras que acabara de escutar, mas diante dele só havia a imensidão do deserto e o silêncio, exceto pela minha presença, que ele mal parecia notar.

"Não, o profeta não foi tomado, ó mensageiro de má sorte!", ele exclamou, sua voz ressoando na noite...

Ele montou em seu camelo com uma pressa que refletia seu estado de espírito turbulento. Podia-se ver claramente o desejo dele de afastar o sono e a incerteza que o assolavam, como se quisesse expulsá-los para longe e nunca mais permitir que retornassem.

"Por que você se atrasou em visitar o profeta, ó Abu Dhuaib? Foi atraído pelo comércio? Você perdeu o encontro, ó Abu Dhuaib!" Sua voz estava repleta de arrependimento e urgência, ciente da oportunidade perdida que agora o atormentava.

Abu Dhuaib, ainda se recusando a acreditar que o profeta havia falecido, olhou para o céu, procurando algum sinal na constelação de As'd Al-Dhabih.[130]

---

[130] Beta Capricorni, conhecida tradicionalmente como Dhabih, tem seu nome originado do árabe. Trata-se de um sistema estelar binário na constelação de Capricórnio, conhecido por ser um ponto de referência para viajantes no deserto durante os dias frios.

Com uma mistura de esperança e desespero, ele gritou para si mesmo, fazendo uma promessa fervorosa: "Eu o alcançarei, falarei com ele antes que suba ao seu Senhor, me tornarei um de seus companheiros!".

Com uma expressão que misturava reverência e súplica, continuou: "Que ele coloque a mão sobre minha cabeça e rogue por mim e por meus filhos!".

E, por fim, com uma resolução que parecia solidificar-se no ar da noite, ele fez mais uma promessa solene: "E eu prometo não voltar a adiar...".

Abu Dhuaib incitava seu camelo de forma incessante, cada vez com mais urgência, enquanto se dirigia para Yathrib. A trilha se estendia infinitamente diante dele, o deserto se desdobrava em vastidão, e as estrelas, antes tão claras, agora pareciam ofuscadas, como se conspirassem para desviá-lo de seu destino. Em sua mente, uma voz implacável o acusava: "Por que demorou tanto para visitar o profeta, ó Abu Dhuaib? Por que se entregou ao comércio durante a conquista? Por que não migrou para junto dele? Seriam seus filhos mais importantes que o profeta? Você perdeu o encontro, ó Abu Dhuaib!...".

Ele instigava o camelo ainda mais, como se a velocidade pudesse compensar o tempo perdido, quando um som à sua esquerda chamou sua atenção. Sob a luz da Lua, tímida e relutante, ele testemunhou uma cena inusitada no deserto: uma serpente atacava um porco-espinho. Em um giro de eventos surpreendentes, a serpente foi morta e, em seguida, devorada pelo porco-espinho. "A paciência do porco-espinho o levou a devorar a serpente, ó Abu Dhuaib, mas sua paciência resultou apenas na perda da oportunidade de estar com o profeta...".

Abu Dhuaib, em um estado de desespero crescente, esporeou seu camelo com uma força implacável, levando o animal ao ponto de sangrar. Seu coração estava tomado por um desgosto profundo, questionando-se amargamente sobre o cruel destino que lhe tirara a chance de encontrar o profeta. "Como pode o atraso ser tão amargo? Como Deus poderia levar Seu profeta antes que eu pudesse vê-lo?", ele clamava ao vento, suas palavras carregadas de uma dor insuportável. "Eu acreditei nele sem o ver. Por que não migrei e permaneci junto a seus pés? Por que me mantive afastado da Caaba quando ele realizava a peregrinação de despedida? Por que não avancei através da multidão para beijar sua cabeça e seus pés? Estou perdido, ó Abu Dhuaib, completamente perdido...".

A intensidade de sua angústia me fez temer que ele pudesse tomar uma decisão drástica em sua desolação. Como o único testemunho de seu sofrimento, eu me vi na obrigação de intervir. Voando à frente de seu camelo, tentei oferecer-lhe consolo e esperança, apesar de seu inicial desdém. "Não, o profeta não morreu. Irei encontrá-lo e ele com certeza abençoará a mim e a meus filhos!"

Por fim, Abu Dhuaib chegou às fronteiras de Yathrib, onde o tumulto que ouviu não era de alegria, como no dia do Hajj, mas sim de choro e lamentação. O profeta havia partido deste mundo e, com isso, o momento que Abu Dhuaib tanto ansiava havia escapado, irremediavelmente perdido...

Ó Abu Dhuaib, o profeta Maomé foi tomado, e você perdeu seu encontro marcado, perdeu mesmo!!!

O que é permitido é claro e o que é proibido é claro

Jibla ibn Al-Ayham questionou:
"Qual é o verdadeiro propósito? Diga-me, meu precioso anel dourado, emblema de poder e riqueza, meu leito suntuoso de seda, símbolo de conforto e luxo, minha refrescante brisa, alívio suave em meus momentos de reflexão, qual é, afinal, o verdadeiro propósito da existência? Aqui jazo, reclinado em meu leito adornado, definhando lentamente, enquanto os grãos da vida escorrem inapelavelmente por entre meus dedos cansados, sem jamais ter compreendido plenamente o significado profundo e verdadeiro propósito da minha jornada..."

O objetivo, em minha mente, naquela época era cristalino: com o falecimento do venerável Al-Nu'man, a ordem cedia lugar à desordem que se alastrava e Al-Hira desabava. Após esse evento decisivo, não emergiria outro rei para governar os árabes além de mim, Jibla ibn Al-Ayham Al-Ghassani,[131] descendente da nobre linhagem de Banu Ghassan, os reconhecidos soberanos dos árabes.

Sob minha liderança, todos os árabes se prostrariam em respeito e reverência. Eu iniciaria a expansão de meu domínio e começaria pelos meus vizinhos imediatos, os Banu Asad. Entre eles, já tinha aliados leais e estratégicos, como Dhirar ibn Al-Azwar,[132] um guerreiro astuto e valente.

Pretendia fortalecer essa aliança através de um matrimônio com sua irmã, a nobre e perspicaz Khawlah. Eu me ergueria como o protetor dos romanos, o monarca supremo dos árabes, um líder que une força e sabedoria. Contudo, é importante notar que os árabes, com suas diversas tribos e tradições, nutriam um ponto de vista divergente...

Dhirar ibn Al-Azwar Al-Asadi, meu leal amigo e conselheiro, aproximou-se de mim com notícias que pareciam mais lendas do que fatos. Ele me contou sobre o surgimento de um profeta em Yathrib, alguém que havia desafiado e vencido os poderosos de Meca na famosa Batalha de Badr.[133]

Ao ouvir tais palavras, minha reação foi instantânea: uma risada estrondosa e descrente, que foi ouvida pelos corredores do palácio. Do alto da minha fortaleza, eu olhava para a vasta península estendida aos meus pés e permiti que meu riso se prolongasse, um riso que misturava escárnio com incredulidade. Dhirar, no entanto, não partilhava da minha diversão. Com um semblante sério, ele retornou à sua tribo, deixando-me com advertências sobre esse profeta que, segundo ele, não era um mero conto do deserto...

Movido pela curiosidade e pela necessidade de manter o controle, enviei espiões a Yathrib. Em meu íntimo, eu ria sempre que me imaginava com os árabes prostrados diante de mim, do meu

---

131 Jibla ibn Al-Ayham, também conhecido como Al-Mundhir ibn Al-Harith, o último rei dos Gassânidas na Síria, governou entre 632 e 638 d.C. Ele era parte dos árabes cristãos e aliado dos romanos pré-islâmicos. A maioria das fontes históricas indica sua conversão ao Islã durante o califado de Omar ibn Al-Khattab, seguida por uma posterior renúncia a essa religião, embora exista relato de que nunca se converteu.

132 Dhirar ibn Al-Azwar era um guerreiro habilidoso desde antes da época do Islã que participou das primeiras conquistas muçulmanas. Companheiro do profeta islâmico Maomé, Dhiraar era conhecido em sua tribo como Al-Azwar.

133 A batalha de Badr, ocorrida em 13 de março de 624 no Hejaz, região ocidental da Arábia, foi uma batalha fundamental nos primórdios do Islã e uma virada de mesa na luta do profeta Maomé com seus opositores, os coraixitas, em Meca.

poder incontestável. Os espiões, contudo, retornaram com relatos uníssonos e surpreendentes: falavam de "um profeta, não um rei". Suas palavras me provocaram mais uma risada, desta vez misturada com uma ponta de fascínio. Um profeta no coração das areias áridas! Que conceito intrigante e sedutor! Ponderando sobre a situação, decidi não atacar. Por que atacar um punhado de homens fracos perdidos no vasto deserto? Não, eu não os atacaria. Preferi deixar que o tempo implacável fizesse seu trabalho, assim como havia consumido os Lakhmides em Al-Hira...

Em minha mente, o tempo seria o maior inimigo desses seguidores do profeta, assim como fora de tantos outros antes dele.

Acreditei firmemente que o domínio daquele monarca não se estenderia além dos limites de Yathrib, mas ele me surpreendeu ao empunhar sua espada e expandir sua influência. Notícias sobre a trégua que ele negociou com Meca alcançaram meus ouvidos e eu, em minha arrogância, comentei desdenhosamente com Dhirar: "Veja, ele ainda é fraco". No entanto, a situação tomou um rumo inesperado quando recebi uma carta daquele líder, convidando-me a me unir ao Islã. Dhirar, sempre sábio e cauteloso, aconselhou-me a responder com prudência e consideração. Contudo, dominado pela altivez e pelo desprezo, rasguei a carta impetuosamente.

Após esse incidente, Dhirar se afastou e não mais me visitou. Eu, em minha soberba, pensava: "Ainda sou mais poderoso do que ele". Minha confiança foi reforçada quando enviei soldados com minha bandeira para a batalha em Mu'tah[134] e os vi derrotar as forças dele, que bateram em retirada.

Entretanto, era uma ilusão: ele me enganara. Eu acreditava em sua aparente fraqueza enquanto contemplava, do alto do meu palácio, todos os árabes abaixo de mim...

Então, as notícias da derrota das tribos começaram a chegar. Taife[135] havia se rendido.

---

134 A Batalha de Mu'tah, em 629 d.C., foi o primeiro conflito militar significativo dos muçulmanos fora da península Arábica, travado na Jordânia contra as forças bizantinas e Gassânidas. Sob a liderança de Khalid ibn Al-Walid, três mil muçulmanos combateram um exército muito maior, resultando na morte de três comandantes muçulmanos escolhidos pelo profeta Maomé.

135 Taife é uma cidade da Arábia Saudita na região de Meca. A localização desta cidade a torna a entrada leste para as duas sagradas mesquitas via Meca e um ponto central de conexão rodoviária para todo o Reino da Arábia Saudita.

E os Banu Asad, quem negociou com eles? Dhirar, meu amigo de longa data, agora se tornara um fiel seguidor daquele líder e lutava contra seu próprio povo com a espada do novo rei. Que dias terríveis e sombrios! Dhirar, meu amigo outrora leal, agora transformado, maldita seja a volubilidade dos tempos e como eles transformam homens e destinos!!!

Pensei, chegou a minha vez, Maomé vai me matar como havia matado todos que lutaram contra ele, mas sou mais forte do que ele...

As notícias chegaram a mim mais uma vez, como ondas incessantes batendo contra a fortaleza de minha soberania. Os árabes haviam sido derrotados em Hunayn[136] e, surpreendentemente, delegações de toda a península começaram a prestar juras de lealdade a ele. Jurar lealdade a quem? A um novo rei? Em meu íntimo, eu gritava: "Eu sou o rei dos árabes!". Sentia como se a própria terra sob meus pés começasse a tremer, anunciando a iminência da minha queda. Chegara, então, minha vez. Temia que ele me matasse, como fizera com todos os seus opositores. Mas ainda acreditava em minha própria força.

Enviei espiões mais uma vez em busca de informações. Eles retornaram com relatos que me surpreenderam: "Um profeta, não um rei, avançou com seu exército sob o calor escaldante. Poucos foram os que não o seguiram, mesmo diante das adversidades".

Após esses relatos, não enviei mais espiões. Minha curiosidade se voltou para aqueles que haviam abandonado o exército desse rei sem justificativa. Fui informado sobre Ka'b ibn Malik,[137] que outrora me elogiara quando ascendi ao poder.

Decidi então enviar um nabateu[138] coxo, um humilde vendedor de alimentos para Yathrib, com uma mensagem para Ka'b: "Fui informado de que teu companheiro te abandonou e Deus não

---

[136] A Batalha de Hunayn foi um conflito entre os muçulmanos do profeta islâmico Maomé e a tribo de Qays após a conquista de Meca. A batalha ocorreu em 8 AH (calendário muculmano) no vale Hunayn, na rota de Meca a Taife.

[137] Ka'b ibn Malik Al-Ansari Al-Salami, conhecido como o poeta do Islã, converteu-se ao Islã em seus estágios iniciais e esteve presente no Pacto de Aqaba, mas não participou da Batalha de Badr. Ele foi um dos três homens aos quais Deus perdoou após não participarem da expedição à Tabuk. Ka'b faleceu no ano 50 ou 51 da Hégira.

[138] Os Nabateus eram um povo semita que estabeleceu um reino no norte da península Arábica. A capital deles era Selá, conhecida hoje como Petra.

te colocou numa morada de desonra ou esquecimento. Vem a nós e nós te acolheremos". Mas, para minha surpresa, ele recusou. Por quê? Eu não conseguia compreender, mas mantinha o objetivo claro em minha mente.

Os anos se passaram e, um a um, todos os árabes se submeteram à liderança de Maomé. E então, Maomé morreu. Vi nisso uma oportunidade e tentei incitar os árabes à rebelião contra o califa de Maomé. Meu objetivo era retomar o título de único rei dos árabes. Contudo, meus esforços foram em vão e fracassei em minha tentativa de reverter o curso da história, que, inexoravelmente, seguia seu caminho, um caminho que eu não podia mais controlar...

Assim, sob a onda avassaladora do Islã, todos os árabes se submeteram, e eu, em minha posição precária, mal percebi quando Damasco caiu sob o domínio de Omar,[139] o sucessor do sucessor de Maomé.

Naquele instante decisivo, compreendi que não tinha alternativa senão me adaptar, recorrendo à astúcia e ao engano como garantias de minha sobrevivência.

Decidi, então, que continuaria a reinar, mesmo que isso significasse enfrentar a oposição de todos os árabes. Eu ainda contava com o apoio dos romanos, que, acreditava eu, me proclamariam rei. Com isso em mente, arquitetei um estratagema audacioso com eles: eu não enviaria mais espiões; eu mesmo me tornaria um espião entre os árabes, fingindo fé ao Islã e vivendo entre eles...

Determinado em meu plano, viajei à Meca para prestar homenagem a Omar. Contudo, não encontrei Dhirar, que estava distante, com os exércitos em combate. Eu me esforçava para imitar os muçulmanos em suas práticas, mas não abandonei meu anel de ouro, minha luxuosa capa de seda,[140] nem a sela de prata do meu cavalo — símbolos da minha realeza e poder. Ninguém me confrontou diretamente sobre isso; apenas me ofereciam conselhos sutis. As mulheres, curiosas, saíam de suas casas para me ver montado em meu cavalo...

---

139 Omar ibne Alcatabe, conhecido em português simplesmente como Omar ou Umar, foi o segundo dos califas muçulmanos, o mais poderoso dos califas bem guiados e um dos mais poderosos e influentes governantes muçulmanos.

140 Seda e ouro são proibidos aos homens muçulmanos, apenas são permitidos para as mulheres.

Contudo, minha arrogância foi desafiada quando um homem pisou em minha capa de seda. Reagi com agressividade, o que causou um alvoroço entre os presentes. Eles tentaram me punir, a mim, que ainda me considerava seu rei. Contudo, ao anoitecer, deixei Meca, rindo sob as sombras da noite, pois havia aprendido tudo o que desejava sobre os muçulmanos árabes...

Dois anos após enfrentar contínuas derrotas contra eles, mesmo armado com meu conhecimento estratégico, veio o dia decisivo, o dia em que o destino de meu reinado seria selado. Era um momento de tudo ou nada: ou eu me afirmaria como o rei incontestável dos árabes até o fim dos meus dias, ou encontraria minha morte. Não havia meio-termo ou alternativa. Eu estava estrategicamente posicionado no centro do exército romano na batalha de Yarmouk.[141]

Diante de nós, o exército muçulmano se posicionava, numericamente igual ao nosso, mas aparentemente menos robusto. Se nos postássemos na colina de Saadi que estava ao nosso lado, teríamos uma visão clara do fim de suas fileiras. Contudo, era inegável que seus líderes se destacavam, firmes e resolutos como faróis no mar.

Foi então que Dhirar bin Al-Azwar, meu antigo amigo, agora meu oponente, avançou entre os dois exércitos. Ele olhou em minha direção com uma intensidade que cortava a distância entre nós e declarou com voz potente: "Sou a punição de Deus para vocês. Quem ousará enfrentar-me?". Um após o outro, cavaleiros do meu exército avançaram para enfrentá-lo, mas caíram, um a um, perante sua força e habilidade. A cada desafio e queda, nossa força parecia diminuir, nossa moral ficava cada vez mais abalada. Até meu cavalo, um animal sempre tão estável, se mostrou assustado diante do caos da batalha. Tentei acalmá-lo, mas, naquele momento, a sela prateada sob mim pareceu ridícula, um adorno fútil diante da realidade crua da guerra.

A morte, que eu sempre julguei distante, agora parecia mais próxima do que a própria colina de Saadi, mais tangível e real do que qualquer adorno de ouro ou prata que eu portasse...

---

[141] A Batalha de Yarmouk ocorreu em 636, um confronto decisivo entre muçulmanos e o Império Bizantino, marcou um momento crucial na expansão islâmica para além da península Arábica. Liderados por Khalid ibn Al-Walid, os muçulmanos derrotaram um exército bizantino maior, consolidando a presença islâmica na Síria.

A batalha de Yarmouk, um confronto que se tornaria lendário nas crônicas da história, prosseguiu impiedosamente por quatro longos dias. Com nossa superioridade numérica, não esperamos pelas investidas dos muçulmanos; em vez disso, tomamos a iniciativa e atacamos primeiro. Essa estratégia agressiva nos permitiu empurrar suas linhas para trás várias vezes e, em um ponto crítico da batalha, avançamos até mesmo contra as tendas onde estavam as mulheres, forçando-as a se juntarem também ao combate.

Em meio ao caos e à violência da batalha, quase me escapou uma gargalhada ao testemunhar Khawlah bint Al-Azwar,[142] a irmã de Dhirar, a mulher que uma vez pensei em desposar, lutando ferozmente entre as outras mulheres.

Sua bravura e habilidade no campo de batalha eram uma visão notável. Se a noite continuasse a cair e a luta se prolongasse, parecia que os muçulmanos seriam aniquilados até o último homem. A esperança de que a vitória estivesse ao nosso alcance crescia a cada momento...

Naquela noite, enquanto a escuridão envolvia o campo de batalha, meus sonhos me levaram a um mundo de glórias imaginárias. Sonhei com palácios resplandecentes de ouro, com a captura triunfante de Khawlah e de seu irmão, e com as delegações árabes se prostrando em reverência diante de mim, reconhecendo-me como o supremo rei. No entanto, na realidade, as coisas estavam prestes a tomar um rumo dramaticamente diferente.

No último dia da batalha, fomos pegos completamente desprevenidos por um ataque repentino dos muçulmanos. A perplexidade nos tomou. Como poderiam eles, em desvantagem numérica, lançar-se contra nós? Parecia um ato de pura insensatez, uma tentativa suicida que só poderia terminar em sua dizimação. No entanto, enquanto resistíamos ao ataque frontal, uma surpresa ainda maior nos aguardava. As tropas de Khalid ibn Walid, conhecido por sua astúcia e habilidade tática, atacaram-nos por trás. Em um momento de pânico, olhei para frente, para trás e, em desespero, para o céu. Estávamos encurralados, sem saída, sem saída mesmo!...

---

142 Khawlah bint al-Azwar foi uma guerreira árabe muçulmana a serviço do califado Rashidun. Ela desempenhou um papel importante na conquista muçulmana do Levante e lutou ao lado de seu irmão Dhirar. Ela foi descrita como uma das maiores mulheres soldados da história. Era companheira do profeta islâmico Maomé.

Nessa hora crítica, abandonei a batalha. Corri até as tendas, agarrei minhas riquezas e fugi em direção ao norte, rumo à segurança de Constantinopla.[143]

A fuga, uma decisão tomada no calor do momento, revelou-se contrária ao que eu esperava. Agora, aqui estou, deitado em minha cama em terras estrangeiras, aguardando o inevitável fim. O objetivo que antes parecia tão claro e ao meu alcance agora se mostra ingênuo e inatingível. Eu, que me julgava sábio e poderoso, sou agora o ingênuo, derrotado não apenas em batalha, mas também em espírito.

---

143 Constantinopla, atual Istambul, foi a capital do Império Romano, do Império Bizantino, do Império Latino e, após a tomada pelos turcos, do Império Otomano.

Atraso

Quando Abu Al-Asbagh[144] adentrou o conselho de Marwan ibn Al-Hakam,[145] na cidade sagrada do Mensageiro de Deus, Marwan, conhecido por suas manobras e habilidade política, olhou para o ancião e perguntou com uma voz que carregava uma mistura de curiosidade e desdém: "Qual é a sua idade, ancião?". A pergunta, embora simples, era carregada de intenção. Marwan já conhecia a idade de Abu Al-Asbagh, mas sua verdadeira intenção era humilhá-lo publicamente.

Marwan tinha a idade dos filhos de Abu Al-Asbagh, os quais ele havia escondido durante a conquista de Meca pelo profeta Maomé.

Ah, como os dias voam velozmente, e como é intrigante o destino que tece suas tramas, Abu Al-Asbagh! Você, que uma

---

[144] O nome real de Abu Al-Asbagh era Huwatib ibn Abdul Uzza Al-Qurashi, falecido em 54 AH. Foi um companheiro do profeta Maomé que se converteu ao Islã durante a conquista de Meca. Foi encarregado por Omar ibn Al-Khattab de renovar os marcos do santuário sagrado e participou do enterro de Uthman ibn Affan.

[145] Abu Abd Al-Malik Marwan ibn Al-Hakam (623-684 d.C.) foi o quarto califa Omíada, governando em Damasco por menos de um ano (684-685 d.C.). Ele iniciou a segunda fase da dinastia Omíada e sua linhagem governou o mundo islâmico de 685 a 750 d.C. e, mais tarde, Al-Andalus de 756 a 1031 d.C., após a ascensão dos Abássidas.

vez lutou contra Maomé, agora percorre o caminho até a cidade dele. Lá, diante do túmulo do profeta, você lamenta por ele com uma profundidade e uma sinceridade que nunca demonstrou por seus próprios filhos. Sua coluna, antes ereta, agora curvou-se sob o peso dos anos e das lembranças. Abu Al-Asbagh, você renunciou aos prazeres mundanos que outrora perseguiu e agora busca a grandiosa recompensa de Deus, ansiando estar com Maomé nos jardins paradisíacos do seu Senhor. Maomé, aquele de quem você se afastou no dia do tratado, diante de todos os quuraixitas, agora se tornou o foco de sua devoção e arrependimento...

"Cento e vinte anos, tenho cento e vinte anos, Marwan." Marwan, com um sorriso astuto nos lábios, observou os ainda robustos braços de Abu Al-Asbagh e fez um comentário incisivo: "A sua conversão ao Islã tardou tanto que você perdeu os eventos...".

Ó Abu Al-Asbagh, eles te censuram por sua demora em abraçar a fé! Você, que uma vez empunhou o chicote com vigor, se abstinha de açoitar um fiel da nova fé. Eles te questionaram incisivamente: "Você adere à religião de Maomé?". Sob o peso do temor e da dúvida, você flagelou as costas deles com o ardor do chicote. Mas por que você não cessou? Por que não proclamou abertamente sua crença? Você certamente recorda daquele dia em que tentou fazer isso, mas Al-Hakam, o pai deste Marwan, confrontou-o e o impediu, mantendo-o preso às correntes da tradição e do passado.

Se o peso do seu coração fosse medido na balança da fé, seu coração certamente se elevaria em direção a Maomé, levado pela sinceridade e pela busca da redenção. Como os dias são fugazes, Marwan, e como o destino é repleto de surpresas e reviravoltas inesperadas!...

Abu Al-Asbagh, com seu corpo encurvado pelo peso dos anos, observou Marwan e sorriu, um sorriso que parecia transcender o momento e contemplar toda a eternidade. Com uma voz firme, marcada pela experiência e pela reflexão, ele disse: "Sim, minha conversão ao Islã foi de fato tardia. Deus é meu refúgio. Inúmeras vezes tentei adotar o Islã, mas sempre fui impedido por seu pai. Ele argumentava: "Você renunciará à sua honra e abandonará a fé de seus antepassados por uma crença recém-formulada, tornando-se apenas um seguidor?".

Naquele instante, Marwan calou-se, sua expressão transformando-se como se, de repente, ele tivesse vislumbrado sua própria mortalidade ou compreendido a profundidade das palavras de Abu Al-Asbagh.

Abu Al-Asbagh continuou: "Agora você se cala, Marwan? Você não presenciou o que nossos anciãos enfrentaram no dia de Badr. Nós nos confrontamos e ficamos atônitos com o massacre. Eles, os muçulmanos, eram menos numerosos e menos experientes, mas os anciãos, Marwan, foram mortos. Al-Walid ibn Al--Mughirah,[146] Ibn Abu Mu'ayt[147] e Umayyah ibn Khalaf,[148] todos caíram. E você, Marwan, naquele tempo, você retornou para o seio de sua mãe".

"Como eu poderia acreditar depois que eles mataram meus companheiros, quando destruíram uma parte do meu intelecto e do meu espírito? Não, não, eu era um crente, juro por Deus, mas como poderia declarar minha fé depois de tudo que aconteceu? Como poderia aceitar a fé que parecia ter arrancado de mim tudo o que eu conhecia e amava?"

Abu Al-Asbagh fixou-se em Marwan e continuou, suas palavras carregadas com o peso da história e da memória pessoal: "Marwan, lembra-se de como seu pai torturou Uthman por sua conversão? Por que silencia agora, Marwan?".

"Onde estava você quando eu parei meu cavalo na estrada norte, decidido a procurar o profeta, mesmo que fosse ridicularizado pelo povo se acreditasse nele? Onde estava você quando vi meus filhos no meio da estrada deserta cercada pelas estrelas, clamando por mim: 'O povo nos devorará, você não nos vê, pai?'"

Abu Al-Asbagh descreveu um momento de profunda luta interna, quando ele estava dividido entre seguir seu coração rumo à nova fé e proteger sua família das represálias e dos perigos que poderiam enfrentar. "Retornei para Meca, gritando: 'Eu vejo vocês, eu vejo vocês!!!...'".

---

146 Al-Walid ibn Al-Mughira Al-Makhzumi foi o chefe do clã Banu Makhzum da tribo Quraysh.

147 Uqba ibn Abi Mu'ayt foi um dos principais adversários do Islã. Ele era um líder Quraysh e membro do clã Banu 'Abdu Shams da tribo Quraish.

148 Umayya ibn Khalaf foi um senhor de escravos árabe e chefe dos Banu Jumah dos coraixitas no século VII. Ele foi um dos principais oponentes contra os muçulmanos liderados pelo profeta Maomé.

Abu Al-Asbagh, com uma mistura de amargura e reflexão, continuou seu relato, abordando outro momento crítico da história islâmica: "E sobre a Umrah Al-Qada?[149] Nós deixamos Meca para o profeta e seus seguidores".

Lembro-me de dizer a mim mesmo para ir até ele, para beijar a terra sob seus pés. Você veio, Abu Al-Asbagh, mesmo correndo o risco de ser zombado pelos árabes. Mas por que, então, você se posicionou ao lado de Suhail ibn Amr[150] nos últimos dias da Umrah, diante do profeta, dizendo: Deixe Meca hoje?

"Você, um crente nele, expulsando-o de Meca! Quão triste é este mundo e quão enganoso é o desejo..."

"Onde estava você no dia da conquista de Meca? O tempo passou e você não acreditou, Abu Al-Asbagh. O tempo passou e você temia que Maomé matasse você e seus filhos. Onde estava você, Marwan, enquanto eu escondia meus filhos em todos os lugares possíveis, temendo por suas vidas?"

Eu os escondi e procurei um lugar onde nem as estrelas pudessem me ver, mesmo assim as pedras pareciam repetir sem parar as palavras do profeta:

"Vão, vocês estão libertos..." Suas últimas palavras refletiam o surpreendente ato de clemência do profeta Maomé, que, após a conquista de Meca, perdoou muitos dos que antes o haviam combatido, incluindo Abu Al-Asbagh e sua família.

"Não, ó Mensageiro de Deus, imploro que me execute, pois cheguei tarde demais. Mate-me, aqui estão meus filhos diante de Vós, não permita que encontrem refúgio. Que seja uma expiação pelo meu pecado."

"Vão, vocês estão libertos..."

"Onde você estava, Marwan, quando as pessoas se desviaram da fé após a morte do profeta? Foi você quem instigou Suhail ibn 'Amr a pregar para os cidadãos de Meca para consolidar a fé

---

149 A Umrah al-Qada foi uma peregrinação menor realizada pelo profeta Maomé e cerca de dois mil companheiros em Dhu Al-Qa'dah, 7 AH (629 d.C.), como compensação pela 'Umrah que foram impedidos de fazer pelo Tratado de Hudaybiyyah. Foi a primeira 'Umrah pós-migração para Medina, durando três dias. O Hajj, realizado em Dhu Al-Hijjah, é conhecido como Hajj Al-Akbar, enquanto a peregrinação em outros meses é chamada 'Umrah.

150 Suhail ibn 'Amr, também conhecido como Abū Yazīd, foi contemporâneo do profeta islâmico Maomé e um líder proeminente dentro da tribo coraixita de Meca.

deles? E agora você questiona a minha idade, alegando que eu perdi os eventos? Não, juro por Deus, eu não perdi os eventos, juro por Deus, eu não os perdi..."

Após essas palavras, ele deixou a presença de Marwan, que lamentou sua pergunta, e foi em direção ao túmulo do profeta. Lá, ele derramou lágrimas e exclamou: "Maldito seja o desejo, maldito seja o medo", e recitou com reverência:

"Em nome de Deus, o Misericordioso, o Compassivo: saibam que as vossas riquezas e os vossos filhos são apenas uma provação e Deus possui uma recompensa grandiosa."[151]

Após recitar o verso do Alcorão, ele continuou: "Buscamos essa recompensa, a grandiosa recompensa...".

---

[151] Palavras verdadeiras de Deus. Este é um verso do Alcorão, da Surata Al-Anfaal, versículo 28.

Ela disse enquanto ainda existia

A Peste de Emaús disse:
Naqueles tempos de adversidade e provação, as verdadeiras naturezas das pessoas se revelavam com clareza, mostrando a diferença entre aqueles que usavam apenas palavras e aqueles que possuíam verdadeira substância e coração.

O exército, sob o comando de Abu Ubaida,[152] estava em Emaús,[153] um local que parecia ser um microcosmo da humanidade, abrigando o melhor e o pior de suas qualidades.

Era como se Deus tivesse pintado na terra de Emaús um retrato vívido da natureza humana em toda a sua complexidade.

---

[152] Abu Ubaida ibn Aljarrá foi um companheiro do profeta Maomé e um destacado comandante militar dos exércitos muçulmanos que iniciaram as conquistas islâmicas. Foi nomeado para liderar a invasão da Síria.

[153] Emaús foi uma cidade antiga localizada a aproximadamente onze quilômetros ao noroeste da moderna Jerusalém. De acordo com as escrituras cristãs, Jesus apareceu perante dois de seus discípulos em Emaús após a sua ressurreição.

Foi então que eu cheguei em uma noite banhada pela luz da lua, apareci na pele de Al-Aqum ibn Al-Harith Al-Taghlibi[154] como pústulas brancas, um sinal claro que os anciãos do povo reconheceram imediatamente.

E assim, Suhail ibn Amr, líder dos Quaraix, ergueu-se, percebendo o perigo que se aproximava, e advertiu as pessoas com urgência: "É a peste, protejam-se e protejam suas famílias do fogo da doença e busquem refúgio em Deus...".

O pânico e o tumulto se espalharam rapidamente, mas foi a serenidade divina, a calma e a sabedoria dos líderes e da fé, que acalmaram as pessoas em meio ao caos.

Al-Aqum, apesar de sua enfermidade, permaneceu à margem do exército, um símbolo da perseverança e da resiliência humana diante das adversidades. Ele, apesar de sua condição aflitiva causada pela peste, era um homem de fé inabalável e de muita virtude.

Al-Aqum aceitou a aproximação da morte com uma resignação tranquila, evidenciando sua fé profunda e uma coragem que se destacavam notavelmente. Essa atitude contrastava fortemente com a de seu irmão Ubaad, que, embora seguisse o profeta Maomé em todos os aspectos visíveis da vida: na dieta, na bebida, na oração e até mesmo no uso de óleo em seu cabelo, demonstrando uma simplicidade admirável, mostrou uma hesitação considerável quando confrontado com a peste...

Ubaad, naquele dia crítico, estava visivelmente dividido em sua decisão sobre permanecer com o exército ou abandoná-lo diante do perigo iminente da doença se espalhando.

Foi nesse contexto tumultuado e incerto que a declaração de Abdul Rahman ibn Auf,[155] um companheiro próximo do Mensageiro de Deus, ressoou entre as tropas, trazendo uma orientação crucial em um momento de desespero. Ele relatou as palavras do profeta Maomé: "Se souberem da peste em alguma terra, não

---

[154] Al-Aqum ibn Al-Harith Al-Taghlibi foi um famoso poeta árabe do período pré-islâmico, conhecido por sua contribuição às Sete Mu'allaqat, obras-primas da literatura árabe antiga. Ele se destacava pela eloquência e abordava temas como amor e orgulho tribal em seus poemas.

[155] Abdul Rahman ibn Auf foi um dos companheiros mais próximos do profeta Maomé e uma figura importante no início do Islã. Ele é lembrado por sua generosidade, sucesso como comerciante e participação em batalhas-chave, como Badr e Uhud. Foi um dos dez sahabas a quem foi prometido o Paraíso.

se dirijam para lá; e se ela surgir na terra onde estão, não fujam para escapar".[156]

Com a disseminação da peste em Emaús, um sentimento de serenidade e resignação ao decreto divino prevaleceu entre as pessoas. Inclusive Abu Ubaida, um líder respeitado, manteve-se firme em sua posição, recusando-se a abandonar o exército mesmo diante das ordens do califa Omar...

Todos aguardavam a morte com uma quietude assombrosa, observando atentamente qualquer sinal das pústulas brancas em suas peles. Em vez de questionar o porquê de tal sofrimento, eles se conformavam com a sua realidade, aceitando-a como parte do plano divino. Até Suhail ibn Amr, conhecido por seu discurso persuasivo e influente, reconsiderou suas palavras, impressionado com a submissão e aceitação demonstradas pelo povo.

No entanto, a dor pessoal de Suhail ibn Amr veio à tona quando ele descobriu que seu filho, Abu Jandal, estava doente... Suhail, em um gesto de amor e desespero, permaneceu ao lado do filho, suas lágrimas lavando as feridas do jovem. Ele recordou as outras vezes em que as lágrimas marcaram sua vida: quando impediu que seu filho se juntasse ao profeta em Medina e quando enterrou seu irmão após a batalha de Yamaamah. Agora, enfrentava a dolorosa realidade de que seus filhos poderiam precedê-lo na jornada para o paraíso.

Com determinação trágica, Suhail começou a cavar um túmulo para seu filho. Mas, ao notar as pústulas em sua própria pele, preparou dois túmulos. Após terminar essa tarefa sombria, ele avistou Ubaid, seu irmão que havia hesitado anteriormente, fugindo de Emaús a cavalo, um contraste marcante com a aceitação e a resignação que Suhail demonstrava.

---

[156] Este é um hadith autêntico dito pelo profeta Maomé, a paz esteja com ele.

O único sermão do mestre dos oradores

Naquele momento decisivo, ele foi escolhido para liderar uma delegação importante. "Você liderará a delegação junto com Salim e Saad, filhos de Malik ibn Abi Rabbaah,[157] disseram-lhe para prestar juramento de lealdade ao Emir dos Fiéis, Moáuia,[158] e reconhecer seu filho Iázide[159] como sucessor."

Ele, ciente do peso da responsabilidade depositada sobre seus ombros, olhou em volta, sentindo todos os olhares fixos nele. Era um homem de destaque, notável por sua eloquência e robus-

---

[157] Malik ibn Anas, também conhecido como Imam Malik, foi um influente erudito islâmico e fundador da escola Maliki de jurisprudência islâmica. Ele é mais conhecido por sua obra *Al-Muwatta*, uma das primeiras compilações de hadiths, e é reverenciado por seu profundo conhecimento em hadith e jurisprudência islâmica. Suas doutrinas enfatizam as tradições da comunidade de Medina no entendimento do Islã.

[158] Moáuia I, nascido Moáuia ibne Abi Sufiane, foi o fundador e primeiro califa do Califado Omíada, servindo de 661 até sua morte. Tornou-se califa menos de trinta anos após a morte do profeta islâmico Maomé e imediatamente após os quatro califas ortodoxos.

[159] Iázide ibne Moáuia ibne Abu Sufiane, conhecido pelo título de califa Iázide I, foi o segundo califa omíada de Damasco e o primeiro a herdar o título por direito de primogenitura. Reinou de 680 até a sua morte, em 683.

tez, o mesmo que havia representado seu povo perante o Mensageiro de Deus entre os delegados de Banu 'Adhra.[160]

Sua nobreza era inquestionável, assim como sua coragem, tendo sido um guerreiro ao lado de Moáuia na batalha de Sifim.[161]

Ele se curvou diante daqueles que o escolheram, sentindo o peso da história e do futuro diante de seus olhos. Tremendo ligeiramente sob a carga de sua missão, ele recebeu a bandeira, montou seu cavalo e partiu para o ermo, deixando para trás os olhares daqueles que lhe confiaram a bandeira do Mensageiro de Deus.

Ele abandonou as terras férteis, adentrando um deserto distante do Vale de Al-Qura.[162]

Ali, ao lado de uma lápide anônima, sentou-se, olhando para o céu tingido pelas cores do crepúsculo. Nesse momento de solidão, contemplando o túmulo, ele murmurou em silêncio, suas palavras carregadas de uma tristeza profunda e de uma reflexão solene: "Gostaria de ter morrido antes disto...".

Naquela manhã, enquanto a delegação se preparava para partir, ele segurou a bandeira mais uma vez, sentindo o peso da história em suas mãos. Ele a segurava exatamente onde o Mensageiro de Deus a havia segurado, um local que também tinha sido marcante na batalha de Sifim. Como partidário de Moáuia, ele havia sido vitorioso ao lado do poder, havia sido triunfante com a Síria. Seu pai, nos dias de sua juventude, havia lhe contado histórias sobre o tempo em que seus antepassados de Banu 'Adhra derrotaram o rei dos Gassânidas na Síria. Eles tinham tentado incluir o Vale de Al-Qura em seu reino, mas Banu 'Adhra resistiu com força.

---

160 A tribo Banu 'Adhra era uma tribo Himiarita que vivia no Vale de Al-Qura. Eles foram mencionados na literatura romana como 'Udhrat. São famosos pelo conceito de amor puro e casto, conhecido como "amor 'Udhri". Um dos poetas mais notáveis desta tribo foi Jamil bin Ma'mar Al-'Udhri, conhecido como Jamil Buthayna, celebrado por sua poesia romântica.

161 A Batalha de Sifim foi travada entre o exército do quarto califa ortodoxo Ali, liderado por Maleque ibne Alharite, e as forças sírias de Moáuia comandadas por Anre ibne Alas. A batalha ocorreu na aldeia de Sifim, na Síria, às margens do Eufrates, em julho de 657.

162 Wadi Al-Qura é um vale ao norte de Medina, na Arábia Saudita, mencionado nas primeiras fontes islâmicas. Ele estava localizado na principal estrada comercial entre o Hejaz e a Síria. O vale é provisoriamente identificado com a região moderna de Wadi Al-'Ula.

Ele se enchia de orgulho de si mesmo, por sua linhagem de Banu 'Adhra e pelo poder que eles e seus aliados possuíam...

Contudo, ao olhar para trás, vendo o Vale de Al-Qura se distanciar, ele percebeu que este parecia mais extenso do que antes. Em um momento de introspecção, murmurou para si mesmo: "Corte a cabeça de Moáuia para que você se liberte do pecado de tê-lo apoiado".

Enquanto observava o Vale de Al-Qura desaparecer atrás de si, olhando para trás como se estivesse se despedindo, ele refletiu sobre a fragilidade humana. "Quão frágil é o homem no deserto, quão diminuto é perante as montanhas, quão insignificante é o ser humano..."

"Quão insignificante é o ser humano sem força", ele murmurou para si mesmo, um pensamento que se repetia enquanto estava cercado pelas imponentes montanhas, ouvindo o sibilar sinistro das serpentes na escuridão. Em um momento de reflexão, ele ponderou: "Em vez disso, apoie Moáuia e seu filho, apoie Banu 'Adhra e seu esplendor...".

Seus pensamentos continuaram se repetindo em seus ouvidos até que a exaustão e o peso de suas reflexões finalmente o venceram e ele caiu em um sono turbulento. Em seu sonho, uma visão peculiar e inquietante se revelou: ele viu um homem com a aparência de uma árvore, cuja barba descia do rosto como uma serpente negra. Uma voz enigmática ressoou atrás dele, proclamando: "Água ou espada, ó portador da espada". Esse sonho, carregado de simbolismo e ambiguidade, o despertou assustado e ofegante, sua respiração pesada como se estivesse à beira da morte, ou talvez até mais perto dela.

Ao olhar para o céu noturno, seus olhos encontraram Sa'ad Al-Zabih, uma estrela conhecida por seu brilho. A visão desse astro trouxe um alívio inesperado, acalmando seu espírito perturbado...

Quando raiou o dia, a caravana, unida em seu apoio à Moáuia e seu filho, retomou sua jornada. A decisão de apoiá-los era vista como a única opção aceitável, movida pela força e pela convicção. No entanto, a voz da razão continuava a ecoar na mente do líder da delegação: "Você é a força, você é a tribo Banu 'Adhra. Você aceitou a falsidade no começo, por que aceitar novamente agora?". Esta reflexão o perturbava profundamente, fazendo-o questionar as escolhas e os caminhos que havia tomado.

Atormentado pelo calor sufocante e pela voz incansável em sua cabeça, ele desmontou de seu cavalo e tocou a espada, como se buscasse alguma resposta ou conforto na frieza do metal. Em um gesto de frustração, ele chutou um ouriço que cruzou seu caminho.

Durante toda a viagem, ele permaneceu em silêncio, mergulhado em seus pensamentos, até que finalmente chegou diante dos guardas do Emir dos Fiéis Amir-Almuminim.[163]

A presença desses guardas o surpreendeu e o levou a ponderar: "Desde quando o Emir dos Fiéis possui guardas???".

Naquela reunião crucial, as delegações de várias tribos árabes se agruparam, cada uma exibindo um senso de orgulho e dignidade. Figuras notáveis como Muhammad ibn Amr ibn Hazm de Medina,[164] Al-Ahnaf ibn Qays[165] na delegação do povo de Basra e Al-Dahhak ibn Qays Al-Fihri[166] estavam entre os presentes. O encontro foi marcado por uma tensão palpável, uma mistura de expectativa e incerteza.

A notícia da recusa de Hussein[167] e Ibn Omar[168] em prestar juramento de lealdade a Iázide, o filho de Moáuia, reverberou entre os presentes, lançando uma sombra sobre o encontro.

---

163 Amir-Almuminim ou miramolim é um título muçulmano que se pode traduzir como Emir dos Crentes, Príncipe dos Fiéis ou Comandante dos Fiéis. Era o nome do portador de tal título que os imãos, nas mesquitas, invocavam na oração de sexta-feira, o dia sagrado do Islã.

164 Muhammad ibn Amr ibn Hazm Al-Ansari foi um destacado estudioso muçulmano e membro da tribo dos Ansar, conhecido por sua contribuição na transmissão e estudo dos Hadiths, as tradições do Profeta Muhammad. Ele é uma figura importante na história islâmica.

165 Al-Ahnaf ibn Qais foi um líder tribal árabe da tribo Banu Tamim, famoso por sua sabedoria e habilidades diplomáticas no início do período islâmico. Ele é conhecido por sua participação em eventos importantes e por sua abordagem pacífica na resolução de conflitos.

166 Al-Dahhak ibn Qays Al-Fihri foi um líder tribal e figura política importante durante o califado omíada, conhecido por sua participação em eventos significativos e conflitos naquele período. Ele era membro da tribo Fihri dos Quraysh.

167 Hussein ibn Ali foi neto do profeta Maomé e uma figura importante no Islã, especialmente para os xiitas. Ele é venerado como um símbolo de justiça e resistência contra a tirania, conhecido por sua morte como mártir na Batalha de Karbala em 680 d.C., um evento crucial na história islâmica e comemorado no Dia de Ashura.

168 Abdullah ibn Omar foi um proeminente companheiro do profeta Maomé e filho do segundo califa, Omar ibn Al-Khattab. Ele é conhecido por sua dedicação ao Islã e como um importante transmissor de hadiths, sendo uma figura chave na história e tradição islâmica.

Para muitos, essa recusa era mais do que um ato de desobediência; era um sinal preocupante do surgimento de uma nova tribulação, uma divisão que poderia levar a um conflito mais amplo e sangrento.

O fio do tempo parecia se desenrolar diante de seus olhos, revelando um cenário de lutas e confrontos entre os melhores homens, um ciclo de violência que ameaçava a unidade e a estabilidade.

O Emir dos Fiéis, Moáuia, e seu filho Iázide receberam as delegações. Moáuia, com sua presença imponente e sua habilidade de oratória, falou com grande eloquência sobre a importância do Islã, a santidade do califado e os direitos e deveres associados a ele. Ele enfatizou o mandamento divino de obedecer aos líderes e, em seguida, dirigiu a atenção para as qualidades de seu filho Iázide. Ele descreveu a habilidade política de Iázide e propôs que as delegações prestassem juramento de lealdade a ele.

Enquanto Moáuia lutava para conter seu tremor interno, colocando suas mãos em suas coxas para ninguém perceber, um momento significativo ocorreu. Al-Dahhak ibn Qays Al-Fihri se levantou com dignidade, iniciando seu discurso com louvores a Deus.

"Ó Emir dos Fiéis", começou Al-Dahhak, "o povo necessita de um governante após a sua partida e já experimentamos a unidade e harmonia, descobrindo que são as melhores para preservar o sangue, trazer justiça, garantir a segurança dos caminhos e ter um melhor desfecho". Suas palavras refletiam um reconhecimento da importância em haver continuidade e estabilidade na liderança para manter a paz e a ordem.

Continuando, ele reconheceu a natureza imprevisível dos tempos e a constante mudança das circunstâncias sob a vontade divina. "Não se pode prever os dias e Deus muda as coisas a todo tempo", afirmou ele, lembrando todas as pessoas da necessidade de adaptabilidade e sabedoria na liderança.

Então, Al-Dahhak dirigiu seu discurso para a figura de Iázide, filho do Emir dos Fiéis, Moáuia. Ele elogiou as qualidades de Iázide, destacando sua orientação louvável e conduta reta. "Ele é um dos mais sábios e pacientes entre nós, com a visão mais perspicaz", declarou Al-Dahhak, ressaltando as virtudes que considerava essenciais para um futuro líder.

Finalizando seu discurso, Al-Dahhak fez um apelo direto à Moáuia: "Assim, confie-lhe o seu legado, torne-o nosso guia após você, o refúgio ao qual recorreremos e sob cuja sombra encontraremos abrigo". Ele expressava não apenas seu apoio a Iázide, mas também a crença de que Iázide seria capaz de guiar a comunidade muçulmana com sabedoria e justiça.

Naquela reunião decisiva, os líderes presentes, um após o outro, se levantaram e expressaram apoio a Iázide, repetindo as palavras de Al-Dahhak. A tensão era muito grande e todos os olhos se voltaram para ele, o filho de Al-Muqanna, o último a falar.

O Emir dos Fiéis, Moáuia, dirigiu-se diretamente a ele, perguntando: "E você, filho de Al-Muqanna, o que diz?".

Com uma calma recém-encontrada, ele se levantou e caminhou entre os presentes até ficar diante do Emir dos Fiéis. Em um gesto audacioso, segurou sua espada, desembainhou-a ligeiramente e a apontou para o Emir, declarando com firmeza: "Este é o Emir dos Fiéis e, se ele morrer, este", apontando para Iázide, "e quem se opuser, esta", desta vez indicando sua espada, sugerindo que defenderia a sucessão com a força das armas, se necessário.

O Emir dos Fiéis, impressionado com a coragem e a eloquência de sua declaração, se levantou e o reconheceu: "Sente-se, pois você é o mestre dos oradores".

Esse reconhecimento marcou o momento como uma demonstração poderosa de lealdade e compromisso com a sucessão.

Não passou muito tempo, menos de um ano, até que Iázide, filho de Moáuia, se tornasse califa, assumindo o lugar de seu pai...

O filho Al-Muqanna,[169] após esse episódio crucial, retornou sozinho ao Vale de Al-Qura, montado em seu cavalo. Ele deixou para trás todas as pessoas, todas as intrigas e todos os jogos de poder, e permaneceu sozinho até o final de seus dias.

---

169 O filho Al-Muqanna, que também se chamava Iázide, foi um líder militar árabe e governador durante o califado omíada, conhecido por seu papel em campanhas militares e na administração de diversas regiões sob este califado.

O Mahdi[170] assassinado

O professor Abdul Malik narrou:
Meu avô, Ahmed Al-Desouki, um homem de palavras ponderadas e sabedoria ancestral, compartilhou uma lenda que atravessou gerações em nossa família. Narrou o que narrou seu avô, em uma cadeia de transmissão que chega até a narrativa de Thumama. Thumama, um nome gravado na memória de nosso povo, um homem que renunciou aos laços com os Hashashin[171] e rumou para a terra mística dos Faraós. Suas palavras, ainda vivas em nossos corações, ressoavam com um aviso enigmático: "Liberte-se de seus fardos, pois hoje a chuva desce do céu, amanhã o solo estará lamacento e, no dia seguinte, o vento implacável transformará a jornada em um árduo fardo".

---

170 Messias.

171 Hashashin era uma ordem secreta de assassinos da seita islâmica Nizari Ismaili, conhecidos por seus assassinatos políticos durante as Cruzadas no século XI e XII. Liderados por Hassan-i Sabbah e baseados na fortaleza de Alamut no Irã, eles empregavam táticas de guerra psicológica e assassinatos bem planejados para influenciar e intimidar líderes políticos e religiosos rivais. A palavra moderna "assassino" deriva do nome desta ordem.

Thumama falava com uma seriedade sombria, contudo, seu rosto não denotava emoção alguma, uma expressão quase indescritível, como se suas feições estivessem congeladas no tempo, contrastando vividamente com as estátuas que ele tão zelosamente protegia. Seu rosto, marcado pelos anos e pelas histórias que carregava, estava vivo, pulsante, embora as rugas testemunhassem a luta contra o inexorável avanço do tempo e o desvanecimento da vida ao seu redor:

"Naquele dia específico, recordo-me de ter trilhado um caminho incerto, uma jornada sem destino aparente ou terras conhecidas à vista. Mesmo o majestoso Nilo, cujo rugido distante eu ouvia ao oeste, ocultava-se à minha visão, assim como os agricultores que trabalhavam em suas margens. Será que eu havia me perdido? Sim, depois de despertar do transe provocado pelo haxixe, percebi que estava desorientado. Minhas lembranças com os Hashashin eram como fragmentos de um sonho distorcido... uma vida onde eu me via como líder de homens, almejando um paraíso terreno. Mas minha realidade mudou abruptamente após atos de violência, assassinatos e uma quase morte certa. Lembro-me de ter sido espancado, à beira da morte, mas, por um milagre, me vi livre enquanto todos ao meu redor ainda estavam sob o efeito da droga. Foi então que fugi. Eu, que havia abraçado a morte como destino, encontrei-me fugindo tomado pelo pavor."

"Minha jornada me levou a lugares distantes e desconhecidos. Viajei para Hijaz, depois para a Síria, vaguei pelas ruínas de Farama[172] e finalmente me encontrei em Bilbeis."

"Seguia os passos dos grandes conquistadores, mas sem um propósito claro ou um destino final em mente. Onde eu pretendia chegar? Nem eu mesmo sabia..."

"Descartei minhas vestes de seda e joguei fora meu anel de pérola no coração do deserto. Em seu lugar, carreguei uma bolsa de lã. Caminhei ao lado do Nilo, mas não cheguei a um destino. Tudo o que tinha para me orientar era minha provisão, as estrelas e a terra

---

[172] Farama, historicamente conhecida como Pelúsio, é uma antiga cidade egípcia no nordeste do Delta do Nilo, importante em várias eras históricas. Bilbeis, outra cidade do Egito, está localizada no leste do Delta do Nilo e possui significado histórico e cultural desde o Egito antigo. Ambas são relevantes arqueologicamente e têm uma rica história.

estranha sob meus pés, uma terra que nunca compreendi completamente, diferente de Hijaz e da Síria. Essa terra fala, conta histórias que me levam a locais específicos. Um desses lugares era uma pedra enorme perto de um estreito no Nilo. Pensei que seria fácil de atravessar. Amarrei minha bolsa nas costas e cobri minha cabeça com um pano molhado de lama, para que o Nilo não temesse por minha presença. Mas parei ao ouvir um sussurro logo atrás de mim. Virei-me e não vi ninguém, apenas a terra e a pedra. Recuei dois passos e observei atentamente a pedra, onde encontrei inscrições claras: 'Por aqui passou o Emir dos Fiéis, Marwan ibn Muhammad'."[173]

"Fiquei estupefato com a descoberta e, de alguma forma, o medo da morte que havia assombrado meu coração desapareceu, especialmente o medo do lado ocidental do Nilo, conhecido por ser a terra dos mortos no Egito Antigo. Preparei-me então para cruzar o rio, fazendo outra amarração de lama como precaução."

"Era de madrugada, mas a estrela Vênus, solitária no céu, ainda não havia desaparecido. Eu me sentia isolado, assim como aquela estrela, solitário ao lado do Nilo e na terra dos que já morreram. Caminhei entre os mortos, seguindo os passos do Emir dos Fiéis, Marwan ibn Muhammad. Pisei sobre suas pegadas, atravessando terras, cemitérios e ruínas, passando por pequenas vilas e árvores sob as quais nem sequer descansei por um momento. Eu seguida, uma voz, a mesma voz que guiou os grandes. Eu não era grande, nem profeta, nem nada, mesmo assim eu a ouvia..."

"No vigésimo segundo dia da minha jornada, o céu subitamente se enfureceu. O Nilo recuou e as minhas provisões começaram a se esgotar. No horizonte, avistei apenas uma cabana modesta, parecida com o meu saco de lã, que se molhou com o início da chuva..."

"Antes mesmo que eu pudesse chamar ou bater à porta, um homem saiu da cabana. Com uma expressão serena, ele me disse: 'Liberte-se de seus fardos, pois hoje a chuva desce do céu, amanhã o solo estará lamacento e, no dia seguinte, o vento implacável transformará a jornada em um árduo fardo'."

---

[173] Marwan ibn Muhammad, conhecido como Marwan II, foi o último califa omíada, governando de 744 a 750 d.C. Seu reinado foi marcado por tentativas de reforma e por enfrentar várias revoltas internas. Sua queda sinalizou o fim do califado omíada e o início do califado abássida.

"Passei três noites inesquecíveis na companhia dele e, em meio ao silêncio da noite, a única pergunta que me ocorreu foi por que escolhera viver em tão completa solidão. Sua resposta veio carregada de um peso antigo: 'Minha vida inteira foi passada entre as estátuas com meu avô, mas em certo momento a terra me chamou e eu senti a necessidade urgente de deixar aquele lugar para trás. Vim para cá, seguindo um caminho contrário ao de Marwan'. Curioso, perguntei-lhe sobre sua relação com o Emir dos Fiéis. Ele, em um gesto inesperado, saiu da cabana, olhando cautelosamente em todas as direções, fechou a porta com um cuidado quase reverente e sussurrou com uma intensidade que me surpreendeu: 'Não ouse elevar a voz ao mencionar seu nome. Os Banu Abbas[174] estão por toda parte e eles não hesitarão em matar aqueles que falam dele. Estou esperando pelo Emir dos Fiéis em silêncio'."

"Ri discretamente, mantendo meus pensamentos para mim mesmo. Afinal, o reinado de Marwan e de toda a dinastia omíada[175] havia desaparecido nas brumas do tempo há séculos..."

"Entretanto, ele parecia genuinamente convencido de sua espera. Impulsionado pela curiosidade, indaguei sobre sua relação peculiar com Marwan. Ele então compartilhou: 'Ah, essa história tem suas raízes aqui mesmo, neste modesto refúgio. Tudo começou após meu trisavô, que nunca tive a chance de conhecer, abandonar as estátuas do sul. Meu avô me contou sobre o que seu avô havia dito'."

"Marwan uma vez cruzou meu caminho, montado em seu cavalo imponente, um animal cujo brilho escuro parecia opaco e suas delicadas patas tocavam o chão. Suas patas, apesar de parecerem fortes, não eram as mais adequadas para um cavaleiro; elas haviam pisado em todo tipo de rocha e terreno. Marwan não tinha a estatura de um rei ou a crueldade de um tirano. Em vez disso, carregava em si os sinais de uma derrota amarga, a postura de um guerreiro vencido, não de um fugitivo, mas a de um nobre ao qual o

---

[174] Banu Abas é uma tribo árabe, descendente do coraixita Alabás ibne Abedal Mutalibe, tio do profeta Maomé. O filho deste, Abedalá ibne Alabás, um dos companheiros do profeta Maomé e um erudito em seu tempo, teria originado a tribo.

[175] O Califado Omíada foi o segundo dos quatro principais califados islâmicos, estabelecidos após a morte do profeta Maomé. Era centrado na dinastia Omíada, originária de Meca, atualmente na Arábia Saudita.

destino havia sido excepcionalmente cruel... Fiquei absolutamente atônito ao vê-lo, um homem de presença imponente, imóvel em seu cavalo. Ele me questionou com uma voz tingida por um orgulho sutilmente latente, inquirindo sobre o melhor caminho para adquirir mantimentos e como poderia alcançar o reino distante da Núbia. A surpresa me tomou de assalto. Ali estava ele, um fugitivo, escoltado por um número de homens tão reduzido que mal superava os dedos de suas próprias mãos quebradas e desgastadas pelo tempo e pelas batalhas, buscando refúgio junto a um outro rei, um soberano que valorizava a política acima de tudo, usando-a como moeda de troca nas suas negociações..."

"Entrei na cabana com passos ponderados e retornei carregando apenas uma quantidade modesta de água, suficiente somente para ele. Sem hesitar, ele a ofereceu às suas mulheres, um gesto que revelou mais sobre seu caráter do que qualquer palavra poderia expressar. Eu o guiei, embora desconhecesse qualquer rota para mantimentos ou tivesse conhecimento de um guia capaz de orientá-lo."

"Estranhamente, decidi acompanhá-lo naquela jornada de três noites até a Núbia, mesmo sem compreender plenamente minhas próprias razões. Não era abastado o suficiente para garantir o sustento dos meus filhos sem minha presença, nem estava livre de preocupações mundanas que me permitissem deixá-los por várias noites. No entanto, a presença dele exercia uma força magnética, emanando uma confiança inabalável e inusitada, como a de uma estrela-guia iluminando um caminho desconhecido, mas que, de alguma forma, eu sabia que nos levaria ao destino pretendido. Homens como ele, percebi, vivem entre dois extremos: alcançar seu objetivo ou encontrar a morte. Eles não conhecem o significado da sobrevivência após a derrota, pois, para eles, a vida é uma jornada de triunfos e conquistas e qualquer coisa aquém disso não é vida."

"Os dias se sucederam, um após o outro, como folhas ao vento, até que finalmente as muralhas de barro da Núbia surgiram diante de nós, imponentes e inesperadas. Marwan, cujo olhar estava acostumado com as fortalezas de pedra e os palácios opulentos, ficou visivelmente estupefato. A visão de uma cidade cercada por muralhas de barro era algo que nunca havia cruzado sua imaginação, muito menos a ideia de se encontrar, de forma tão abrupta e humilhante, caído no barro, derrotado por circunstâncias além de seu controle."

"Com um cuidado meticuloso, providenciei alimentos para ele e, juntos, seguimos até as margens do Nilo. Ali, as frágeis muralhas de barro da Núbia pareciam ainda mais vulneráveis, quase como um símbolo da própria fragilidade humana. Entramos na presença do rei núbio, nossos joelhos tocando o chão em sinal de respeito, todos, exceto Marwan. Ele permaneceu imóvel e orgulhoso, como se estivesse ainda montado em seu cavalo, um ser que dormia em pé, quebrava-se em pé e enfrentava tanto a derrota quanto a vitória sem nunca se dobrar."

"O rei nos observou com uma mistura de surpresa e análise cuidadosa. Sua face era tão inexpressiva quanto a cor marrom de suas vestes; nem a ira o fazia parecer mais sombrio, nem a simpatia por Marwan o iluminava. Ele encarou Marwan como se estivesse diante de um enigma, um estranho cuja imobilidade o fez hesitar por longos minutos antes de formular suas perguntas. Com uma voz marcada pela curiosidade, o rei indagou: 'Por que vocês se adornam com seda e brocado, portam ouro e prata, se tais luxos são proibidos para vocês?'. A surpresa foi evidente no rosto de Marwan, enquanto eu me encontrava perplexo com a pergunta. Meus olhos se fixaram em Marwan, como se eu estivesse esperando que ele cedesse sob o peso da indagação. A pergunta do rei parecia mais um prelúdio para uma expulsão do que um convite ao diálogo. Então, com um movimento calculado, Marwan segurou a ponta de seu turbante, manteve-se firme e respondeu com uma voz carregada de uma dignidade desafiadora: 'Perdemos nosso reino e os que nos apoiavam agora são poucos. Por isso, vencemos com a ajuda de estrangeiros que aderiram à nossa fé, mas insistiram em manter suas vestimentas contra nossa vontade'."

"O rei, com uma expressão que refletia uma mistura de desapontamento e severidade, expressou sua indignação com palavras firmes e decisivas: 'A tradição nos ensina a oferecer hospitalidade por três dias; após isso, não posso assegurar que vocês não enfrentarão consequências graves. Por questões de segurança e precaução, aconselho que partam'. Marwan, diante dessa declaração, não mostrou surpresa nem desapontamento. Em seu rosto, surgiu um leve sorriso, quase imperceptível, que parecia carregar consigo uma compreensão profunda das ironias do destino. Ele se levantou, deixando o palácio com a mesma postura altiva com que entrou, montou em seu cavalo e, com uma determinação inabalável, voltou a dirigir-se para o norte. Seus filhos o observavam com olhares furiosos, cheios de incredulidade e desespero. Para eles, retornar ao norte era nada menos que um ato de suicídio. Os Banu Abbas, implacáveis em sua perseguição, estavam por toda parte; bastaria o menor vislumbre de sua sombra para que se lançassem em seu encalço. Mas Marwan, com uma resignação que beirava o fatalismo, parecia aceitar seu destino sem qualquer hesitação."

"Eu, confuso com minhas próprias razões para continuar ao lado de um homem cujo destino parecia tão inexoravelmente traçado, acabei por decidir retornar à cabana e deixá-lo seguir sozinho. Não me encontrava em situação muito diferente da de seus filhos, que o haviam abandonado na Núbia. No caminho de volta à cabana, antes de nossa despedida, ele se voltou para mim e disse com uma voz serena, mas firme: 'Espere por mim, pois prevalecerei'. Naquele momento, sua figura parecia tão majestosa quanto distante, como a Lua que ilumina a noite — visível, mas eternamente fora de alcance. E, de fato, nunca mais o alcancei, pois a Lua que ele representava nunca mais se completou em meu céu. Até que, um dia, a triste notícia de sua morte em AbuSir[176] chegou aos meus ouvidos. E lembro-me das palavras de meu avô: 'Espere por ele, meu filho, assim como eu esperei...'."

Após ouvir a história, Thumamah retomou a narração: "A perplexidade tomou conta de mim naquele instante, ao contemplar a realidade de um avô instruindo seus filhos a manterem viva a espera por um homem cuja morte já era certa. Entretanto, a maior surpresa se encontrava dentro de mim, um turbilhão de emoções e questionamentos. Eu havia percorrido uma distância imensurável, seguindo uma voz que somente eu parecia ouvir, uma voz que me conduziu pelas lendas e histórias de um povo que eu mal conhecia...".

---

176 Abusir é um sítio arqueológico do Egito — mais especificamente uma extensa necrópole do período do Antigo Reino, juntamente com adições posteriores — nas redondezas do Cairo, capital do Egito.

"No dia seguinte, abandonei a cabana, enfrentando os ventos caprichosos e incertos que me guiavam em minha jornada para a Núbia. Com passos determinados, mas envoltos em incertezas, avancei em direção ao desconhecido, buscando aquelas muralhas de barro deterioradas, vestígios de um tempo e de uma história que agora faziam parte do meu próprio ser..."

"Enquanto seguia os passos dele, uma parte de mim, alimentada pela imaginação e pela esperança, acreditava que, de alguma forma, o encontraria. Essa crença se fortalecia a cada passo, a cada milha percorrida, convencendo-me de que, contra toda lógica, um dia nossos caminhos se cruzariam novamente. Eu me via, de certa forma, espelhado no homem da cabana, começando a compartilhar da sua inabalável crença de que, em algum momento, o destino nos reuniria. 'Espere por ele, meu filho, como eu esperei, ou siga seus passos, como eu também fiz.'"

Cativeiro

A serva de Ebaada Umm Ja'far ibn Yahya Al-Barmaki relatou:
Ah, a vida! Por onde devo começar esta história, meu filho? Devo iniciar pelo meu tempo de cativeiro, pelas paredes sombrias da casa dos Hashimis?[177]

Ou devo iniciar pelos dias em que servi a Umm Ja'far?[178]

Oh, por Ja'far e sua mãe, aquela mulher inesquecível que me encarou no mercado de escravos, cercada por seus quatro servos, há tantos anos, oitenta, para ser mais precisa. Lembro-me dela examinando cada detalhe meu, como se cada marca, cada cicatriz em meu corpo contasse uma história que ela desejava decifrar. Ela observou atentamente a lama em meus pés, as marcas profundas dos grilhões que marcaram meus pulsos, as linhas vermelhas em

---

[177] Os Banu Hashim, ou Hashimitas são uma tribo árabe, parte da tribo Quraysh e da família do profeta Maomé. Eles tiveram um papel central na história do Islã e na formação dos impérios islâmicos ao longo de mais de doze séculos.

[178] Umm Ja'far bint Yahya Al-Barmaki era a mãe de Ja'far ibn Yahya, membro da influente família Barmakid no califado abássida. Embora os Barmakids fossem uma família poderosa e central no início do califado abássida, detalhes específicos sobre a vida de Umm Ja'far não são amplamente documentados nas fontes históricas.

meu pescoço, vestígios da lã áspera, e até os fios de meu cabelo, danificados pelo constante contato com as almofadas de solo seco. Jamais esquecerei o semblante dela naquele momento, uma imagem tão clara quanto vinho branco, adornada por uma joia cintilante em sua cabeça, uma joia que desafiava o próprio sol em seu brilho, aquele sol inclemente que ardia sobre nossas cabeças enquanto arrastávamos nossas correntes, carregando o peso do cativeiro...

Ela apontou diretamente para mim, seu rosto mantendo-se inexpressivo, mas seus olhos se estreitando de uma maneira que me fez sentir como se estivesse sendo selecionada para uma missão de grande importância.

Desde o momento em que fui arrancada de minha terra natal na Armênia, vivi imersa em um turbilhão de medo, irritação, gritos e confusão. Como uma criança de apenas dez anos poderia imaginar seu futuro em uma terra tão estranha e desconhecida?

Ah, pelos longos anos que se seguiram, muitas vezes me perguntei: por que não morri ainda jovem? Por que fui destinada a viver até a idade avançada de noventa anos? Fui levada por eles, e viajamos ao longo do majestoso rio Tigre, até que as imponentes muralhas circulares de uma cidade emergiram diante de nossos olhos. Nunca em minha vida eu havia presenciado algo tão majestoso. As muralhas dominavam o horizonte, elevando-se tão alto que até o próprio céu parecia se esconder atrás delas.

Com uma voz trêmula, sussurrei a um dos guardas: "O que são essas muralhas?". E ele, com um tom áspero e despreocupado, respondeu: "Você não reconhece Bagdá, sua tola!". Naquele momento, o verdadeiro significado de Bagdá era algo que eu ainda não compreendia, mas havia um pressentimento assustador de que, uma vez dentro daquelas muralhas, eu seria tragada para sempre em seu mundo intrincado e desconhecido. E assim aconteceu...

Adentrei o palácio oriental, um mundo tão diferente do que conhecia, que mal consegui manter meus olhos no chão, totalmente maravilhada. O ouro brilhava em cada canto, as cores dos tapetes e das tapeçarias eram tão vibrantes que quase me ofuscavam, os inúmeros quartos das criadas se estendiam como um labirinto, as mesas ricamente adornadas, os vasos que pareciam imitar cachos de uvas em sua forma e cor. Havia um canto especial dedicado à comida, chamado de Éden, onde os aromas e sabores se misturavam em uma sinfonia de delícias. E na entrada do quarto de Ja'far, havia um pavão, com sua plumagem colorida e orgulhosa. O pequeno Ja'far, que na minha memória ainda era uma criança, já não era mais tão pequeno...

Ebaada, a mãe respeitada de Ja'far ibn Yahya Al-Barmaki, com sua autoridade inquestionável, ordenou que eu fosse levada com a companhia de três outras criadas. Com mãos delicadas e experientes, elas me banharam, perfumaram minha pele com essências exóticas e me conduziram a um quarto amplo, uma câmara cuja grandiosidade e beleza ultrapassavam qualquer coisa que eu já havia visto ou imaginado. Sozinha naquele espaço, me vi aguardando, contando as estrelas através de uma janela azulada à direita, traçando no céu noturno os contornos de Aldebaran e das Plêiades, buscando conforto na constância imutável do céu.

Quando a porta finalmente se abriu, virei-me e me deparei com a figura de um jovem de aparência nobre, com uma postura robusta e determinada, mas cujos olhos se fixavam no chão, como se carregassem um peso que só ele conhecia. A porta se fechou atrás dele e o que aconteceu naquela noite ficou selado no tempo, um segredo guardado apenas pelos corações e paredes daquele quarto...

Desde aquele dia, encontrei-me irremediavelmente apaixonada por ele, embora fosse apenas uma serva a serviço de sua mãe. Passei a ser uma das três escolhidas, encarregadas de preparar as mulheres com quem Ja'far se encontrava nas sextas-feiras. Eu era a primeira delas, mas, após aquele encontro mágico, nossos caminhos nunca mais se cruzaram, assim como Aldebaran segue eternamente as Plêiades no céu, próximos, mas nunca se alcançando...

Os dias no palácio se desdobravam em uma sucessão de eventos opulentos, e Ja'far, diante dos meus olhos, crescia em sabedoria e maturidade. Sempre que nossos olhares se encontravam, ele me presenteava com um sorriso gentil. Eu acreditava, talvez ingenuamente, que ele não percebia o amor que eu nutria por ele, um amor silencioso e não correspondido. Refletindo sobre aqueles dias, penso que talvez meu amor por ele fosse alimentado pela memória daquele primeiro encontro, pois o primeiro amor, como as primeiras estrelas da noite, sempre brilha de maneira especial em nosso coração, mesmo quando acompanhado de momentos de afastamento e incompreensão.

A situação permaneceu estática e inalterada até o trágico dia da morte do califa e de nosso venerado senhor. Com a ascensão de Al-Rashid[179] ao poder como califa e a nomeação de Ja'far como ministro, houve uma mudança drástica na dinâmica do palácio.

Longe de me alegrar com sua ascensão, senti uma pontada de tristeza e uma crescente sensação de perda. Antes, eu tinha o privilégio de vê-lo várias vezes ao dia, mas agora ele se afastou, envolto nas riquezas do mundo, cercado pelos poetas e seus louvores, e intimamente ligado ao califa e seu poder avassalador. Dia após dia, testemunhei Ja'far exercendo sua vontade, vi o califa cedendo às suas ordens, observei todos se prostrando diante dele e escutei os poetas, cada um deles, tecendo louvores em sua homenagem. Vi e vi e vi, mas, desde a noite em que ele se tornou ministro, Ja'far nunca mais me viu com aquele mesmo afeto de outrora...

Os dias no palácio tornaram-se insípidos, uma repetição monótona e sem cor. Umm Ja'far, minha senhora, permanecia inalterada em sua aparência, como vinho branco, impassível diante das mudanças ao seu redor. Nem ela, nem os dias que se passavam, apresentavam qualquer sinal de mudança, relembrando os primeiros dias de cativeiro, apesar das riquezas que nos cercavam. Em meio a essa estagnação, orei fervorosamente, a cada prece desejando ser vendida, sem imaginar que Deus atenderia meu pedido tão prontamente. Fui vendida para Muhammad ibn Abdul Rahman Al-Hashimi. Assim, deixei para trás o palácio, as riquezas, minha senhora, Ebaada e Ja'far...

A vida na casa de Al-Hashimi era marcada por uma simplicidade refrescante. Eu concluía minhas tarefas diárias com tempo de sobra para descansar e, por vezes, me permitia passear ao longo do majestoso rio Tigre, caminhando até a Grande Ponte.

O rio Tigre se tornou meu confidente silencioso. A ele confessei tudo: desde os dias de cativeiro até os momentos com Ja'far. Ja'far, cuja voz agora se ouvia por toda a cidade. Aonde quer que

---

[179] Harune Al-Rashid foi o quinto califa abássida, reinando entre 786 e 809, numa época marcada pela prosperidade científica, cultural e religiosa no Islã. Ele foi o fundador da lendária biblioteca chamada de "Casa da Sabedoria".

eu fosse, ouvia-se apenas sobre suas generosidades e poder, sobre sua dureza e misericórdia, sobre sua influência e força. Era inconcebível para mim que as pessoas começassem a considerá-lo mais poderoso que o próprio califa, mais imponente que a estátua do cavaleiro no grande salão do califa, dominando toda Bagdá com sua presença inigualável...

Em um dia nublado, marcado por nuvens pesadas que pareciam carregar consigo os segredos dos tempos, uma mudança inexplicável ocorreu: a estátua equestre no grande salão, que durante anos permaneceu voltada para o mesmo lado, inexplicavelmente se virou em direção ao leste, rumo a Khorasan.[180]

Aquilo parecia um presságio, um sinal dos céus, prenunciando algo ainda desconhecido. Movida pela curiosidade e um sentimento indefinido, aproximei-me da ponte onde uma multidão se aglomerava, seus murmúrios e exclamações preenchendo o ar. Entre a multidão, avistei uma cena que me fez congelar: um homem crucificado, seu sangue tingindo a madeira e o chão abaixo. Meus olhos, incrédulos, focaram em seu rosto e então a terrível verdade se revelou: era ele, inconfundivelmente ele, era Ja'far. A incredulidade me envolveu e minhas próprias lágrimas pareciam tão irreais quanto a cena diante de mim. Quem era aquele homem pendurado diante dos olhos de Bagdá? O jovem Ja'far que eu vi crescer ou o ministro poderoso agora reduzido a uma figura de horror e desespero? Ah, como a vida pode ser cruel, como o destino pode ser impiedoso e implacável...

Mas a história, meu filho, não terminou ali. Após nove semanas do falecimento de Ja'far, retornei das margens do rio Tigre para a residência de Al-Hashimi ao cair da tarde, carregando comigo o peso daquela visão. Foi então que, para minha surpresa, encontrei minha senhora Umm Ja'far.

Ao chamá-la de "senhora", vi seu semblante outrora orgulhoso e inabalável desabar em lágrimas. Sua face estava pálida, abatida, o brilho que uma vez iluminou seus olhos havia se apa-

---

[180] Khorasan é uma região histórica que abrange partes do nordeste do Irã, Turcomenistão, Uzbequistão, Afeganistão e Tajiquistão. Foi um importante centro de aprendizado, comércio e poder no mundo islâmico, desempenhando um papel crucial na Rota da Seda e contribuindo para o desenvolvimento da arte, ciência e literatura islâmicas.

gado, um reflexo da perda e da dor que agora a consumiam. No entanto, vi esse brilho ressurgir, ainda que brevemente, quando meu senhor Al-Hashimi, em um gesto de compaixão, lhe entregou uma esmola. Umm Ja'far partiu com essa doação, um símbolo de sua queda e da transitoriedade de todas as coisas. Os corvos, mensageiros do destino, levaram consigo os restos do crucificado Ja'far, e eu permaneço aqui, agora ultrapassando os noventa anos, como a última testemunha de uma era, portadora dessa crônica da vida, dos caprichos do destino e da impermanência de tudo o que consideramos eterno.

Uma maldição

O cavalo do califa, ao relatar as histórias que ouvira, expressou:
Os ventos, eternos mensageiros de todas as eras, são a voz majestosa e impetuosa do céu, testemunhas do incessante girar do tempo. Sob a sua companhia enigmática e onipresente, parei sob o grande monte. Ali, ouvi o seu lamento, um choro quase humano que os ventos carregavam consigo. Eles sussurravam histórias de um passado distante e um presente inquieto, trazendo até mim ecos de uma criança em prantos, de uma mãe desprovida de leite, de um camelo sedento ansiando por um oásis distante, e dos passos apressados e desesperados sob o monte, diante do cetro majestoso do Faraó, que havia ascendido ao seu topo, dominando o horizonte.

As pessoas, atraídas por um poder que era quase tangível, olharam para o alto do monte e um silêncio absoluto se fez, um silêncio tão profundo que até as crianças, instintivamente, cessaram seus murmúrios e brincadeiras. Então, rompendo esse manto de quietude, soou a trombeta, um som que reverberou pelas areias e pelas almas. O arauto, visivelmente exausto e ofegante, ergueu-se e anunciou com uma voz que tremulava de emoção: "Nosso deus, o grande Faraó, está prestes a falar".

Nesse momento, uma rajada de vento soprou com uma força selvagem, fazendo os narizes dos famintos se contorcerem em um misto de desconforto e anseio, embora ninguém ousasse espirrar. O vento soprou novamente, desta vez com tamanha intensidade que até mesmo o Faraó, em sua altivez e poder, procurou abrigo. Mas o povo, como se fosse uma só entidade, permaneceu imóvel, resistindo à força da natureza como se fossem estátuas esculpidas pela devoção e pelo temor. O Faraó, observando a cena, soltou uma gargalhada que ecoou pelo monte e exclamou com um tom que misturava incredulidade e orgulho: "Não possuo o reino do Egito?".

O cavalo do califa continuou sua narrativa:

Em um dia particularmente perturbador, os ventos agitados provocaram em mim um sentimento de inquietação tão profundo que pressenti uma calamidade iminente. Essa minha agitação não passou despercebida e acabou irritando o califa Harun Al-Rashid. No entanto, com um sorriso que parecia mascarar uma certa impaciência, ele acariciou minha cabeça, tentando me acalmar.

Mas, quando os ventos voltaram a soprar fortemente, batendo em meus ouvidos, minha inquietação só se intensificou, especialmente na presença do califa. Foi então que fui severamente repreendido pelo ministro Ja'far, que, com sua vara, impunha uma presença tão dominante quanto a de um grande monte. O califa, talvez desapontado ou frustrado com minha atitude, desviou o olhar e ordenou que eu fosse vendido ao primeiro malandro que encontrassem nas ruas de Bagdá.

Assim, fui conduzido por vielas estreitas da cidade. As faces das pessoas que cruzavam meu caminho eram peculiares, expressando emoções que eu não conseguia decifrar: alegria misturada com melancolia, fé entrelaçada com descrença. As ruas eram um emaranhado de locais de adoração e bares exalando o aroma do vinho. Continuei minha caminhada, sentindo o odor do incenso impregnar o ar até me causar náuseas. Foi nesse momento em que me deparei com Omar ibn Mehran,[181] que se revelou o mais desprezível dos malandros que já havia encontrado em minha jornada...

---

181 Omar ibn Mehraan foi um governador do Egito durante o califado islâmico. Sua gestão se deu num período de expansão islâmica, sendo responsável pela administração e desenvolvimento da província egípcia sob o domínio islâmico. Detalhes específicos sobre seu governo são limitados, mas sua nomeação reflete a prática dos califas de escolher administradores capazes para regiões importantes do império.

O cavalo, que antes pertencia ao califa, relatou:

Comecei a compartilhar as bebidas alcoólicas com Ibn Mehran, criando um laço de camaradagem que se estendia pelas noites de Bagdá. À noite, nos aventurávamos sob o céu estrelado, contando as estrelas e perdendo-nos em conversas filosóficas e sonhos. Nossas noitadas eram regadas à algazarra nas portas das meretrizes, desfilávamos sob o manto da noite e entoávamos canções uma após a outra, vivendo cada momento com intensidade. "O portador da paixão está cansado, mas é animado pela música", eu costumava dizer.

Quando os ventos de Bagdá sopravam fortes, despertando-nos de nossos devaneios, eu frequentemente ouvia Ibn Mehran murmurar, quase como um mantra: "Se ele chora, é por direito, não se trata de mera brincadeira". Essas palavras se repetiam em minha mente, misturando-se ao sussurro do vento.

Então, em uma noite como qualquer outra, enquanto os ventos agitavam-se, uma visão surreal se apresentou: o califa Harun Al-Rashid surgiu ao lado de Ibn Mehran, entregando-lhe uma missiva. Ibn Mehran, com olhar incrédulo, abriu a carta e leu em voz alta: "Ibn Mehran é nomeado governador do Egito, sucedendo Musa ibn Isa".[182]

Cada vez que Ibn Mehran despertava, os ventos continuavam a sussurrar e, a cada olhar para o califa, ele se perguntava se aquilo era verdade ou apenas um engano de sua mente embotada pelo vinho. Como poderia ser que Ibn Mehran, um simples bebedor de vinho, um malandro das noites de Bagdá, fosse nomeado governador do Egito?

O cavalo, agora a serviço do governador e antiga propriedade do califa, continuou:

Na nossa viagem, não encontramos nenhum beduíno pelo caminho; apenas o som dos ventos nos acompanhava, de forma quase assustadora, nos fazendo parar ao pé do grande monte. Era como se estivéssemos presos àquele lugar, dominados por

---

182 Musa ibn Isa foi o governador do Egito durante o reinado do califa Harun Al-Rashid. Sua administração como governador em um período significativo do califado abássida o coloca como uma figura importante na história islâmica, especialmente no contexto do governo e administração do Egito sob Harun Al-Rashid, um dos califas mais famosos e influentes da história islâmica.

uma força invisível. Sob o monte, avistamos uma fogueira na escuridão da noite, o único ponto de luz na vastidão escura. O único som, além do nosso próprio movimento, eram os ventos sibilando ao nosso redor.

Quando entramos em Al-Farama,[183] avançando pela noite, percebemos que nas casas não havia choro, mas apenas sons de celebração durante o dia.

As pessoas nos guiaram até a cidade de Al-Askar,[184] por um caminho que passava pela primeira igreja na rota leste.

Cruzamos a igreja durante a noite e encontramos as pessoas reunidas em torno de Musa ibn Isa. Ele não impunha respeito por sua aparência, mas as pessoas sentavam-se respeitosamente aos seus pés. Seu rosto, embora sério, tinha algo de amável, semelhante à antiga pedra.

Após a reunião ser concluída e as pessoas se dispersarem, Musa ibn Isa se aproximou de Ibn Mehran e perguntou se ele tinha alguma necessidade. Ibn Mehran, sem hesitar, entregou a ele a carta do califa. Ao lê-la, Musa ibn Isa não demonstrou irritação nem alegria. Com uma expressão impenetrável, ordenou que seu servo trouxesse seu cavalo e, com uma voz ponderada, declarou: "Maldito seja o Faraó por ter dito: 'Não sou eu o senhor do Egito?'".

---

183 Al-Farama, também conhecida como Pelusium, é um local histórico no Egito. Foi uma cidade antiga e um importante porto no Delta do Nilo, frequentemente mencionada em contextos históricos e militares. Al-Farama desempenhou um papel significativo em várias campanhas militares ao longo da história devido à sua posição estratégica na fronteira nordeste do Egito.

184 Al-Askar, fundada por Ahmad ibn Tulun no século IX, foi a capital do califado abássida no Egito, localizada perto da atual Cairo. A cidade serviu como um importante centro administrativo e militar durante o reinado de Al-Ma'mun e seus sucessores.

Sua tristeza e angústia aumentaram consideravelmente

O cozinheiro de Hamid disse:
Passei a noite inteira em pé diante da porta do grandioso salão, onde o confidente do meu senhor jazia adormecido, imerso em um sono profundo. A noite se arrastava lentamente e eu contava as horas, enquanto as canções de Abu Nuwas,[185] que antes ressoavam nas vozes das cortesãs, agora silenciavam, e ele, o confidente, não despertava, não emergia daquele sono profundo.

O chão sob meus pés encharcava-se com o orvalho da noite e meus olhos ressecavam de tanto chorar. Estava condenado à morte, enfrentando meu derradeiro dia neste mundo e, ainda assim, o confidente do meu senhor permanecia imerso em seu sono...

A noite anterior havia sido a mais sombria de todas as minhas lembranças. Fui abruptamente despertado pelos guardas do

---

[185] Abu Nuwas foi um renomado poeta árabe da era abássida, conhecido por sua poesia ousada e inovadora. Ele viveu aproximadamente de 756 a 814 d.C. e é especialmente famoso por seus poemas sobre vinho, que desafiavam as normas sociais e religiosas de sua época. Sua obra teve um impacto significativo na literatura árabe.

palácio, que bradavam: "Ó cozinheiro do infortúnio, o confidente de teu senhor tocou na galinha assada, mas não a degustou. Hoje marca teu último dia no palácio, teu último dia nesta terra". Meu senhor havia ordenado minha execução, após dez anos de serviço dedicado. Por qual motivo? Ó Hamid, por quê? A orientação que recebi foi clara: "Procure o confidente de seu senhor; talvez ele possa interceder por você". Era minha única esperança, ele, a causa de tudo. Todos os pratos foram servidos até que ele se saciasse. Mas por que razão ele segurou a última galinha e a abandonou? Onde reside minha culpa nisso?

Diante da porta de espera, enquanto o tempo se arrastava lentamente, mergulhei em lembranças dos dias de penúria, quando só nos restavam cenouras para alimentar minha família. Recordo-me de como meus filhos clamavam por comida, como pequenas aves desesperadas, e a única coisa que eu tinha para lhes oferecer eram essas cenouras. Lutávamos por elas, famintos, até que nada mais restasse.

Essas memórias me levaram de volta ao dia em que entrei pela primeira vez neste palácio, a morada de Hamid Al-Tusi Al-karim,[186] comandante do exército de Al-Ma'mun,[187] o grande.

Era um homem de vasta residência e fortuna. Naquele dia, eu havia deixado para trás as cenouras, imaginando que, finalmente, minha família e eu nos deliciaríamos com carne. No meu primeiro dia, ofereci à minha família uma galinha assada, sem saber que, por causa de um prato semelhante, o cozinheiro anterior havia sido morto. O antigo confidente de Hamid não aprovou o prato...

As horas se prolongaram enquanto eu permanecia em pé diante da porta, até que o canto dos pássaros anunciou o amanhecer. Meus pensamentos voltaram-se para meus filhos, que estariam comendo cenouras se o confidente demorasse mais a acordar,

---

186 Hamid Al-Tusi Al-Karim foi comandante militar durante o reinado do califa Al--Ma'mun do califado abássida. Conhecido por sua nobreza ou generosidade, ele se destacou em um período marcado pelo patrocínio ao aprendizado e por significativas campanhas militares.

187 O califa Al-Ma'mun, que governou de 813 a 833 d.C., foi um dos mais influentes governantes do califado abássida. Ele é famoso por seu patrocínio às ciências e artes, incluindo a fundação da Casa da Sabedoria em Bagdá. Seu reinado, parte da era de ouro islâmica, foi um período de avanços culturais e científicos, embora também tenha sido marcado por desafios políticos e militares.

condenados a vagar perdidos como eu vaguei na minha infância. Implorava em silêncio: "Por favor, não se atrase, não se atrase...".

Finalmente, o confidente saiu, cambaleante e com uma expressão de desconforto. Eu lhe contei o que havia acontecido, como meu senhor pretendia me matar por acreditar que o frango estava mal cozido. Ele me olhou com um sorriso estranho, como se visse em meu rosto os semblantes de muitos outros, e me levou até meu senhor. Com simplicidade e uma palavra amiga, ele intercedeu por mim. Meu senhor, então, disse: "Perdoarei, mas ele não deve permanecer no palácio. Conhecemos nosso lugar no além e não desejamos que ninguém amargue nossa vida terrena".

Expulso, eu retornei ao meu lar, levando comigo apenas um saco de cenouras, um símbolo tanto do meu passado quanto do meu presente incerto.

Uma longa vida, porém curta

Muhadib Al-Mu'tasim, em suas memórias, declarou: Desde o momento de seu nascimento até sua ascensão ao prestigiado califado, estive sempre ao lado dele, compartilhando cada etapa de sua jornada. E, mesmo em sua última enfermidade, minha presença era constante, como uma sombra fiel.

Recordo-me da minha infância em Samarcanda,[188] uma época de inocência e descobertas, antes de eu me aventurar até a grandiosa Bagdá, trazido junto com um grupo de escravos recém-chegados para servir a senhora Mardah.[189]

---

[188] Samarcanda é uma cidade histórica no Uzbequistão, famosa por ser um centro cultural na Rota da Seda e por sua impressionante arquitetura islâmica. Com uma história que remonta ao Império Aquemênida, a cidade teve importância em vários impérios, notavelmente sob Timur ou Tamerlão.

[189] Mardah foi uma serva turca que viveu no tempo do califa abássida Harun Al--Rashid em Bagdá. Ela era conhecida por sua beleza e deu à luz seu filho, o califa Muhammad Al-Mu'tasim bi'llah. Também teve outros filhos, incluindo Abu Isma'il e Umm Habib. No entanto, ela faleceu antes que seu filho se tornasse califa.

Ah, Mardah! Ela nunca se acostumava com a vida de palácios de Bagdá desde que ela chegou de Sogdiana.[190] Até mesmo sob a vigília do grande Harun Al-Rashid, a paz pareceu uma visitante rara e fugidia.

Harun Al-Rashid, o sábio e respeitado, sorriu ao observar o menino, filho de Mardah, mas preferiu o silêncio a comentários precipitados. Ele notou, com seu olhar perspicaz, mais traços turcos que árabes na criança. Questionava-se se a influência dos Barmakidas[191] teria sido tão forte a ponto de marcar o herdeiro com características tão distintas. "Chame-o de Muhammad", decidiu Al-Rashid, imbuindo o nome com esperança e expectativa.

Naquele dia memorável, ao contemplar o pequeno Muhammad com um sorriso afetuoso, Mardah me presenteou com uma joia de esplendor incomparável, rivalizando até mesmo com a tiara de Zubaida,[192] a respeitada e poderosa esposa de Al-Rashid. Com habilidade e reverência, transformei aquela pedra preciosa em um anel, que coloquei delicadamente no pequeno dedo do garoto.

A beleza de Muhammad era indescritível, seus traços delicados e o rubor em suas faces traziam à mente o esplendor do amanhecer sobre Samarcanda e Sogdiana...

À medida que Muhammad crescia, tornando-se mais forte e sábio a cada dia, a sensação de isolamento de Mardah tornava-se cada vez mais palpável. Ela nunca se acostumou com a vida na corte, apesar dos esforços dos demais escravos, trazidos para aliviar sua solidão...

Dia após dia, Mardah implorava a Al-Rashid para que comprasse mais escravos de sua terra natal, na esperança de encontrar algum conforto em meio à estranheza que a cercava...

---

190 Sogdiana era uma antiga região da Ásia Central, hoje no Uzbequistão e Tajiquistão, que desempenhou um papel vital na Rota da Seda, facilitando o comércio entre o Oriente e o Ocidente. Suas cidades, como Samarcanda e Bucara, eram prósperas e a região era conhecida por sua diversidade cultural. Sogdiana teve um impacto significativo na disseminação de culturas, religiões e mercadorias pela Eurásia.

191 Os Barmakidas ou Bramakas são uma família persa de prestígio, com uma linhagem que remonta a Bramak, um notável estudioso em medicina e astronomia. Eles ocuparam posições importantes sob os califas abássidas.

192 Zubaida foi a esposa do grande califa abássida Harun Al-Rashid. Sua história é conhecida devido ao seu papel em lendas e literatura árabe tradicional. Ela era uma das mulheres proeminentes de sua época e muitas histórias e mitos foram difundidos sobre ela. Zubaida era conhecida por sua beleza e inteligência e exerceu uma grande influência na cultura e literatura da época.

Então, em um dia marcado pelo destino, tão limitado quanto a perspicácia de Muhammad, Al-Rashid faleceu. Naquele momento, testemunhei Muhammad segurando uma espada diante do espelho no aposento de Mardah. Com uma expressão que misturava determinação e uma espécie de melancolia, ele exclamou: "Quão longeva é a vida, ó Muhammad! Se viveres tanto quanto teu pai, conquistarás o mundo e tudo que nele existe. Quão longeva é a vida, ó Muhammad!".

Ao longo dos anos, a ala do palácio onde Mardah residia se transformou, preenchida com a presença de seus parentes do oriente. Isso trouxe uma sensação de familiaridade e conforto que ela tanto almejara. Muhammad, por sua vez, continuou crescendo em força e estatura, tornando-se uma figura imponente, cuja presença era comparável à do sol nascente do Leste. Seus braços fortaleceram-se, refletindo a robustez das montanhas de sua terra natal.

Após a morte de Al-Ma'mun, Muhammad ascendeu ao poder, tornando-se califa e adotando o nome Al-Mu'tasim, em homenagem ao nome que recebera ao nascer. Como seu pai, ele foi aclamado e respeitado e, sob sua liderança, Mardah finalmente encontrou a segurança que tanto buscara nos palácios de Bagdá...

Al-Mu'tasim, desejando confortar sua mãe, adquiriu mais escravos e soldados. Bagdá, sob seu governo, encheu-se de orientais, a ponto de se tornar apertada para os árabes. O semblante de Al-Mu'tasim também mudou ao longo do tempo; ele não lembrava mais o sol nascente que fora um dia. Quando enfurecido, ele não hesitava em matar ou agir impetuosamente, tornando-se como uma espada brilhante ao lado do fogo.

Esse mesmo fogo que ardia dentro dele o levou a abandonar Bagdá e a construir a cidade de Samarra[193] ao norte, onde viveu até a morte.

Quando o vi refletido no espelho de sua mãe em seus últimos dias, enfermo e frágil, ouvi-o dizer em um sussurro de arrependimento: "Se soubesse que minha vida seria tão curta, não teria feito o que fiz".

---

193 Samarra é uma cidade histórica no Iraque, famosa por sua arquitetura islâmica, incluindo o icônico Minarete de Malwiya. Foi a capital do Califado Abássida em um ponto da história e tem grande importância cultural e arqueológica.

Viva o ouro

Ele compartilhou comigo a história de seu avô, um careca vendedor de vegetais que viveu no Egito durante o reinado de Al-Mu'izz li-Din Allah, o Fatímida:[194]

"Deus está vivo, Deus está vivo", eu repetia junto aos dervixes em Mihya Tabatabai,[195] reiterando as palavras de fé, mas em meu íntimo eu lutava com a dúvida e a angústia. "Mas eu não O vejo", continuava em meu coração. Naquele dia, o horizonte parecia desbotado, sem calor ou frio, uma perfeita metáfora para meu coração perdido e confuso.

---

194 Al-Mu'izz li-Din Allah Al-Fatimi foi um califa da dinastia Fatímida que governou o Egito e partes da África do Norte de 953 a 975 d.C. Ele transferiu a capital para o Cairo, promoveu a cultura islâmica e expandiu o império fatímida por meio de conquistas militares.

195 Mihya Tabatabai é um termo árabe que se refere a um local ou grupo de pessoas que se reúnem para adorar a Deus e realizar práticas religiosas, como orações, leitura do Alcorão e lembrança de Deus. Esses locais podem incluir mesquitas ou espaços dedicados à adoração e à espiritualidade e geralmente atraem pessoas devotas e espiritualmente inclinadas.

Ao anoitecer, após as orações de Al-Tarauih,[196] juntei-me aos dervixes, me inclinando e girando com eles, todos proclamando a vida de Deus. No entanto, em meio ao fervor religioso, uma dúvida persistente atormentava minha alma.

Ninguém entre os moradores das cabanas de nossa ilha, cercada pelo Nilo e marcada pela pobreza, parecia realmente ver Deus. Eu me perguntava, como Deus poderia nos ver, se o vento destrói nossas casas frágeis? Como Ele poderia nos ver, quando a fome nos devora, enquanto as novas mansões do Cairo são erguidas além do Nilo, aguardando a chegada de Al-Mu'izz em toda a sua glória?

Essas questões me atormentavam. Não somos todos parte de Seu rebanho? Será que nossos sofrimentos e dificuldades são invisíveis aos olhos de Deus?...

Apesar das minhas dúvidas e da luta interior, meu amor por Deus permaneceu inabalável. Essa era a razão pela qual, todas as noites, me dirigia à Mihya Tabatabai. Lá, entre os descendentes do profeta e seus dervixes, eu me unia a eles para louvar a Deus. Inicialmente, confesso, minha ida era motivada pela comida que era oferecida, mas, com o tempo, meu amor por Deus e Seu Profeta se fortaleceu. Esse amor era genuíno, mesmo diante da minha incapacidade de ver Deus, como já mencionei.

Compartilhei esses sentimentos com o sheikh de Mihya, que me respondeu com um sorriso compreensivo. Ele colocou a mão sobre minha cabeça e me aconselhou: "Prossiga no caminho de Deus como um asceta. Prossiga como um devoto. O fardo do ouro é pesado e você é frágil...".

Passei o restante da noite ponderando sobre o que ele disse. Quando o Suhoor[197] foi servido, escolhi abdicar da comida, buscando uma forma de purificação e simplicidade. Fiquei diante da Lua, contemplando-a, sem encontrar respostas no brilho do sol.

---

196 Al-Tarauih é uma oração voluntária realizada durante o mês do Ramadã, logo após a oração de Isha e antes da oração de Witir. O nome Al-Tarawih vem da palavra em árabe "Raha", que significa "descanso e relaxamento".

197 O Suhoor é uma refeição matinal consumida pelos muçulmanos durante o Ramadã, antes do início do jejum diurno. É a última refeição antes do nascer do sol, destinada a fornecer energia para o dia de jejum. Geralmente inclui alimentos ricos em carboidratos e proteínas.

Eventualmente, sentindo-me desiludido, peguei a balsa para retornar à minha morada. Olhando para trás, vi as novas mansões opulentas e, à minha frente, as frágeis cabanas que representavam minha realidade. Retornei à minha humilde casa, um homem fraco buscando refúgio em um lugar igualmente frágil...

Confinado em meu pequeno casebre, passei o dia inteiro incapaz de me mexer. Uma inquietação profunda me impedia de dormir e as palavras do sheikh de Mihya Tabatabai ainda ressoavam em minha mente, enchendo-me de uma vergonha tão intensa que me impedia de voltar a enfrentá-lo...

Decidi, então, não retornar a Mihya Tabatabai, mesmo lutando contra o peso do jejum e a fome que me consumiam.

Duas horas após o jantar, um alvoroço inesperado irrompeu, vindo de todas as direções. Curioso, saí de meu casebre e deparei-me com um mar de tochas iluminando a noite. A multidão estava em tal frenesi que parecia até que as cabanas gritavam com as pessoas. Perguntei a um dos presentes o motivo de tal celebração e me informaram: "Al-Mu'izz chegou ao Egito e decidiu passar por nossa ilha para chegar ao seu palácio, evitando a antiga Al-Fustat".[198]

A ironia da situação me fez rir, apesar da fome que me açoitava. Parecia até que a Lua, lá em cima, compartilhava da minha diversão. Era curioso, pensei, eu preocupado com minha própria subsistência, enquanto o governante parecia preocupado apenas em contrariar seus antecessores...

Movido pela curiosidade de ver Al-Mu'izz e, quem sabe, encontrar algo para comer, juntei-me à multidão que se aglomerava à beira do rio. As lanternas da população iluminavam o ambiente, criando um espetáculo de luzes e sombras. Fiquei ali, observando, até que a embarcação, cercada por um halo de luzes azuis, se aproximou silenciosamente. Al-Mu'izz estava na proa, desafiando-nos com sua presença. Ele tinha um semblante impenetrável, vestimentas mais escuras que as águas noturnas e um rosto mais branco que a Lua.

---

[198] A cidade de Al-Fustat foi a primeira capital do Egito sob o domínio islâmico, fundada em 641 d.C. pelo comandante árabe Amr ibn Al-As. Localizada perto da atual Cairo, Al-Fustat era um importante centro comercial e administrativo. A cidade floresceu como um centro cultural e econômico antes de ser eventualmente incorporada ao crescimento urbano do Cairo.

Quando o barco atracou, Al-Mu'izz desembarcou com uma calma peculiar, como se caminhasse sobre ossos. A multidão se alinhou para vê-lo passar, todos, exceto eu. Não consegui conter o riso, uma reação espontânea à estranha ironia da situação. Contudo, minha risada cessou abruptamente quando ele fixou o olhar em mim. Por um momento, ficamos assim, olhos nos olhos. Então, ele fez uma pergunta que me pegou de surpresa: "Você acredita em Deus?".

Fiquei atônito. Como Al-Mu'izz, o próprio governante, poderia ter percebido a turbulência em meu coração? Como ele sabia da minha dúvida? E por que parou justamente diante de mim, em meio a tantas pessoas? Eu deveria ter me juntado aos que o aclamavam.

Recuperei a compostura rapidamente, esbocei um sorriso e me inclinei discretamente. Respondi com uma frase calculada: "Creio no Deus a quem meu senhor Al-Mu'izz devota sua fé". Em resposta, ele me atirou uma generosa moeda de ouro e seguiu seu caminho, deixando-me sozinho sob o olhar da Lua que se erguia atrás dele...

Permaneci acordado por toda a noite, sentado diante da moeda de ouro que Al-Mu'izz me dera. Olhava para ela, quase como se esperasse uma resposta, perguntando: "Você é um mensageiro de Deus para mim, não é? Ele realmente me ouve?". Mas a moeda permanecia silenciosa, um mero objeto inanimado, incapaz de saciar minha fome ou responder às minhas perguntas interiores. Apesar da precariedade do meu casebre, contrastando com a presença do ouro e a fome que ainda me consumia, consegui encontrar algum sono...

No dia seguinte, fui ao mercado e usei parte do ouro para confeccionar dois anéis. Em um deles gravei o nome Al-Mu'izz e, no outro, Allah. Com o dinheiro restante da venda da moeda, comprei suprimentos suficientes para um mês. Naquele dia, caminhei por Mihya Tabatabai, ainda com um sorriso no rosto, até me deparar com o sheikh. Mostrei-lhe os anéis e ele sorriu, comentando: "O peso do ouro é um fardo pesado". Com essas palavras, ele se retirou para sua casa, deixando-me com meus pensamentos...

Naquela noite especial, após as orações de Tarawih, uma atmosfera de expectativa e reverência preenchia o ar. As pessoas, com passos reverentes e sussurros contidos, dirigiram-se ao novo palácio para a cerimônia de lealdade à Al-Mu'izz. Nos lados do vasto salão, elas se posicionaram, criando um corredor para a passagem da autoridade central da noite. No centro da sala, Al-Mu'izz se sentava em seu trono vermelho, imponente e majestoso, como uma coroa de pedra que dominava a cena.

Foi então que o sheikh de Tabatabai se levantou e suas palavras ressoaram com clareza e audácia: "Você não é descendente da Casa do Profeta e, portanto, não é elegível para o juramento de lealdade". Um burburinho de surpresa e confusão se espalhou entre a multidão. Al-Mu'izz, enfurecido pela afirmação, ergueu-se subitamente. Seu rosto estava transfigurado pela emoção, como se tivesse emergido das chamas. Ele olhou ao redor com intensidade, convocou os servos do palácio e, desembainhando sua espada, declarou com firmeza: "Isto é suficiente para mim". Em seguida, ordenou que jogassem ouro sobre o povo, proclamando: "E esta é a minha herança".

A multidão, em resposta à generosidade e ao gesto dramático de Al-Mu'izz, começou a aclamá-lo em uníssono: "Viva nosso senhor Al-Mu'izz, viva nosso senhor Al-Mu'izz, viva nosso senhor Al-Mu'izz".

Nesse momento, enquanto o sheikh de Tabatabai se dispersava na multidão, nossos olhares se encontraram brevemente. Eu olhei para os anéis em minhas mãos, símbolos das minhas recentes reflexões, e depois para as pessoas ao redor de Al-Mu'izz, cada uma com suas próprias esperanças e ambições. Finalmente, juntei minha voz à da multidão, proclamando: "Viva nosso senhor Al-Mu'izz".

A última história...
Sherazade não morre

No dia em que o professor faleceu, eu lhe perguntei: "As histórias aconteceram assim? Eram elas assim mesmo?". Ele sorriu debilmente e, apontando para o céu, contou sua última história.

O professor Abd Al-Malik relatou, referindo-se a Al-A'raj ibn Musaylima, o sábio:

Este é o milésimo luar que contemplo do cume majestoso deste monte, próximo à entrada da caverna. Minha existência se estendeu por uma vida longa e repleta de angústia; todos os meus amados filhos, mergulhados em desespero, optaram por pôr fim às suas vidas saltando destes penhascos sob o brilho prateado desta Lua. Enviei palavras e versos inspirados através dos ventos, sussurrando-os na língua dos espíritos.

Poetas e narradores de histórias, iludidos pela magia de minhas palavras, podem se considerar os verdadeiros autores, mas na verdade somos nós os que carregamos o fardo do conhecimento e da criação. Assim, aqueles que não preservarem a integridade de nossas histórias estão fadados a uma morte inevitável após compartilhá-las.

Se, porventura, ousarem modificar uma palavra sequer, minha sacola de histórias verdes será manchada de um vermelho sombrio e eu perecerei. Portanto, nunca revelei esse segredo, ao contrário de meus próprios filhos, que trilharam o caminho da morte ao desafiá-lo. Minhas histórias devem permanecer intocadas, imortais em sua essência...

Naquela noite singular, sob um céu onde a estrela Vênus perdeu seu brilho diante do esplendor da Lua cheia, três dias antes, fui surpreendido por uma voz misteriosa vinda do alto do monte. Era um chamado enigmático: "Ó venerável ancião, Shahriar,[199] em sua ira, condenou todas as mulheres da cidade à morte. Rogo que busque em sua sacola verde histórias que possam encantar o rei e, assim, poupar minha vida da execução iminente".

A voz, um sussurro fluido, oscilava entre tonalidades masculinas e femininas, enquanto a silhueta, envolta em um turbante, vestia um manto que descia até seus pés, fundindo-se com as sombras da noite.

Contemplei a figura enigmática e respondi com uma voz carregada de desalento: "Tenho narrado tantas histórias ao longo dos anos, mas, infelizmente, elas se mostraram fatais para seus contadores. Não tenho mais contos a oferecer".

A insistência da pessoa foi imediata, um misto de desespero e determinação em sua fala. "As histórias podem ser letais, mas a morte já é uma certeza para mim, seja através delas ou pelas mãos implacáveis do rei."

Houve um tremor em minha voz quando respondi, sentindo o peso da responsabilidade e do medo:

"Se as histórias forem alteradas, eu serei o próximo a morrer e, comigo, todas as narrativas que poderiam emergir desaparecerão..."

Aceitando a inevitável escolha, ela, ou ele, misteriosa figura, concordou silenciosamente e desceu a montanha. Seu rosto estava oculto sob um véu delicado, e sua silhueta desaparecia gradualmente na escuridão da noite. Ela adentrou a caverna com passos

---

[199] O rei Shahriar, das histórias de *As Mil e Uma Noites*, traumatizado pela traição de sua esposa, começou a casar e matar uma mulher nova a cada dia. Esse ciclo foi interrompido por Sherazade, que contava histórias intrigantes a cada noite, adiando sua morte. Após mil e uma noites, o rei se apaixonou por ela e a fez sua rainha.

cautelosos, suas mãos tateando o escuro à procura das histórias que poderiam ser sua salvação ou sua perdição.

Ao aproximar-me, coloquei minha mão em seu ombro com uma mistura de compaixão e hesitação. Ela caiu de joelhos e, no momento em que removi seu turbante, meus dedos se embrenharam em seus cabelos, descendo suavemente até alcançar a pele de seu couro cabeludo. Era definitivamente uma mulher. Minhas palavras saíram carregadas de um aviso final: "Todas as histórias, sem exceção, são letais. Não ouse alterá-las, em hipótese alguma...".

Fechei os olhos, entregando-me ao destino e, quando os reabri, a surpresa: minha sacola verde, antes repleta de histórias, estava agora vazia. Ela havia levado todas. Mas a sacola ainda ostentava sua cor verde original. Se porventura mudasse para vermelho, esse seria o sinal de minha morte iminente. Com meu coração pesado, subi o monte, resignado a aguardar o desfecho fatal, caso ela, a ladra de histórias, se atrevesse a alterá-las.

A primeira noite veio e se foi e a cor verde da sacola persistiu, um sinal de que ainda estava vivo. Vi-a então, sob o brilho prateado da lua, sentada ao lado do temível rei Shahriar. Seu olhar alternava entre desconfiança e confiança, reflexo do poder das histórias que agora detinha. Ela começou a narrar uma das minhas histórias, sua voz firme, mas repleta de uma tensão palpável: "Ó rei afortunado, ouça a história que lhe trago, a história de um mercador...".

Quando a Lua cheia surgiu, ela parecia mais confiante: "Ó rei afortunado, o pescador disse ao gênio...".

Sentei-me no monte como o rei em seu trono, escutando sua voz vinda da Lua. As noites passaram e a Lua desapareceu após duas semanas. Sentado na caverna, sob a luz verde, ouvi Sherazade começar uma história perigosa: "A esposa infiel de um rei...". Não, Sherazade, não conte essa história, você morrerá, o rei te dividirá ao meio. Seus escravos negros ficarão aos seus pés e ele segurará sua cabeça para matá-la...

A cor verde começou a mudar. Sherazade alterou a história: "Mas ela a apaziguou com versos poéticos e ele a perdoou". A cor ao meu redor agora era vermelha. As histórias de Sherazade terminaram e eu...

O professor Abd Al-Malik exalou seu último suspiro...

Referências

Esta não é uma lista de fontes, afinal, estas são histórias e não um livro de História.

No entanto, é uma lista de agradecimentos aos primeiros contadores de histórias, com destaque para Ibn Hisham. Aqui estão algumas das fontes mencionadas.

As fontes da primeira história são diversas, pois ela é compilada de mais de uma narrativa. Incluem:

A história de Tasm e Jidees.

A razão por trás do assassinato do rei Amalek de Tasm, do livro *Al-Aghani*, de Abu Al-Faraj Al-Isfahani, Dar Al-Fikr, Beirut, segunda edição, volume 11, página 167.

A história do julgamento do rei sobre o menino entre sua mãe e seu pai, a situação de Shumus bint Afaar e o refúgio de alguns para Al-Tubba' Hassan e seu ataque a Iamaama e a fuga dos Aswad para as montanhas de Tayy', do livro *Al-Aghani*, de Abu Al-Faraj Al-Isfahani, Dar Al-Fikr, Beirut, segunda edição, volume 11, página 168.

A história de Zarqa' Al-Yamaama no livro *Al-Aghani*, de Abu Al-Faraj Al-Isfahani, Dar Al-Fikr, Beirut, segunda edição, volume 2, página 125.

A fonte principal para a maioria das histórias de Tasm e Jidess é encontrada em *Al-Mufassal fi Tarikh Al-Arab Qabl Al-Islam* (*História Detalhada dos Árabes Antes do Islã*), de Jawad Ali, publicado por Dar Al-Saqi, quarta edição, começando no volume 1, página 335.

A história da morte de Nizar ibn Ma'ad: *Al-Tijan fi Muluk Himyar* (*As Coroas dos Reis de Himyar*), por Abdul Malik Ibn Hisham, página 223.

A jornada de errância de Al-Harith Al-Jurhumi e seu retorno: *Al-Tijan fi Muluk Himyar*, por Abdul Malik ibn Hisham, página 191.

A citação menciona que as duas histórias foram simplificadas o máximo possível a partir das fontes originais, sem comprometer a essência das histórias originais. Isso indica um esforço para tornar o conteúdo mais acessível ou fluente, mantendo-se fiel ao espírito e à mensagem das histórias tradicionais.

A história de Asaf e Naila na biografia profética de Ibn Kathir, parte 1, página 58 (há uma grande expansão na minha história em relação à fonte mencionada).

A história de que Abdullah ibn Judaan encontrou um tesouro de Al-Harith Al-Jurhumi está no livro *Al-Tijan fi Muluk Himyar*, de Abdul Malik ibn Hisham, página 219, e há uma descrição mais detalhada em *Al-Mufassal fi Tarikh Al-Arab Qabl Al-Islam* (*História Detalhada dos Árabes Antes do Islã*), do Professor Jawad Ali, publicado por Dar Al-Saqi, quarta edição, volume 7, página 96.

A história de Dhuba'ah e a proposta de casamento do profeta Maomé para ela e seus maridos: *Al-Sirah Al-Nabawiyyah* (*A Biografia Profética*), de Ibn Kathir, parte 4, página 597.

A maioria das histórias sobre Imru' Al-Qais foram baseadas no que foi mencionado em *Al-Mufassal fi Tarikh Al-Arab Qabl Al-*

-Islam, do professor Jawad Ali, publicado por Dar Al-Saqi, quarta edição, volume 6, começando na página 49.

A história de Luqman ibn Ad e seus sete abutres está em *Al--Tijan*, a partir da página 369.

Algumas das histórias de Akeedar ibn Abdul Malik são mencionadas em *Al-Mufassal fi Tarikh Al-Arab Qabl Al-Islam*, do professor Jawad Ali, publicado por Dar Al-Saqi, quarta edição, volume 8, começando na página 56.

A história de Abu Dhu'aib é mencionada em sua poesia:

"Não vi pessoas em sua alegria, entre um cemitério recente e um sangrento. Correndo com suas mãos para um massacre, pelas cabeças cortadas de um puro e nobre. Então eu me voltei para as tristezas, e quem dorme ao lado das tristezas não descansa pacificamente. As estrelas e a Lua cheia se escureceram pela sua morte, e os montes de Al-Abtah tremeram. E todos os montes de Yathrib se abalaram, bem como suas palmeiras, pela chegada de uma calamidade terrível. De fato, repreendi os pássaros antes de sua morte por seu infortúnio, e repreendi As'd Al-Adhbih."

História de Marwan e Hawytab: mencionada em *Al-'Iqd Al-Farid*, de Ibn Abd Rabbih Al-Andalusi, volume 4, página 119. Este livro é uma compilação de literatura, história e anedotas do período andaluz.

História de Al-Zabba': baseada no *Tareekh Al-Arab Al-Mutawwal* (*História Extensiva dos Árabes*), do Professor Philip Hitti, páginas 99-100. Este livro é uma referência histórica detalhada sobre a história dos árabes.

História do Palácio de Ghumdan e o fim do reinado de Dhu Nuwas: também tirada do *Tareekh Al-Arab Al-Mutawwal*, de Professor Philip Hitti, páginas 74 a 82.

História de Sinmarr e o Palácio de Al-Khawarnaq: baseada em *Al-Mufassal fi Tarikh Al-Arab Qabl Al-Islam* (*História Detalhada dos Árabes Antes do Islã*) de Professor Jawad Ali, volume 5, a partir da página 200, e informações adicionais da extensa história de Al-Hirah.

História da nomeação de Al-Rashid para o governo do Egito para o pior dos homens à sua porta, que era 'Omar ibn Mehran, o escritor de Al-Khayzuran: encontrada em *History of Egypt in the Middle Ages*, de Stanley Lane-Poole, página 101.

História de Muawiya com Yazid ibn Al-Muqannai: retirada de *Al-Kamil fi Al-Tarikh* (*A História Completa*), de Abu Al-Hassan Ibn Al-Athir, volume 3, página 101.

História do servo que seria morto por um frango assado não cozido: do livro *Nishwar Al-Muhadara wa Akhbar Al-Mudhakara*, de Al-Tanukhi, volume 3, página 100.